在德国慕尼黑大学留学期间

在南京参会留影

爱琴海晚霞

希腊雅典卫城

摩洛哥梅克内斯的古罗马遗迹

上海圣约翰大学旧址寻踪

摩洛哥伊芙兰风光

连接亚欧的博斯普鲁斯海峡

土耳其伊斯坦布尔一瞥

以色列海法巴哈伊花园

游学人生

卓新平 著

中国大百科全书出版社

图书在版编目（CIP）数据

游学人生 / 卓新平著 . — 北京：中国大百科全书
出版社，2024.3
ISBN 978-7-5202-1506-0

Ⅰ . ①游… Ⅱ . ①卓… Ⅲ . ①游记—作品集—中国—
当代 Ⅳ . ① I267.4

中国国家版本馆 CIP 数据核字（2024）第 055015 号

出 版 人　刘祚臣
策 划 人　曾　辉
责任编辑　邬四娟
责任校对　齐　芳
责任印制　李宝丰
封面设计　末末美书
版式设计　刘龄蔓
出版发行　中国大百科全书出版社
地　　址　北京阜成门北大街 17 号
邮政编码　100037
电　　话　010-88390636
网　　址　www.ecph.com.cn
印　　刷　北京天工印刷有限公司
开　　本　710 毫米 ×1000 毫米　1/32
印　　张　8.5　　插页 8
字　　数　180 千字
印　　次　2024 年 3 月第 1 版　2024 年 3 月第 1 次印刷
书　　号　ISBN 978-7-5202-1506-0
定　　价　68.00 元

自 序

　　我一辈子的时间基本上被读书所占据，且歪打正着地进入了学者的行列，故此自感有着一种研学的生涯。在走过的生命历程中，尽管也曾经历过不同的历史时期，目睹了人们对读书研学的态度有着起伏巨大的变化，但都没有根本改变自己内心喜爱学习的初衷。随着这种爱书的癖好，在经历不少挫折及坎坷之后终于成为专业读书人，人生的道路为此而顺利伸延，认识世界的视野亦不断拓展。中华文化本来就具有崇尚读书的优秀传统，甚至曾出现过"万般皆下品，唯有读书高"的偏激，故此读书人在社会上也获得某种程度的青睐和尊重，自己多少被同时代人羡为"成功人士"，但这进而使自己有了更多的自知之明。因为学习研究的需要，曾四处访学、研修，参加国内外相关学术会议，这样我感到好像在某种意义上就成为浪迹天涯的游子，为此一生乃马不停蹄，总是处于各种奔波、旅途之中，得以走出闭塞无知并达至见多识广。而且，我深感还因读书获知而增添了人生的许多爱好及雅趣，丰富了整个人生的阅历，提高了生活的质量及价值。故此，可以说读书会改变人生，小至人之生活外观，大至整个民族命运，都可能在读书学习中获得巨变。人在读书中认识了其生存的世界及社会，还可以通过学习来反观自我主体，悟透人生本我。此即所谓世界眼光、人文情怀。在流动的人生中学会读书，以阅世之需来抓紧时间学习，这也就构成了自己乐于回首的游学人生。

人是不可摆脱其外在生存处境的存在，但更是主动观察、体悟、认识、适应或努力改变其客观外在的主体存在。人的主体性有着各种不同的表现，由此呈现出丰富多彩的人世万象。在当下以考试分数高低来决定年轻学生未来命运的教育体制中，有不少人因为这种外在压力的被动学习而对读书感到索然无味，学习只是外在强迫的结果，从而使"学"走入了死胡同，而"学者"也被逼入绝境。看到这种窘迫之中的学习状况，让我深感痛苦和失望。读书本来不应该是这种状况，学习也绝不是要让人难受。我们这一代人大多数曾失去宝贵的学习机会，读书曾是可望而不可即的奢侈。而作为其中的极少部分，在失而复得的幸运之中获得读书机会时也已错过了其黄金时期，故在奋力弥补时却往往会感到已经力不从心。在人们的人生经验中，读书学习的确有其功利方面的考量和实际需求上的效用。因此，为"前途"而学习是一种普遍性的励志动力，有其存在的充分理由。

近些年来，自己所属的专业学科陷入低谷，身边的学生在就业、竞聘上出现了生存困境，而自己在各研究机构或高校访问期间，也不时听到已近中年的一些本专业学者"善意"的"抱怨"，即说当年因受我这样"元老"级学者的影响而"步入"（或者更确切地说"误入"）这一专业，颇有"早知今日何必当初"的后悔或懊恼。我听后亦有自己好似"误人子弟"的愧疚和不安，但自己并非先知先觉，且扪心自问也记得并没有真正主动劝说过任何人加入这一行列，自感不曾有着所谓"强迫"或"诱惑"，入此行者大多如我一样乃"自投罗网"，可能是"愿者上钩"，故而不必抱怨外人他者，于是也就释然和坦然了。记得很多年前我去武汉大学访问，恰好赶上当时哲学学院的本科生在学习一年之后选择或分配专业方向，据说有两位女生因被动分配到我们这一专业而伤心痛哭了一个通宵，今天看来她们的眼泪确有先见之明，但恐怕现在也恰如前述那些"人到中年"的学者一样悔之晚矣。其实，我在主动选择这一专业之时就已遭当时的学校领导羞辱和阻止，但我不听劝说仍一意孤行，硬是毫不动摇地坚持了自己的学术选择，尽管经历了40多年的误解和讽刺，迄今还是持有无怨无悔的初衷。虽然不敢持"所有未来，皆是可期"的乐观，却仍会保持"一切过往，皆为序章"的淡定。

不过，读书学习还有另一种境界。无论是天生自然之成，还是后天训练使然，读书于此乃出自读者自己的内心喜爱，这样遂使学习出自天性，读书成为人的喜好，丝毫不再会有被动、强迫、逼迫无奈之感。对于专业研究，更理应出自自我的内心喜欢和主动爱好，矢志不渝，坚持不懈，而不是出自功利，也不会见异思迁或患得患失，这样才可能真正搞好这一研究，毫不动摇，且行稳致远。这种主体的坚毅使自己能潜心学问，自得其乐，而不会关注或计较外界的潮起潮落、跌宕起伏。我没有书香世家的家庭背景，自己家中那时很难找到一本值得一读的书籍，却不知为什么自小就偏偏喜欢读书，好像与书籍有着一种天然的亲切感。甚至遇见任何一本好书，我都有着想阅读、占有的冲动。对读书的痴迷和痴情，使学习自然成为自己生命的一部分，是自我人生不可分割的有机构成，是一种喜悦、自在和洒脱。于是，读书能否获得"学而优则仕"的名利结果就根本不重要了，丝毫不值得去分心，更谈不上有任何失落之虞。而专业研究也是出于内心喜好和在研究过程中获得的乐趣，并无功利诉求等非分之想。这既可以为外在的事业，也应该是内在的爱好。"学以成人"，学习是人生滋养的自然过程，是生命之流的印痕。学涯即人生。平静地享受读书的乐趣乃自然之律、最高之境、绝对命令。

"入学海游弋，用生命写作"。在半个多世纪流动不居、游移多变的读书生涯中，我有着许多乐趣和领悟，也留下了不少研究著述。借孔子之言：学而时习之，不亦说乎？吾自远方游，不亦乐乎？我对于漫游世界的读学生涯可谓痴迷难自拔，辛苦却快乐。虽老年已至，却也常常会把自己拖入这些幸福、有趣的回忆之中。这些映入眼帘的一幕幕场景，使自己难以忘怀，且欲罢不能地忍不住想记录下来。因此，在科研写作之余就断断续续形成了本文"读万卷书"和"行万里路"这游学人生之双向互动，以表达学中观世、游中促学的意境。研究著作乃无我之境，回忆自述则当然是有我之境，无我有我皆主体感应，自有其内在关联。不过，后者作为有我之感也并非无病呻吟、孤芳自赏，而会恰如王国维所言，"其言情也必沁人心脾，其写景也必豁人耳目。其辞脱口而出，无矫揉妆束之态。以其所见者真，所知者深也"。或许，翻翻这些专业研习之外的"闲言碎语"，有助于赶走学习的外附困惑及苦恼，增获读书的真正兴趣及意义。因此，愿本书能成为我们有缘者"读书学习的求知朋友，世界漫游的问道伴侣"。

目 录

第二编

行万里路

第一编

读万卷书

一、书恋

　　我没有出生在书香家庭，小时候因在家里无法找到一本有点价值的书籍而向父母抱怨，并曾使学师范出身、当过短时期教师的父亲颇为尴尬和内疚。本来可以说书与我这种家庭出身的人无缘，迄今身边以读书为业的家人仍旧稀少；但不知什么原因，自己从小就对书籍有着一种莫名其妙的奇特好感，看到书就觉得有股磁力在吸引我，使我无法自拔。自上小学后认识了几个字，就开始了对书本的寻觅。当然，那时吸引眼球的只有小人书即连环画，因图文并茂而深得童心。为了更好地了解书中绘画，就得仔细辩读图下几行不多的文字说明，故而也引发了自己对文字阅读的兴趣。据说连环画在世界上已有近四千年的历史，可以追溯到古埃及《死者之书》等绘画作品，以及中国战国时期的铜器画，在人类文明中刻下了深深的印记。

　　由于家境贫寒，没有钱买书，自己只能把拿到手的一分、两分硬币去街上书摊租书看。当时的书摊是把小人书放在一排排书架上让人挑选，书架前放了几排长凳子供人坐下阅读。其价格是一分钱可以看一本，而两分钱则有时可优惠到看三本书。尽管价格便宜，但我因囊中羞涩而仍无法支付，往往在把手上仅有的一两分钱花完之后就站在板凳后面"蹭"书看。这种方法就是跟着前面坐着看书的人一起看，但也只能随着其看书节奏或快或慢。有时"蹭"书看的孩子还不少，甚至在同一本书后面会有好几个孩子蹭着看，故而会出现挤队现象。不过，一般"蹭"书的孩子都比较自觉，会顾及先来后到而维系秩序，因为一旦发生争吵就会被书摊老板赶走，这样反而因小失大、得不偿失。于是，蹭书看时位置不好就不得不歪着头、侧着身或踮着脚看。这种看书也往往使我经常忘了吃饭时间，甚至在站了几个小时后会腰酸脖子疼、两腿发抖。但读书的享受和精神上的满足会使我得到补偿，觉得一切都很值得。在熙熙攘攘的街市中，觉得书摊就是人最多、最显热闹之地，这是我喜欢看书的最初经历，也是对大众阅读的最早体悟。那时家里有个保姆姐姐偶尔来照看幼小的弟弟妹妹。记得有一次随保姆去她家玩，好奇的我拉开抽屉寻找小人书看，不料用力过猛而把抽屉拉出掉在地上，书也撒落。保姆的父亲听到声响朝我们瞪了一眼，吓得我们匆匆把书装进抽屉后撒腿就跑，从此不敢再去她家。后来我们家境稍好，我就硬着头皮向父母多要一些零花钱，然后偷偷拿去买小人书看。到小学快毕业时，我已经攒了二十多本小人书，这是我的最初藏书。真后悔当时向周围的小朋友们炫耀我的这些藏书，结果这些书被同院的一个大孩子全部借走而不再归还。我血本无归，失去了这宝贵的第一次藏书。

　　上中学之后，看书的机会多了一些。但赶上"文化大革命"爆发，"读书无用"论盛行，看书的条件及氛围都很差。当时老师不好好教，学生不好好学，时光多被荒废。初中时学校安排我们学生晚上值班"看管"那些被"打倒"的老师，他们都集中住在一个大教室中。由于此前不久有一个老师想不开而自杀了，所以我们这些值班的学生非常紧张，害怕承担责任。晚上那些老师都睡下了，唯独学校最大的"走资派"沈校长仍在灯下夜读，弄得我们盯着他也不敢睡觉。夜深人静，看管的大人们都撤了，沈校长这才把我们几个小孩子叫到身旁，让我们踏踏实实去睡觉，告诉我们他还要看书但不会自杀，而且还幽默地说他若要自杀我们也防不了，他顺手把电线一拉断就完事了。沈校长这种淡定和对读书的执着给我留下深刻印象，遂对他产生了深深的敬意。后来他被"解放"了，此时已上大学的我还经常回到中学专门向他请教。

　　在高中时期，我因为"品学兼优"而担任了班干部，各门成绩在班上都名列前茅，属于学习最突出的学生。不过，当时我只是注意课堂所学知识，阅读不广。在同学们闲聊之际，有两个同学非常能侃，似乎天南海北无所不知，这让我非常羡慕，开始关注文史知识。虽然班主任对之不以为然，告诉我学好书本知识就足够了，应该练好基本功而不是好高骛远。不过，这并没有打消我对课外阅读的兴趣，我依然想方设法四处找书来看。我印象最为深刻的是，有一次学校组织"收黑书"运动，班主任让同学们回家找书，然后交给我收齐，第二天统一上交学校。我收到书后回家整理，发现这些哪是"黑书"啊，都是令人爱不释手的好书。我整整读了一个通宵，而且还把一些我特别喜欢的诗歌、散文抄了下来。看到那些极富吸引力的书籍不得不被我上交，心里非常不甘且极为痛惜。这一经历也使我开始了"抄书"的习惯。

高中快毕业时，我是偏重数理化的"理科生"，还是班上物理科代表。一个偶然的机会，我遇到了市钟表修理店的李师傅，他是店里技术最好的工人，彼此熟悉后他就嘲笑我高中都快读完了却没有真正的本事；加之那时母亲单位的一个职工非常会修理无线电收音机，让我颇为羡慕，于是促使我也想学点实用的本事。那一阶段我曾试着自己安装收音机、修理钟表，并让母亲出钱把她那位同事用过的物理、无线电知识书籍都买来给我。我的阅读重点随之转向了理科类书籍，其中物理学成为我的最爱。高中毕业时学校推荐了同年级三个学生上大学，我们班也有一个同学获得了这一宝贵机会。当时自我感觉虽好但家庭背景不行的我自然与推荐上大学无缘，心里虽是懊丧，也只得收拾行装准备上山下乡。不料学校突然通知我们班五位同学去常德师范学校参加中学教师速成班，这次我荣幸地被选中，读书的机会失而复得，让我兴奋不已。进入常德师范学校后只能选语文和数学这两个方向，我选择了数学并成为数学科代表。我们的班主任刘老师教数学，对我特别好，而且对我喜欢物理的爱好同样特别理解。而常德师范学校的周校长得知我偏爱物理之后，不仅表示支持，还专门借来当时湖南师范学院的物理教材供我阅读。我那时成了一个默默无语、读书疯狂的学生，一心只想弥补上中学失去的读书时光。当然，此时的读书也不只是限于物理、数学，还触及人文社会科学。例如，班主任拿来恩格斯的《反杜林论》

和《自然辩证法》，让我通读全书并记录下其中关于数学的论述后交给他。这是我第一次接触到马恩经典著作，并且在老师的指导下从一开始就对之有着极为认真的阅读。

大概进入常德师范学校两个来月之后，常德师范专科学校（以下简称常德师专）因有一个学生退学而空下一个名额，让我们师范学校推荐一名学生去补空。我作为第二人选最后如愿进入师专，此前我在母亲工作的教学仪器站认识了常德师专物理科负责人龙老师，因此去常德师专也是想通过她的帮助而改学物理。但学校拒绝了我的请求。龙老师告诉我上面规定应届毕业生只能学外语，只有工农兵学员才可以选专业。这样，我才彻底告别选学自然科学的儿时梦想，真正转入人文社会科学领域。那时我收集、购买的自然科学书籍和一部分世界名著小说已经积攒了一大木箱。来北京读书前我把木箱锁上大锁交给家里保管，可惜此后几次搬家我都不在，这箱书籍也下落不明，从而使我的第二次藏书也以丢失而告终。

专科学习英语，对我的读书兴趣乃脱胎换骨的改变，也激发了我广泛阅读的热情。面对失而复得的上大学机会，我的思想则有些逆反，我已不再是中学时那种听话顺从的"乖孩子"了。为了珍惜读书的宝贵时间，我在学校无所不用其极，甚至在以各种名目而组织的集体学习讨论时也会抱着一本书看；而为了避免当时监督学习的"工宣队"队员找碴，我在这种集中学习讨论时就尽量选读马克思、恩格斯、列宁的经典著作，这成为我自觉、主动研读马恩列著作的开端。一旦"工宣队"队员忍不住而出面制止我读书，我就会给他也"上纲上线"，指责他为什么不许我读马列著作，气得"工宣队"队员到校长那儿告状，说我"调皮捣蛋"。在课堂上，我会集中精力读好规定教材，但在课余及自习时间则会如饥似渴地广泛阅读，不再局限于课本。为了应对上课老师，我会找教材中没有的内容来造句、作文；一旦老师将之判错，我就会拿出其出处之书来与老师对照，弄得老师哑口无言、面红耳赤。现在想来，这也如同奥古斯丁在《忏悔录》中所描述的其年少无知时曾弄出来的恶作剧啊。这样，我虽在迟来两个月的情况下仍将学习成绩及时赶上，却也落了个"白专"的恶名，尤其是听到这种反映的徐校长对我极为反感。有一次我在路上碰到这位校长，遂笑嘻嘻地向校长问好，没想到他怒气冲冲地回了一句，说我"嬉皮笑脸、油腔滑调"，一下子把我以前曾有的自信、勇气打入了十八层地狱！从此我再也不与这位校长言谈，对之敬而远之，并设法躲着不再与他直接碰面。

此间我们班来了一位从湖南教育干部学校下放的李老师，她鼓励我走博学多闻之路，认为透彻掌握一门语言就需要系统了解这一语言的文化背景，并称我是"a promising youth"（有出息的青年）。这句话在那需要理解的时代显得格外温馨，她的肯定对于当时渴望全力读书的我是一股暖流和巨大动力，也让我明白了为学要如同金字塔那样以博大来支撑其高深的道理。李老师于 2022 年 5 月 1 日在加拿大经百岁高寿后去世，我对她有着深深而永久的怀念。另外，我们班还有来自北京的同学及毕业于与我同一中学的同学，大家志同道合，都酷爱读书，并商定好在晚上学校熄灯之后还去教室挑灯夜读。大家蹑手蹑脚地经过住在我们教室下一层那位曾批评过我的校长之屋。他经常在半夜我们点着自备煤油灯在教室读书之际去楼外厕所方便；听见他急急忙忙下楼的脚步声，我们会慌慌张张地马上吹灯、憋气，一直等他回到房间的脚步声平息，我们才重新点灯开读。在读书无用、白卷为荣的那个年代，估计这位徐校长做梦都没有想到，在其楼上还有这样不寻常的一幕。现在这栋楼仍在，每当我返回母校时总会深情地对之多望几眼，享受这种回忆所引发的激动。

大学的读书对我而言才真是广泛涉猎、大开眼界。当我首次读到荀子的《劝学》篇时，真是特别感动、激动，获得了一种励志的兴奋，并决心追求这种"志学、好学、乐学、博学"的境界。在两年稍多的大学生涯中，我读过北京同学从北京带来的许多书籍，包括北京大学的相关教材；读过在学校凡能找到的中外文学精品；也读过不少当时被列为"内部读物"、只许教师借阅的翻译著作等，如《第三帝国的兴亡》《多雪的冬天》等。这些书籍我们无法借阅，而且借给教师也有时限；我的办法就是请自己较熟悉的青年教师于周六借给我，我周六晚上回家读一通宵，周日再读一整天，到晚上返校时则及时还给老师，故而不会让人察觉。这种读书当然只能是囫囵吞枣、跑马观花，经常是一夜读几百页，一天读好几卷，以匆匆浏览为主。当然，我读得最多的还是学校图书馆的藏书。那个时期几乎无人去图书馆借书，因而图书馆负责人，也正是那位批评我的校长的夫人非常欢迎我的光临。她告诉我过去无人借书，期中和年终总结很不好写，而我来借书、看书则扭转了这一局面。她甚至在总结中夸奖我把图书馆中文科的大部分书籍都借阅了。我这一时期的读书除了与英语专业有关之外，主要是阅读文史哲领域的著作，包括世界史、哲学史、文学史、科技史（这是对以往喜爱物理学的最后一点念想）、世界名著、各种小说、传记、诗歌等。记得那时读过海斯、穆恩、韦兰的《世界史》，周一良、吴于廑主编的四卷本《世界通史》，任继愈的《中国哲学史简编》和《中国哲学史》，杨荣国的《简明中国哲学史》，汪子嵩、张世英和任华的《欧洲哲学史简编》，伏契克的《绞刑架下的报告》，王国维的《人间词话》，游国恩的《楚辞概论》，游国恩和王起等人的《中国文学史》，以及许多英文著作，包括恩格斯、莎士比亚、萧伯纳等人的名著。当时我非常喜欢的还有1960年创刊的《中华文史论丛》，从中学到了不少文史知识，欣赏到许多专家点评的文史名篇。当第一次读到《岳阳楼记》和《滕王阁序》时，我因其文字之美、境界之高而深感震撼，心情久久不能平静。

在大量阅读之后，我也开始有了写作的冲动。那时自己为了留住珍贵的资料、精彩的文章而勤于抄书，光记笔记就用完了十多个本子，右手中指也磨起了很厚的老茧，看起来很为畸形。在北京工作后有一次著名硬笔书法家庞中华先生应邀来我所做书法讲座，与他寒暄时我还伸出手指和他比比老茧，自嘲同样练出了手茧却没有练出他那么优秀的书法。大学期间的所谓写作，也就是写写读后感，并坚持每天记记日记而已。但这一习惯仅就坚持了两年之久，后因下放农村劳动而无条件继续，不得不彻底放弃，从此也不再写日记。在"文化大革命"结束，考上研究生来北京之前，我曾重新翻阅那些日记和读书感想，发现其中观念及感觉因受"文化大革命"思想影响而颇为幼稚和偏激，也有点不知天高地厚，行文语气甚至也想

"指点江山，激扬文字"，身居偏僻内地却想表达所谓"天下"情怀，故在羞愧之中将这些留有历史印痕的记录撕破扔掉。当时我希望自己来北京之后成为全新之我，故而告别过去，过去再无痕迹可寻，也就没有对之追忆怀念的后悔。

在农村近四年的时光几乎与读书无缘，但也开始因身处其中而真正读懂社会这本大书。刚下农村时曾带了满满一大袋的书籍，希望在田园风光中体验书生意气。不过，在老乡家真正住下，读书的奢望就迅即幻灭。不仅根本没有读书的条件，而且与农民同吃同住却还读书就显得格格不入，"良心"的发现也逼迫自己于此不得不忍痛放下书本，从而放下身段与农民打成一片。只有在回城休假时，我才能把自己关在家里几天，似饿虎一般放纵。当1977年年底从农村返回学校，我惊喜地获得学校赠送的进修机会，从而得以在长沙生活三个月。这是弥补我近四年未系统学习的读书大餐，住在湘江边可远望岳麓山，而湖南大学图书馆的借书处就恰在二者之间的自卑亭，此即登山的起始之地，也是借书还书之处。岳麓文化历史悠久，湖南大学古色古香，而著名的岳麓书院就坐落在大学校园之内，但当时尚未开放。从农村重返校园，一切感觉都很新鲜，但不少认知则已跟不上，当时我唯一的念头就是疯狂读书，想以三个月来弥补我的读书损失。湖南大学图书馆给了我重新阅读的极好机会，在借书亭也不时引发我的深深自卑。利用大学图书馆的藏书，我自习补完了"文化大革命"前从大学一年级到四年级的八册英语专业教材（1962年初版），从许国璋所编《英语》第一至四册，俞大纲编《英语》第五、六册，到徐燕谋编《英语》第七、八册，基本上是利用课余时间读完、抄完。许国璋不仅语言水平高，而且酷爱文学和哲学，是一位具有巨大研究潜质的英语教师，很早就有着"雪莱"和"爱俪儿"这两个独显其特色的外号。正是在研习其《英语》教材的过程中，我也坚定了扩大阅读面和知识面的信心。当然，利用这一图书馆，我也得以阅读不少人文领域的书籍。

湖南大学这个英语培训班是从基础教起，主要目的是要提高大学理科老师的英语水平，而对我们已有两三年英语专科学习基础的进修老师，这种教学则显然很难让人满足。于是，通过本校从湖南师范学院（即现在的湖南师范大学）毕业教师的联系、帮助，我得以转到湖南师范学院英语系毕业班插班学习，但仍然可以住在湖南大学宿舍，在培训班结业前参加考试即可。记得在办手续时我初次进入湖南师范学院校园这一学术殿堂，感觉就像游历在天堂一样。因为插班生比较自由，我在短短的时间内曾溜到不同的班级听课或参加相关讲座报告，给我印象深刻的包括张文庭、申恩荣、周定之等名家的授课讲演。张文庭早年曾为钱锺书的学生，钱先生因为她只专注学问而开玩笑地戏称其乃"blue stocking"（才女）；申恩荣则是留美研究生，颇有绅士风度，他上课慢条斯理，娓娓而谈。两人作为文学伉俪谱写了湖南师范大学外语学院引以为傲的传奇，而他们儒雅高洁的形象也永远留在了我的脑际。

经过在湖南大学和湖南师范学院的短期培训，我终于有了考研的勇气。经历重重困难和未曾料到的羞辱，我于1978年顺利成为中国改革开放以来的首届硕士研究生，进入当时因无校舍而借住在北京师范大学的中国社会科学院研究生院。读研给我真正送来了前所未有的看书机会，这时我的阅读方向已经彻底转向了人文领域和哲学社会科学。除了必要的专业学习，以及在研究生院选修了英文和法文这两门外语，我的精力基本上就投入到买书、看书之中。从此，在自己专业领域之外，钱穆、钱锺书、郑振铎、季羡林、周一良、饶宗颐、卞之琳、陈寅恪、陈垣、汤用彤、王国维、王佐良、傅雷、冯至、冯友兰、贺麟等人亦成为自己精神中的挚友。特别令人兴奋的则是过去只能在书本、报纸上知道的一些学者、名家，现在就生活在自己的身边，而且时不时还能与之近距离地间接或直接接触。

　　读书与社会实践使人很快成熟，在北京的研究生同学大多比我要大十来岁，他们拖家带口，学习比我更为困难，但仍坚持着与我们这些小字辈白天一同听课，晚上一起自习熬夜。这更激发了我读书的热情和信心。因为"文化大革命"的耽误，有一些同学考研不久，其子女也接着要考大学，因而就出现了父子"同学"的现象。我的研究生同学中就有这样与儿子同时期接受高等教育的人物，当我们一起背着书包去晚自习时，我常亲切地称这位培养出小神童的同学为"老神童"。因为专业研究需要阅读大量书籍，而在书上写写画画会帮助自己记忆和查找，所以如果所用之书乃自己私藏则最为方便，可以得心应手地使用。于是，在读研期间不知不觉我就形成了酷爱买书的习惯，碰到想要的书虽囊中羞涩也会倾囊购买，义无反顾。这样，集体宿舍中自己床头床边的书越堆越多，每天都能享受到抱书而睡的艳福，因此书成了自己的恋人、挚友，用现在时髦的话来说即以书为"闺蜜"了。后来为成家而置办家具时，我们通过当时所发的家具供应票而购得一个衣柜和一个书柜，不久又想办法买到了第二个书柜。这样，在出国留学之前我已攒了两个书柜的藏书，从此开始了自己真正拥有书籍的时代。

在留学准备期间，我曾询问导师应该重点选择哪些书籍来读，导师借给我一本很大很厚的英文版《世界文明史》，又让我找到英文版的四书五经读读。这一建议非常重要，虽然我后来去德国留学而没有直接使用英文，但从上述阅读所获得的知识却非常有用。在德国我仅用了三个月的时间补习德语，但在入学德语考试中则因熟悉以前在英文阅读中所掌握的文史知识而顺利通过了考试，得以及时进入大学研习专业课程。这又一次见证了通过文史等语言背景知识而可提升掌握相关语言的能力这一道理。

在异国他乡，我深感自己语言能力的不足和专业知识的缺乏，但也深信勤能补拙，故就以恶补之态来玩命读书。那时我就泡在各种德文书籍之中，无暇他顾，在语言能力提高后每天读书可多达 70 余页。这种阅读量也有力帮助了我顺利完成博士课程，得以从刚到时不懂德语而提高到四年后完成博士论文答辩，并再用不到一年时间出版了自己的博士论文。读博期间，除了看书的兴趣就是买书的情趣，各种书店尤其是旧书店就成为我涉猎的对象。在回国之前托运这些书籍时，我从邮局了解到通过海运邮寄可以每一邮袋装 30 千克、每一纸盒装 5 千克，于是我设法弄到了近 30 个邮寄邮袋运书，余下又买了差不多几十个纸盒装书邮寄，这样通过海运邮寄回国的书籍约一吨之多。幸亏途中只是丢失了几盒书籍，大部分专业书籍得以"完璧归赵"。回国后分到房子，我又找到木匠专门打制了可以顶到房顶的近十个大书柜，从而拥有了属于自己的家庭书房，也是一个小小的专业图书馆。

回国后本性难移，自己的兴趣仍是一味地买书。最初自己每月的工资基本上都不够买书，但仍然义无反顾，设法以其他可能来弥补空缺。在书籍不多时，我可以根据自己的专业摆放而顺利及时地拿出所需书籍，用书如数家珍，找放轻松自如。但随着书籍的增多，摆放地点的扩大，我也开始有了找书的烦恼；有时几个小时、半天，甚至一整天都为找不到所需之书而苦恼、自责、沮丧。在快退居二线之前，北京一所著名高校曾想把我"挖"过去，我当时提出的唯一条件就是需要几百平方米的放书之办公室兼图书馆，这样我可以尽情使用，余后则可以将这些书籍赠送给学校。这在用房紧缺的北京当然是苛求、奢望，难以如愿。福州有一个学院曾让我参观，院长告诉我他们学院新楼有一整层是为我的书所准备的，但我还是舍不得让自己一辈子收集的书籍如此远嫁。河北三河市图书馆新馆曾请我参观，其负责人表示我有多少书，他们新馆都可容纳，但考虑到三河市离北京也不近，用书还是不太方便，故而也没有答应。俗言道："狡兔三窟。"而我收藏的书籍所放之处却已超过了"三窟"，因此至今都不知道自己究竟收藏有多少书，但至少也有几万册吧。

我与书籍打了一辈子的交道，人生的主要内容基本上是读书、买书、藏书、写书。为此，除了因专业研究的需求常看《中国民族报》的两个相关专栏之外，我比较喜欢的报纸就是《中华读书报》了，从中也还可以获得众多书籍信息，以及享受人们对读书的感悟及心得。因此，读书已经成为我人生最重要的组成部分及最典型的人性特征，基本上一辈子都在与书打交道。在步入学术殿堂的半个

多世纪中，读书研究的结果，则是自己大概也写了近 50 本书，主编
了上百部书，个人所写书文总字数可能已超千万，因而觉得在书中
真的活得比较踏实，很喜欢这种生活。宋真宗赵恒曾在其《励学篇》
中表露了"书中自有黄金屋，书中自有颜如玉"的功利思想，这种
具有至高之位的皇帝所持守的庸俗之见是不会理解读书的真谛的。
但其想法在中国社会却较为普遍，过去人们一般会认为读书为了升
官发财乃顺理成章，至少也是为了改变人生，改善将来的生存处境，
而纯以读书为生却好像根本不可思议。对此，当前争议很大，我们
的学校教育强调读书是为了远大理想和民族使命，但不少名校学生
或其他高才生学好学成后却"报效"他国、定居海外，给我们的社
会带来巨大困惑也是不争的事实。在倡导与现实之间，读书是目的
还是手段于是似乎难以说清。各种选择好像各有其理，真实情况也
正是当下仍旧存在着各种选择。其"真"与"理"无法不让人存有
想法，不去面对，故而值得我们深思。实际上，功名利禄、青春韶
华，"最是人间留不住"。读书、学习乃出自天性，应该以一种平常
心来对待。

　　不过，主动读书、爱读书与被动读书、不爱却不得不读的主观
感觉毕竟还是不一样的。这里，把读书作为目的或手段都不是根本
性的，关键在于读书是否体现出人的性情、情结和本真，是否为至
少主观上并不去计较功利的本意真心。记得我在一次搬家时告诉搬
家公司我住两居室，于是搬家公司派了一辆可搬三居室之家的大车，
但搬完书后他们发现车的底部都被书的沉重压变了形，大呼太亏了；
而一位搬家的小伙子感慨这些书卖废纸也可能就值几百元而已，让

我一时哑言。我曾到上海一位著名学者家中做客，他当时买了一套四居室的房子，其中三间房子放书，故也有人跟他算账说，以当时的房价三间房卖出去值多少，即使租出去也会收到很高的房租，而他那三间房的书就是全都卖掉了也不值几个钱。在我回国不久参加一次留学回国人员座谈会时，只有我一个文科生，而其余人比较普遍的观点也是认为所学知识若不能赢利赚钱则毫无价值。这显然就有着价值观上的问题。在中国古今历史上，这些功利思想占据很大空间。例如，在当下火爆流行的网络小说中，其主人翁基本上都是富可敌国、武功盖世，而且无法无天仍可逍遥法外的"财神"；如果"才神"不能具有"财神"的潜质或真正成为无人可比的"财神"则分文不值，就会跌下神坛，在社会上什么都不是。这种想法其实已经异化为不少人的信仰。以功利性为目的的读书学习故也导致了真正的读书人在社会上被边缘化，或者受到种种误解或猜忌。

其实，读书对其爱好者来说是其生命的真谛、生活的价值、存在的意义，本是其生活的最基本构成，及其人生乐趣之所在。读书不应被视为一种被动的逼迫，而只有被作为主动的喜好才会持久，也才有意义和价值。学习应该学而喜，阅读则需悦而读，这可为读书的基本态度和形成的习惯。天生的读书人对书会一见钟情、爱不释手，这里展现的是一种感觉，即读书所自然流露出的语感、情感和心感；而不喜欢读书者对书则无动于衷，不会触摸，没有感觉。于此，读书就是一种自然的生活，是一种天性，而不应为任何功利的诉求，不能勉强为之。一旦教育诱使人把读书作为功利的工具，则会使之陷入歧途，让人们读书成为死记硬背的程序或胡思乱想的寄托，书本也只是谋求功利的道具，其结果就是读书对被动者来说如同嚼蜡、索然无味。这里，"知识就是力量"则被歪曲、误解。所以，我们应该深刻反思当今教育求知中的读书动机与方式。其实，读书最为关键的是要找到一种了解世界的感觉，形成好奇、探究的天性，开启人的智性、悟性和灵性，培养出一种令人向往、仰慕的精神气质。培根在《论读书》中指出，史鉴使人明智，诗歌使人巧慧，数学使人精细，博物使人深沉，伦理之学使人庄重，逻辑与修辞使人善辩。这里虽然仍有某种功利思想的余痕，却更多是读书变化气质的意向。"学以成人"，让人成为高雅的人、高贵的人、高尚的人，使人类社会不断进步、不断升华、不断完善。这才是书之学及其用对于人的真实意义和重要启迪，是读书的本质所在。如果书恋成为民族之恋，这个民族才可能真正提升其文化及自信，从而有底蕴、有底气地自立于世界之林。

二、逛书店

　　在我的老家常德原来的市中心有当时全市最大的新华书店，而我就住在其楼上。因为我母亲从农村下放返城后被重新分配工作，成为市教学仪器站的职工，而仪器站就与新华书店在同一栋楼里，我们职工宿舍就恰巧在书店楼上。那时我已经上了高中，因为对书的兴趣而对楼下的书店特别关注，从楼上望见书店门口人群进进出出，熙熙攘攘，就有着想立刻下楼走进书店逛逛的冲动。但作为中学生的我囊中羞涩，进入书店也基本上是"window shopping"（浏览书窗），隔着玻璃看看进了哪些我感兴趣的新书，饱饱眼福、过过干瘾。不过，这种书店之逛也不是每次都空手而归。记得最得意的一次，是发现书店进了一本关于人造卫星的专业书籍，而我决定将之买下；但售货员称此书只有一本而并不愿意将之卖给我这样一个少不更事、与此学科毫不相干的小毛孩。我坚持既然售书就不应该分大人或小孩，而是谁先到就应该卖给谁，况且当时也没有其他顾客想买这本书。售货员本来理亏，也说不过我，只好乖乖地让步，把书卖给了我。当我以胜利者之姿离开书柜时真的是喜气洋洋，那种愉悦迄今仍然记忆犹新。

在长沙进修期间，打发周末的最佳选择仍然是看书，我通常也会借此机会而进入市中心，找到长沙最大的新华书店去饱眼福。一般早在书店开门之前，我已到书店外面等候。书店门口也有些许可供顾客坐等之处，在这里曾偶遇湖南大学的一位教师也在外等候。他见我边等边看书遂主动与我打招呼，二人相互介绍后似一见如故，谈得非常投机。随后我们一同返回湖南大学，他邀请我去他家小坐茶叙。回程路上虽有凉风吹过，增添了初冬的寒意，但这种"以书会友"的精神愉悦很快就驱走了自然界的寒气，用温暖填满了心间。在大树掩映中的岳麓山腰就是他住的房屋所在处，周围环境如同仙境，让我也有梦入仙域的微醉之感。这位老师的专业为科技领域，其知识范围本来与我相距甚远；但我告诉他，学习外语专科并非我的初选，实乃不许它选而不得为之，少年时最初喜欢的物理却成为自己的精神彼岸，有着永失之痛。由于这次邂逅留下的美好印象，使我凡是遇到物理等相关专业的人士都有一种亲切感，常会失态而忍不住表达自己对学习物理等自然科学的眷恋。

来北京后逛书店对我而言就成为规定动作，这对于我们远离家乡而精神孤独、身心寂寞的学者也为最初容易获得的理想解脱。于是，去书店就成为自己最大的嗜好，也是最易找到快感及满足的方式。北京师范大学和北京大学的书店是我常去之地，而除了所在大学及听课学校附近的这些书店外，我最喜欢去的是北京王府井新华书店和外文书店，以及东单附近的中国书店。王府井新华书店所提供的是百科全书范围的出版物，各种门类的书籍都有，其特点是普遍却不专业，对专业人士而言故乃多而不精、广而不专，因此我有时也会去商务印书馆、中华书局、人民出版社、人民文学出版社的对外书店和三联书店看看，希望能够碰到适合自己专业的好书。而外文书店则多为我的怀旧之旅，以前在湖南只能靠借书、抄书而不敢奢求的外语教材、语法书和相关词典等，几乎都可在此找到。不过，我此时已经离开了外语教学这一行业，故此在外文书店查找的多为与新的专业关联的外文书籍和相关翻译，这样也就扩大了自己外语阅读的范围。去中国书店则为满足自己的好奇心，因为这里艺术类的书籍较为集中，此外还可以找到一些没有能够新印的老书、旧书，有些自己喜欢的书一旦价格合适也会给自己带来"捡漏"的惊喜。过去在常德师专读书时，一位家在上海的年轻教师经常趁回上海探亲休假之际而到旧书店淘宝，买到不少在我看来具有"古董"意义的古旧外文书籍。他经常向我展示他的"战利品"，让人羡慕不已。他还赠送我一本当时 2 元购得的亚当·斯密《国富论》的英文原版旧书（*The Wealth of Nations*，London: George Routledge & Sons, Ltd.，虽无出版年月，但估计最晚也应该是 20 世纪初的出版物），以及莎士比亚原著的小册子，迄今还留在我的藏书之中。这类书籍在北京的中国书店亦有收藏，我在此也淘到一些心仪的书籍，包括郎世宁的画册、较早的外文《圣经》等。就是囊中羞涩、无钱购买而在书店尽情翻阅也可让人一饱眼福，获得人生的特别享受。

到德国留学之后，才发现那里的书店更多。用现在的话说，这也就大大增加了我的"打卡"地点。我就住在慕尼黑大学附近，到学校听课仅需步行十分钟左右。德国的大学和湖南大学相似，与城市融为一体，而无以围墙相隔所形成的校区。慕尼黑大学主楼四周基本上被书店包围，而我所在院系大楼的楼下一层也是各种书店。我去的较多的是本专业书店，其书籍因发行量小而特别昂贵，让人望而却步，但因专业上课需要也不得不购买。书虽必要，购书的花费也确实让人有点心疼。所以，走进这种专业书店既让人兴奋，也有着底气不足的担心。其次我喜欢游逛的是人文社会科学领域的书店，一些具有普及性的思想文化类书籍因印刷面大而价格相对合适，为此我买了不少成套的丛书，范围涉及思想史、哲学史、文化史、文学史、学术史、艺术史等领域。这些书店门口往往设有书摊，摆上各种畅销书、刚到的新书等，以吸引路人的眼球。

不少书店不仅销售德文书籍，也有少量英文书、法文书和意大利文书等可供选择。记得初到德国不久，有一次我路过一家书店门口时，一眼瞥见了其书摊上新到的一本英文书，即美国当代学者丹尼尔·布尔斯廷的新著《发现者：人类探索世界和自我的历史》（1983）。书封设计新颖极富想象力，有着一幅可题为"未知的边界"之插图，插画描绘一个对世界充满好奇心的人从圆形地球边探出头来抬手远眺，惊讶地发现了地球之外硕大无朋、无限伸延的宇宙存在。据传此图出自贝特曼档案馆所藏16世纪木刻画，反映了人们当时对天文学新发现的心绪。这本图文并茂之书当然会让我忍不住止步翻阅欣赏。因为价格昂贵，我原初没打算购买，就想抄下书名、作者，以便去图书馆查阅。没想到小心眼的书商一把夺回此书，不让我抄录相关信息。在赌气的冲动下，我为了面子而不再顾其价格多少，干脆将之买下。尴尬的书商转怒为笑而连连向我道歉。我虽有短暂的"胜利者"之喜悦，却也长了记性，从此在书店不敢再轻易掏笔记录新书信息。但从心里我仍觉得这种书商也太小家子气了，与以往德国人给我留下的大度、豪爽之印象大相径庭。从此我记住了教训，在这些新书书店，只有两件事可以放心去做，一是翻书看阅，二是掏钱买书。不过，我对布尔斯廷情有独钟的触动也情有可原，他视野广阔，研究的涉及面极大，我尤其喜欢他后来完成撰写的人类文明史三部曲。除了第一部《发现者：人类探索世界和自我的历史》是探究科技与地理外，他于1992年出版了其第二部《创造者：富有想象力的巨人们之历史》，论及文学与艺术；在1995年又推出其第三部《探索者：人类不懈理解世界的故事》，深究哲学与文化。他在《探索者：人类不懈理解世界的故事》中写了意味深长的结语："身处两个永恒——逝去的往昔和未知的将来——之间，我们从未停止追寻自己所处的位置和方向感。"这在巨大的宇宙外在时空中间仍不忘看似渺小的人之主体的追求和使命，让人唏嘘，令人敬叹。

在慕尼黑市中心也有几家让我心仪的书店，其中一家是我博士生导师比塞尔教授经常举行新书发布会的书店，故而我在那儿购书也可享受打折的待遇。这类学术书店不时会组织一些学术讲座，通常会以某部新著为主题，但也很有吸引力，我参加的几次新书发布讲座都给我一种高朋满座之感。此外，大学四周还有很多旧书店，根据我的购买力，那里则是我最喜欢的去处。这些书店堆满了各种书籍，价格合理，店员和蔼，但需要自己费力地在这些书堆中耙梳、找寻，而这种搜寻也本无固定目标，全看人与书的缘分。我经常在课余时间串逛各种旧书店，几小时下来多少会有几本书的收获。

此后，去国外进修、参会，逛书店成为我的保留节目。每次出国归来，都会带回满满的、沉甸甸的一箱书，在看着这些"战利品"洋洋得意之际，也有着提着沉重的箱子要爬上无电梯的五楼住所之烦恼。随着年龄的增大，通常一口气爬到三楼已是极限。而家里也到处堆满书，带回家的新书无处可放。除了慕尼黑的书店之外，在国外对我印象较深的一是伦敦和伯明翰城里的几家著名书店，二是海德堡、蒂宾根等大学城的书店，三是赫尔辛基市中心的书店，四是罗马城梵蒂冈广场附近的书店，五是温哥华的书店，六是加州（即加利福尼亚州）伯克利的书店。其中一家"红色书店"可以看到中国"文化大革命"时期的一些书籍和物件，其"革命"倾向也加深了我的印象。我自觉骄傲的是，在这些书店中都留下了我求学的足迹。

留学回国后，北京成为我逛书店的主要之地。虽然利用参会、讲学之际也曾到上海、杭州、广州等地的多家书店"打卡"，但与北京相比则不可同语。北京书店较多，我比较喜欢光顾的包括北京大学校门边的"风入松"，其创始人王炜先生曾任教于北大哲学系，是我的同行好友，我们曾一起在北大接待过到访的英国著名教授麦奎利夫妇。可惜王先生英年早逝，此后我也未再光顾"风入松"。在北京较大的书店中，我偶尔会去王府井的新华书店、西单的北京图书大厦，但比较喜欢也经常去的则是中国美术馆东街的三联韬奋书店，其因装修而一度搬迁，曾使我颇感失落；此外，商务印书馆门前的书店也是我常逛之处。记得有一次购书太多，书店还曾专门派车将书送到我家中。这两家书店都有新设的咖啡屋，在书柜之间闲逛后可以小憩，在此听着声音不大的轻音乐，品尝着香气扑鼻的咖啡，可以喝出别有之风味。韬奋书店内还经常组织各种讲座，以吸引读者的兴趣，增加听众的知识。听说有的书店还尝试过24小时营业，遗憾我未曾到访及体验在书店夜读是何种感觉。在北京，人民出版社门前的书店也被我不时参访，主要感兴趣的是其与东方出版社出版的各种人文书籍，以及人民文学出版社出版的文学书籍。

上海的书店给我留下了美好印象。上海的文化氛围极好，其居民亦十分讲究生活品位。这些特点在其书店、博物馆中亦得以体现。我除了曾应邀到访上海不少大学、研究机构等之外，还曾被上海博物馆及相关书店特别邀请做相关讲座。其中印象较深的就是坐落在黄浦江边的建投书局浦江店，这个书店处于上海寸土寸金的黄金地段，而且书店的布局、风格亦有着极高的品位，可以说能给浦江添色增辉。这一江景书店还经常组织各种书籍及知识讲座，我就是经朋友推荐而享受到这一待遇来此做过讲演。书店显得豪华大气，而且分布在不同楼层，上下之间有机衔接，形成一体共构的书苑氛围，因而其书卷气也极为浓厚。在讲演之前我极有兴致地跑上跑下，参观了整个书店，并惦记上了其中的几本书，讲座结束后我便专门购买了那几本装帧精美的书籍，满意而归。这种书店别具一格，且颇有气魄。如有机会，真想再到这一位居高楼之中的书店打卡、怀旧，饱览浦江风光。

新型冠状病毒疫情之前我经常出差，也习惯坐飞机出行，故而就常光顾设在机场的各种书店。本来只想于此消磨时光，随便看看，但往往一待就是很长的时间，直至拖到需要马上登机了才匆匆离开。机场书店以销售畅销书为主，但其中也有不少人文学者感兴趣的书籍。我比较喜欢的是中信书店，其书店容量虽然不大，却"麻雀虽小五脏俱全"，可以满足不同需求的读者，有些学术类著作或反映社会发展最新动向的书籍就颇能吸引我的眼球。尽管在出差途中不能放纵自己的采购欲望，但结果多是冲破自律，满载而归。在飞机上坐好后第一件事情，就是把刚刚购得的新书打开细看，以满足先睹为快之感。

因为交通不便和时间有限，加之年岁渐高，近些年自己去的最多的则是中国社会科学院的社科书店。在留学回国之后，我常去中国社会科学院的社科书店和社会科学文献出版社的书店购书，因为书店就在院部而很方便。但社会科学文献出版社搬走之后，由于其书店距离较远故而去的就少了。可以说，我与社科书店的关系时间较久，联系亦甚密，目前其已成为我购书最主要的书店。近些年我搬到潘家园之后，则发现其旧货市场周末的书市也是一个很好的去处。这里书的种类多，价格也相对便宜，只是人山人海，极为拥挤。为了买得更多的书籍，到潘家园周末书市我通常都会带上去商场购物才用的小推车。因装书，我已经用坏了两辆推车。有一次我从书市满载而归，小车不堪重负，车的辖辘已被压变形，有一边的车胎也被挤压了出来，而在快进小区大门时恰巧碰见同院的一位熟人要过来帮忙，当时我突然感到此乃一个非常狼狈的场景，故在同事面前颇显尴尬。但能够买到如此之多自己心仪的书籍，对于其他也就可以不管不顾了。这种逛书市、狂买书之态也乃"毕竟是书生"的生动写照。

目前中国书店的总体状况不是很景气，不少民营书店已经倒闭，有些书店还在苦苦挣扎、拼命维系，实属不易。真正的读书人已经越来越少，社会对读书的兴趣亦越来越淡。网络世界在冲击着现实世界，虚拟在替代真实。人们没有意识到这既是人类未来的希望，也可能是日益逼近的危机。当传统消失时，人类积淀起的悠久文化则会荡然无存。目前，不仅书店在倒闭，商场也日趋萧条，现代文明形成的社会联系、人们共在之链条正在断裂。不过，听说北京近年也增添了一些特色书店，成为激流勇进、迎难而上的逆行者，真是值得敬佩。如果有合适时间，我也很想去逛逛，对之一直持有好奇之心。在互联网、大数据时代，为了留住销售传统纸质书籍的书店，保存我们文化传承的书香，我曾呼吁以国家护持、民间公益等方式来保住这些书店，维系国民的读书传统及习惯。书店不仅能够生动、鲜活地呈现最新的知识成果及文化动向，汇聚人类的思想财富和精神意趣，而且其本身就是社会的文化写照和国民素质的动态反映。我们去书店逛逛，实际上也能表达民众的精神之旅，是其文化的充实、维持和传承。其中的精华和奥妙，是任何电子书籍及电子阅读所不能取代的。而且，保持多数人在现实市场中的流动，不只是一种怀旧，也是对我们城市文化的维护。在与时俱进中，我不会排拒步入虚拟的书房、书店及图书馆，寻觅高科技带来的新奇和惊讶，但我更希望还能继续在具有我们文明象征及特征的实体书店中徜徉遐想、流连忘返。

三、图书馆的乐趣

　　图书馆对我的吸引始于上大学期间，记得那时我所在的学校图书馆也就两间大房子的藏书，而我们学生也只能借助于藏书目录来找书、借书，享受不到开架阅书的待遇。此后我在湖南大学进修期间借书也是凭书目找书，虽知道其图书馆很大，却并没能获得机会一窥其真容，所以对其藏书只能是相望、相思。直到来北京读研，才开始了与一些图书馆的亲密接触，当时的惊讶和激动迄今仍不能忘怀。

　　图书是人类智慧的标志及人类文明成熟的象征。文字的发明与金属工具的出现和国家的形成被视为人类文明标志的三要素，而从文字到成书则说明相关文明已达至成熟。在论及古代文明时，人们会特别提及公元前 4 世纪古埃及亚历山大图书馆，它曾被誉为"地中海文明的太阳"。而西方文明在中世纪的复兴也得益于古代与中世纪转型时期基督教修道院图书馆对古代书籍的保存及传承。著名作家昂贝托·埃科在其小说《玫瑰之名》中曾生动描述过中世纪意大利北部山区一个天主教本笃会修院图书馆的丰富藏书，给人留下深刻印象。可以说，图书馆是汇聚人类智慧结晶之处，是对人类文明成果之文字记载的集中呈现。作为一个人文领域的研究者，我对图书馆有着一种特殊的情感和特别的亲近。

在北京读硕士学位时，我们的研究生院最初就设立在北京师范大学校园内。虽然我们研究生院有图书馆，我也是其阅览室的常客，但毕竟初创时期的这一图书馆规模较小，藏书不多，无法满足研究生阅读及研究的需求。因此，我当时还经常去北京师范大学图书馆借书，在其图书阅览室看书。那时学生读书的热情非常高，其图书阅览室在晚自习时经常爆满，往往还没有开门，门外已经挤满去看书或占座的学生，甚至不时出现挤破阅览室玻璃门的现象。这成为当时北京师范大学的一大奇特景观，"占座"成为寓意丰富的术语，也常被人们所笑谈。我特别怀念那时人们读书的热情和渴求知识的激情。记得每一次讲座，礼堂或教室都会人满为患，讲台四周都坐满了人，甚至过道都挤满了人。印象特别深刻的是有一次于光远先生来举办讲座，他在讲台上坐下之前无意识地提了一下裤子，引得满堂大笑。他的讲演非常幽默，他还告诉大家他有一个习惯，就是会随身带着一个笔记本，把随时听到、看到，觉得有意义、有启发、有价值的内容记下来，并称其为"学聪明笔记本"。为了加深对讲座主题的印象，我们还会事前或会后到图书馆专门借阅与之有关的书籍。这样，上图书馆与学习、研究，以及听讲座、扩大知识面等就非常有机地结合起来了。

那一时期去得比较多的图书馆还包括北京图书馆、中国科学院图书馆社会科学分馆、北京大学图书馆等，但基本上只能靠书目来借书。虽然北京图书馆设有开架图书阅览室，但可供阅读的专业书籍毕竟有限，主要是为读者查阅工具书提供了便利。这种规定当然必要，但总使我觉得与图书馆隔了一层，没有那种直接查阅的惬意和快感。当然，北京图书馆作为亚洲最大的图书馆也有不少极为独特而吸引人之处，如其馆藏使其成为世界三大图书馆之一，而其珍藏也让人大开眼界，我就曾因一次偶然机缘而去其地下珍藏馆饱过眼福。此外，北京图书馆还经常组织学术报告会和各种艺术展览及音乐会。我后来也被邀在其新馆和老馆做过几次学术报告，既面向省部级领导，也向大众开放。记得有一天上午在北京图书馆老馆的报告会上，听众挤得满满的，有听众告诉我说他们下了夜班后就直接来北京图书馆听讲座了。那次因为找我询问的听众太多，还与图书馆工作人员产生了一点冲突。我曾参观过十竹斋在北京图书馆老馆的艺术展览，也多次在北京图书馆新馆礼堂欣赏过各种音乐会。其浓厚的文化气息，弥漫四周的书香，使之成为学者向往的圣地。在我所创始人任继愈先生担任北京图书馆馆长时期，我曾与北京图书馆有过频繁而密切的交往，并有过不少学术合作。那时北京图书馆研究部经常组织学术活动，我就是其常客之一。此外，我有两位同行朋友曾在北京图书馆工作，一位专门研究古籍善本，一位集中钻研北堂藏书。他们后来都成为学界名家，一位以研究敦煌文献及佛教经典而驰名中外，另一位则是令世界瞩目的海外汉学研究专家。在几十年的学习研究中，我接触较多的国内图书馆主要还是各高等院校的图书馆。凡是去高校开会或调研，我总会以一种朝圣的心态找时间完成对其图书馆之旅。而置身于图书馆之中，我就会觉得自己又变回了那生性好动、活蹦乱跳的孩童，对书充满了新鲜和好奇，在书柜之间不知疲倦地来回窜动，流连忘返。我知道北京和其他城市中还有不少具有内部性质或会员制度的各种特色图书馆，如西华书房及其长安街读书会等；我也像探宝那样四处打听这些特色图书馆或特殊图书馆，可惜缘分还不够，未能窥其真容，但也乐观地相信这可能是为未来结缘埋下的伏笔，故充满期盼。

　　让我觉得最为过瘾的，则是直接进入图书馆藏书内查阅、找寻，以尽情获得读书的满足感。这在我们社科院世界宗教研究所的专业图书馆中得以实现。硕士研究生的专业第一课，就是导师赵先生将我们带到白云观"参观"。当时白云观还是我们社科院世界宗教研究所的图书馆所在地，导师于此成为"导游"，带着我们边参观边讲解，告诉我们各类图书的分布，以及如何进行查找。这是我第一次进入图书馆之内欣赏心仪的书籍，在震撼、惊讶之余也特别开心、快乐。此后，我们就有了开架找书的待遇。随着社科院世界宗教研究所图书馆的搬迁，其在社科院食堂地下室曾待过不少年头，我们在地下书库穿行时曾浪漫地想象，地上是物质食粮，地下乃精神食粮，由此精神从升腾变为沉潜，知识接了地气。在社科院办公大楼建好后，我们研究所的图书馆终于回到了研究所的怀抱，成为研究所办公场所内在的有机组成部分。研究所地处社科院大楼八层，在十五层大楼结构中自然成为中心，因此我所图书馆也低调地成为整座大楼的中心图书馆。这一殊荣成为我所图书馆发展的顶峰及尾声，随着院图书馆大楼的建成，我所图书馆被合并入院图书馆，仅剩下一间孤苦伶仃的阅览室让人们记忆其昔日的辉煌。当时我们研究所将主要经费都用来购置图书，曾经是全国本学科领域最大的专业图书馆。为了充实所图书馆的藏书，我也曾将自己从欧洲获得的全套《华裔学志》赠送给所图书馆，这几十册图书现在已不知在何处沉睡。那时在所图书馆内自由地穿行，贪婪地阅读，曾成为我生活的重要构成。院图书馆大而全，而且还收藏了我的个人专著，也让我很是感谢。只是我们专业的藏书有所打乱，查找书籍反而不如在研究所时那样方便。虽然现代图书馆有了电子化、网络化的进步，但我还是感到缺少了过去开架查书时与书面对面的那种亲切感。

20世纪80年代我去德国留学，同样过足了浏览图书馆之瘾。德国人是一个爱读书的民族，他们不少家庭的藏书就形成了各种规模的图书馆，尤其是他们对哲学、文学、艺术等的爱好，我由衷敬佩。正是因为对德国各种图书馆的体验及感触，使我曾在1988年写过一篇题为"图书馆里的乐趣"之文在《人民日报》（海外版）上发表。这种乐趣使我现在仍将此名作为本文的标题，以表达对之刻骨铭心的体悟。在慕尼黑大学进入专业学习后，我的第一印象即研究所图书馆，这里藏书不多，基本上是常用的工具书和随时更新的专业杂志。而在较大的系图书馆中，则有本研究所专门的藏书区域。这些藏书由研究所管理和更新，我们那时的任务之一就是随研究所的助教一同去整理这些书籍，于是也就对专业图书有了最基本的认知及其所在位置的熟悉。系图书馆内安置有不少桌椅，读者可以将正在使用的书籍放在桌上，而在书柜原处留下记号，写明该书现在放置在几号桌上，便于急需者查找，这给使用者和急需者都带来了方便。系专业图书馆之上则是大学综合图书馆，这使读者也可借阅其他方面的书籍或从事跨学科研究。

慕尼黑最大的图书馆则是其大学核心校区对面的巴伐利亚国家图书馆，它与柏林的国家图书馆同为德国最大的图书馆。巴伐利亚国家图书馆是德国统一前最大的州立图书馆，始于 1558 年的一所皇家图书馆，1803 年接受了众多教会及修道院图书馆的大量藏书，1829 年改称宫廷图书馆，其馆建规模于 1832 年至 1843 年基本形成，给人古色古香之感。该图书馆于 1918 年归巴伐利亚管理，1970 年完成重建，并扩大了规模，目前有上千万册书籍，藏书侧重人文社会科学领域，而且其书籍"古董"甚多。这个图书馆也是我最喜欢去的福地之一，不仅藏书丰富，而且借阅方便。有些古籍、善本等虽不让外借，却可以在预约后在其专门阅览室阅读。例如，我就曾专门去浏览过其收藏的中国古籍、手稿等，可以说是大开眼界。此外，巴伐利亚国家图书馆还不定期地举办各种书展。给我印象最深的即它有一次展出的欧洲中世纪手抄本《圣经》，各种《圣经》琳琅满目，装帧精美，不少《圣经》封面还镶嵌有各种宝石，其珠光宝气也让人想象到当时教会的鼎盛及奢华。当然，这些古籍不让人们触摸，只能隔着玻璃欣赏，但也已经让人大饱眼福。

德国是拥有众多图书馆的国度，并把每年 10 月 24 日设为德国图书馆日。在慕尼黑之外，我还参观过德国各地尤其是其著名大学的图书馆，如蒂宾根大学、波恩大学、海德堡大学、汉堡大学、马尔堡大学、莱比锡大学、柏林洪堡大学等，也包括柏林国家图书馆。因为没有机会在这些图书馆潜心阅读，故而只能说是对之有过"参观"。我第一次到蒂宾根时，还专门拜访了著名的牟尔特曼教授，他在家中书房的亚洲书屋接待了我，其浓郁的东方韵致给人带来东西文化交流的各种遐想。不过，在这些"参观过"的图书馆中有两个则是例外，一是波恩附近圣奥古斯丁的华裔学志研究所图书馆，这是我常去且有过充分阅读的图书馆；与之比邻的还有著名学者施密特创立的人类学研究所图书馆，我也偶尔光顾。我在华裔学志研究所图书馆有多次逗留，而且还复印过不少资料。记得我学成回国之后有一次利用访学机会再到华裔学志研究所图书馆复印资料，因为大家都太熟悉了，故而在付费时图书馆管理员认真地对我说我在中国已是教授，由此必须按照德国教授的标准付费，价格翻番，当然这就比学生付费贵了很多。这件小事也能看出德国人的认真和对规章制度的严格遵守。另外一个则是非常著名的沃尔芬比特尔的奥古斯特公爵图书馆，这是当今世界上最古老的图书馆之一，于1572年创建，1690年莱布尼兹、1770年莱辛曾先后到此担任过该图书馆馆长。1993年著名汉学家、我的博导之一施寒微教授担任其馆长之后，曾邀请我来该图书馆研读两个月。其图书馆的特点之一，就是其为整个欧洲近代书籍收集最全的图书馆，其中包括不少关涉中欧交流的书籍，故而也是欧洲汉学著作较全的图书馆。按照规定，读者只能在图书馆内阅读，而且只许用铅笔抄写或记录，因而对书籍的保护极为严格。这是一个偏僻的小镇，人迹稀少，从其小镇之名"沃尔芬比特尔"（"沃尔芬"意即"狼"）就可以看出。一到周末和假期，无法去图书馆研习，欧美的访问学者就都会外出旅游，而我则习惯在小镇中漫无目地晃悠，有时因看不到一个人影而不免心中发毛，直到在镇中心偶遇个别来访的游客，心里方显踏实。因为寂寞，我就主动向遇到的游客搭讪，没想到还遇到一个曾来过中国访问、非常热心的德国人。他就住在附近村庄，因此有好几个周末他都会开车来带我去附近游玩，了解当地掌故，饱览田园风光。这种周末兜风减缓了自己的孤独心境，我对他真是心存感激，迄今仍念念不忘。

此外，我在欧洲还去过意大利米兰的圣心天主教大学图书馆和昂布罗修图书馆。时任昂布罗修图书馆副馆长的傅马利博士是意大利著名汉学家，曾出版过专著《米兰昂布罗修图书馆与中西文化交流》（浙江大学出版社，2008年）。我多次来这个图书馆，都有他作陪和详细讲解。我们在利玛窦家乡的马切拉塔大学开会期间，曾参观过这里的图书馆，希望能够找到利玛窦在其家乡的蛛丝马迹，但未如愿。而我在博洛尼亚开会期间，也抽时间专门拜访过意大利历史学家阿尔伯托·梅洛尼在该市其主持工作的基金会图书馆。由于这本不在我们会议日程的安排之内，所以我与同事商量好碰面的时间及地点后马上乘出租车前往。在这个有好几层的图书馆，我几乎是跑步参观，只图留下一个基本印象。梅洛尼曾在佛罗伦萨劳伦特图书馆发现了13世纪的《马可·波罗圣经》，并将之修缮整理，为此我还在2012年专门为其组织的相关展览写过贺词。梵蒂冈图书馆中文部的余女士与我有过联系，并曾赠送给我她编写的该图书馆馆藏中国学书目，使我对其汉学馆藏获得一定了解。我去过多次奥地利维也纳大学，对其汉学及藏学研究有较深印象，也去过相关图书馆参观；其汉学系创始人罗致德（德文名Otto Ladstätter）教授曾邀请我去他家做客，这是在维也纳郊区一个山顶上的独栋住房，也是一个家庭图书馆，收藏有许多汉学书籍。在法国巴黎，我去过法兰西国家科学研究院，以及利玛窦研究所，因而对其藏书也稍有接触。而荷兰莱顿大学和阿姆斯特丹大学图书馆、比利时鲁汶大学图书馆等，同样给我留有深刻印象和美好回忆。我曾在鲁汶访学三个月，也是在其大学图书馆结识了当时已学成而准备回国的赵敦华博士。回国后他成为北京大学哲学院的知名教授，我们在学术上也有长期而愉快的合作。在欧洲，我还在阿姆斯特丹公共图书馆参加过国际会议，在芬兰赫尔辛基大学图书馆参观访问。这种在图书馆中的活动，其学术气氛真是妙不可言。听说赫尔辛基在2018年年底新落成了奥迪图书馆，被称为市民的"公共客厅"，希望今后有机会能够亲临直观。芬兰重视读书和教育，故而有着"世界教育第一"的称号，其民众亦有着"把读书刻在骨子里的芬兰人"等美誉。

　　除了德国的图书馆，我去得较多的则是英国各地的图书馆。我不仅在英国的大学参加了许多国际会议，而且还于21世纪初在英国伯明翰度过了一个学年。英国不列颠图书馆（大英图书馆）是人们慕名而来的藏书圣殿，有着古典与现代的交汇，是读书人心目中的天堂，来这里对我而言乃是朝圣而非潜读。此外，牛津大学、剑桥大学、爱丁堡大学等都具有古典情调，其中各个学院的图书馆亦古色古香，漫步其中很容易会触发思古幽情。在剑桥大学主要对本专业学院的图书馆有所接触，我曾应邀在该院有过学术讲座。其时任院长不仅学问很好，其社会交往的能力也很强，争取到不少赞助来支持其学院建设。虽然我也曾多次在牛津大学访问、开会，记得不少会场其实就是设在其相关图书馆内，但印象比较深的还是牛津大学称为博德利图书馆（Bodleian Library）的总馆，得名于 16 世纪末为图书馆建设做出重要贡献的杰出校友博德利（Sir Thomas Bodleian，1545—1613），但钱锺书在此留学时按其发音为之取了一个中文雅名"饱蠹楼"，堪称绝译。在这些大学图书馆的体验基本上是一种沉浸于历史的享受，于我而言并无真正沉潜式的研究阅读。因此，在这些大学小镇，我基本上是一位慕名而来的游客，有着各种猎奇和寻踪；对相关图书馆的拜访也只能是浮光掠影，无法深入。

而我真正查阅过书籍、进行过研读的则主要是伯明翰大学的各个图书馆，以及伦敦大学亚非学院图书馆。在伯明翰大学的图书馆我很有收获，于此完成了两部专著的写作。由于来伯明翰是携家同往，故闲暇之际也会带着当时上中学的孩子到伯明翰公共图书馆游玩。记得有一次在图书馆遇到一位中国女士带其女儿来此，两个孩子查书游乐之际，两个家长也无事闲聊，她开口就问："您带着孙子来图书馆啊？"我一时语塞，随之脱口回问："我有那么老吗？"弄得那位女士也比较尴尬，连连道歉。这一下子让我回想起在北京望京住所那次接还在上初小的儿子回家，宿舍门口遇见文学所曾同读硕士的同学接他孙子回来，我们两人见面遂相互招呼，我儿子亦礼貌地向他说了一声："叔叔好！"我于是问儿子为什么叫我同事"叔叔"，他理直气壮地回答说，因为那个小孩比他小，所以他的爸爸当然比自己的爸爸小，应当叫"叔叔"。我告诉儿子那孩子是我同事的孙子，儿子马上满脸狐疑地问道："那你的孙子呢？"我笑而回答："这得问你啊！"没想到在异国他乡，我的儿子却被同胞当作我的孙子了！这段插曲说明图书馆也会给人带来生活中各种意想不到的乐趣和充满快感的尴尬。

在英国给我印象最深的还是伯明翰住地所在学院的图书馆，以及我们去伦敦时常住的高隆庞会驻地图书馆。该学院图书馆完全开架，且 24 小时开放，有可以上网的电脑，以及投币使用的复印机，使用极为方便。为了避免使用高峰，我常在夜深人静时来图书馆工作，此时在图书馆中不会超过五人，且经常只会剩下我一人滞留其间，因此可以充分利用图书馆，享受着"独自"拥有的快感。高隆庞会驻地位于伦敦近郊，这是一栋四五层的白色小楼，我们戏称其为"白宫"。据说当时只花了约五万，即不到十万英镑就买下了此楼，而如今其价值已超过千万。楼中二层以上为住宿之地，房间外面的过道、休息室则布满书架放书，供人随意、随时翻阅。所以这也都成为我享受阅读的福地。特别是在外面跑了一天之后，晚上静下心慢慢读书，的确也有无限惬意。在英国研修之际我还去过一趟爱尔兰都柏林大学，途中专门在北爱尔兰贝尔法斯特女王大学参观了其博物馆和图书馆，并了解到一些关于在中国晚清担任海关总税务司的北爱尔兰人罗伯特·赫德的相关史料。都柏林大学邀请我做了一场讲演，余下时间就基本上是参观，我当然不会放过图书馆，因而在获得知识方面也算是满载而归了。

欧洲图书馆历史悠久，馆藏丰富，自己在欧洲访学研究前后有六七年之久，故而对其图书馆特别青睐。相比之下，我在北美的研修机会较少，时间亦短，因此在其图书馆的经历与欧洲相比则相形见绌了。尽管这样，我在北美的图书馆也有让人难以忘怀的回忆。

我在美国到访过的图书馆包括美国国会图书馆，以及属于哈佛大学，芝加哥大学，芝加哥罗耀拉大学，耶鲁大学，旧金山大学，加州大学洛杉矶分校、圣地亚哥分校、圣巴巴拉分校、伯克利分校，圣母大学，华盛顿天主教大学，乔治城大学，波士顿大学，哥伦比亚大学，马里兰大学，埃默里大学，夏威夷大学，杨伯翰大学，犹他大学，纽约协和神学院，伯克利联合神学研究院，富勒神学院和美国犹太神学院等高校的各种图书馆。当然这种参访只能是走马观花，饱饱眼福而已。在美国的图书馆及藏书中，有两件事给我留下了特别印象。一是我们研究室原主任高先生所说的与美国国会图书馆的经历。高先生移居美国后一直从事历史研究，有一次他想从该图书馆借一本中国古籍以查阅相关资料，但图书馆来函说此书属于善本而不能外借。在高先生颇感失望和遗憾之际，没想到图书馆却给他寄来了该书的复印本，使他喜出望外，极为感慨。另外则是我在纽约访问时，邀请我的纽约公园东犹太会堂大拉比施奈尔陪同我到纽约大都会博物馆参观，没想到他预先安排了该博物馆将馆中珍藏的一些古版《圣经》取出来供我欣赏，让我获得意外的惊喜。该博物馆我自己去过多次，但没想到会有这样一次难得的殊荣。而我交往多一点的则是旧金山大学利玛窦中西文化历史研究所的图书馆和耶鲁大学神学院的图书馆。利玛窦中西文化历史研究所原所长马爱德博士及接任的吴博士与我们有学术合作，因而在几次访问该所时我都参观了其馆藏图书，尤其是涉及中国历史文化的藏书及古籍珍本。我接触的耶鲁藏书也主要与中国有关，学院图书馆还收藏有涉及中国教会大学的资料及缩微胶卷等，不少中国学者都曾专门来此访学研修。有一次其院长还专门邀请我到他家晚宴，并请了学院的一些同事作陪，大家畅谈甚欢，在场的耶鲁大学著名讲席教授沃特斯多夫先生还赠书给我，并因知道中国对他有着专门研究而非常高兴。

我在加拿大的经历则以温哥华为主，曾在不列颠哥伦比亚大学（简称 UBC）做过一个多月的访问学者，因而对其相关图书馆也多有接触。此外，在这一期间我曾应邀去附近的维多利亚大学做学术报告，也顺带参观了该校的图书馆。后来因参加国际会议，我有机会去多伦多，故而在走访该大学及其相关机构时专门参观了其图书馆，当然也只能是浮光掠影的经历。

参观图书馆及在其内阅读、查看，此乃我人生的最大乐趣，因为一辈子与书打交道，对图书馆自然有着特别的亲切感。因此，我在外访问或进修时的一大嗜好，就是参观图书馆。这种专爱使我还去过以色列耶路撒冷和特拉维夫的希伯来大学图书馆，海法的巴哈伊图书馆，土耳其伊斯坦布尔的伊斯兰历史、艺术、文化研究中心图书馆，贝宁波多诺伏大学图书馆，新加坡国立大学、南洋理工大学、三一神学院和联合圣经公会的图书馆，日本的东京大学、京都大学、名古屋南山大学和国际基督教大学的图书馆，韩国的延世大学、首尔长老会神学大学和大田广域市培材大学的图书馆，以及我国台湾政治大学、真理大学、东海大学、高雄师范大学的图书馆，香港大学、香港中文大学、香港浸会大学、中华神学院、香港建道神学院和道风山汉语基督教文化研究所的图书馆，澳门大学、澳门理工大学、澳门科技大学和利玛窦研究中心的图书馆等。回想一生，最吸引我的地方就是图书馆，而呼吸书香、抚摸书本则体现了出自内心的爱意。虽然随着网络信息技术的突飞猛进，人们在电脑及手机上就有可能查阅所需要的任何书籍，并且下载使用也很方便，我却仍然喜欢与纸质书本直接接触，乐于将书籍作为艺术品来收藏。这样，我一如既往地购买各种纸质书籍，痴迷书柜、书桌上摆放的书本及对之得心应手地运用。与书为生，这乃修来的缘分。

随着社会活动范围的不断缩小，我有了回归书斋的机会，希望余生能够续缘，畅游于书海，激起灵感浪花。在饱览各种公共图书馆的无限风光之后，现在开始尽我余力营造起属于自己的私有书苑，在一个相对私密的空间中使自己与书籍的接触更为亲密、更加直接。这样，未来虽不能远游，却仍可与书共舞，与书同生。

四、读书会

读书不只是一种私密，也可为共享，故而就有读书会的诞生。其实，欧洲文化传统中最早在法国兴起的学术沙龙就是一种读书会的形式，"启蒙运动"时期孟德斯鸠、伏尔泰、爱尔维修等人在巴黎组织或参与的许多社交及学术活动就是以读书会的形式来展开。马利坦在 20 世纪上半叶担任巴黎天主教学院哲学教授期间，也曾在家中组织"托马斯主义者联谊会"，即研读托马斯哲学书籍的读书会，这对当时新经院哲学的形成起到了重要的推进作用。所谓读书会实际上就是具有民间性质的，非常随意、自由的社会读书活动，其对社会文化氛围的形成或促进则功不可没。西方的读书会多在书店、图书馆、咖啡店或学者家中举行，而中国文化传统中的"雅集"也是非常典型的读书会形式。

我最初体验读书会是在德国大学读博时。由于专业学习的困难和德语水平跟不上大家，我们研究所所长让一位正在读博、同时担任研究所助理的德国同学负责为我们来自亚洲的六七位留学生组织了一个小小的读书会，规定每周组织一次读书活动，每次不超过两个小时。我们分别来自中国、印度、印度尼西亚和韩国，大家从这一读书会获益匪浅。每次读书会都会安排一位同学主讲，结合当时大家参加的专业教学而选定一部专著，事先做好阅读准备，然后在会上等主讲同学讲完后开展讨论，大家相互提问。读书会一般在结束前还会留一点时间，让大家提出上课中遇到的问题或难懂之处，请那位德国同学尽量帮助解答。当然，这位同学专业很棒，博士论文专门研究"新时代运动"，毕业后获得了德国大学教授席位，在21世纪初还曾当选为国际宗教史学会德国学会的会长。2010年，五年一次的国际宗教史学会大会在加拿大多伦多召开，我们在大会上重逢。他后来还邀请我到德国参加2015年的学会世界大会，并愿为我提供往返机票，可惜该会日期与我在国内人大会议的时间冲突。我虽未能成行，德国会议组织方仍对我们中国学者有着特别的关照。

在英国伯明翰大学做访问学者的那一学年（2003—2004），我被邀请参加学院老师及研究生合作的读书会，对英国乃至整个世界本专业发展的学术动态有了及时了解，而在英国学术界的学术重点、风格、特色等方面亦大开眼界。这个读书会取名为"Open End"，是伯明翰大学著名教授约翰·希克所倡导，始于20世纪60年代，每两周举行一次，当时已经坚持活动四十多年了。读书会的组织方式，是由一位本校专业人士或邀请校外专家主讲，通常是选定某一本新近出版的专业书籍为读书内容，讲员一般讲一个小时左右，余下约一个小时讨论交流。读书会基本上是晚上在某一教师家中举行，可以事先约定并安排好次序，大约二十余人参加，包括教师和学生，以研究生为多。参加读书会的人们会带上食品、水果及饮料，作为大家共同的晚餐。这样，或是晚餐之后开始读书会；或是在读书会中间休息时大家进行晚餐，即主讲结束、讨论尚未开始之际。而之后的讨论，大家亦可边吃边聊。方式自由、形式多样、气氛活跃乃其特点。有时候，喜欢音乐的人士亦可带上乐器来参加，在会前或中间休息时进行即席演奏，从而使与会者更加轻松、愉悦。得益于参加这种读书会，我阅读以及购买到了比较重要的相关专业书籍。

　　回国之后，我曾出面组织过两种不同形式及规模的读书会。一种是以专业学术研讨会的方式来读书，规模较大；另一种则是以同仁、老乡联谊的方式组织比较松散、不限专业的读书会，规模则相对较小。在专业学术研讨会上可谓群英荟萃，并能见识不少后起之秀的涌现。我还规定每次会议必须至少要出现三分之一的新面孔，以便提携学术新人，推动学科可持续发展。之所以将专业学术研讨会视为读书会，是有其充分道理的。其实，研讨会上每个人的专题发言都是其读书心得；而且，有些主题还涉及多部专业著作，发言者往往会花费很多心血及时间来进行研读，然后旁征博引、归纳总结，写出并宣读其读书心得及启迪新见。作为听众，我觉得自始至终聆听这些发言是很值的，因为这为听者节约了大量时间，也开阔了其眼界、拓展了其思路。近些年一些视频讲座以代替人们阅读为借口，将读书变为赚钱的手段，从而引起了不少反感，但这种形式集思广益，扩大了受众的阅读面，还是有其好处的。一个人不能不读书，但也不可能阅尽所有让人感兴趣的书籍，因此参加读书会、研讨会，享受别人的读书心得而获此裨益，就是一种很有益的弥补或充实。所以，只要有时间，我是很乐意参加各种读书会或研讨会的。而且，我的"会风"也获得很好的口碑，经常能够自始至终参加。现在不少会议，特别是学术会议的参加者可能只是"开幕式参与者"，一旦开幕式结束就随领导一道不见踪影。相关领导只出席开幕式情有可原，因为他们与会主要是表示对会议的重视和支持，具有"亮相""表态"的意义，而其他人在开幕式后"消失"则匪夷所思。记得我曾在青岛参加一个大型会议，开幕式有500来人参加，而开幕式结束并进入专题研讨后，则发现参会者已不到200人，消失者一下子使会场变得空空荡荡的，有点儿"惨不忍睹"。

随着我组织的学术会议规模逐渐扩大，听会者由50来人增至上百人，也出现了一些人"逃会"的现象。而对于这些"逃会者"，我也会巧妙、婉转地提出批评。比如我就曾在大会总结时指出有些人成为会议的"闪族"，一会儿"闪没了"，一会儿又"闪现了"，弄得会议用餐不好统计人数。因为在会议中我们会抽出一点时间统计一下用餐人数，以免出现浪费；但会中统计的人数往往少于用餐人数，使会务比较被动，只好临时加桌。于是，与会者自己出现了自觉监督现象，如会相互开玩笑地问："今天你闪了吗？"告诫大家不要当会议中的"闪族"。这一招还真管用，后来"闪会者"遂大大减少。这种读书研讨效果非常好，在海内外都广有影响，我曾戏称其为"神仙会"，意喻乃各路神仙相聚，彼此切磋学艺。参加当时研读活动的学者，有不少如今都已成为其学术领域的领军人物，在当代中国学界有着卓然风采。当这些学人追忆其似水年华时，都不会忘记其人生中曾有过这道亮丽的风景线。

　　至于另一种读书会，则是我在原社科书店经理黄德志老师的鼓励下和湘籍学者的支持下，在社科书店组织了第一个读书会即"湘人读书会"，并担任会长。于是，我不仅积极参加了社科院学人沙龙的各种读书会，还专门组织了几次"湘人读书会"的活动，因为黄德志老师本人就是一位热情的"湘人"，其活动场地当然就在社科书店。不过，所谓"湘人读书会"也是开门性、开放式的，只要有兴趣的人都可以参加，因此也有不少籍贯在其他地区的学者来参加我们的读书活动。我在这种读书会上曾担任过主持人、主讲人，并向参加读书会的朋友赠送、介绍过自己的学术新作。湘人叱咤风云的时代已经过去，我曾参加过湖南卫视一个回顾湖南历史名流的电视节目《湖湘性格》最后一集的拍摄，大家对此发展变迁只能面对现实，心照不宣。对比王夫之（别名王船山）、曾国藩、左宗棠、谭嗣同、毛泽东等湖南名人，我们今天的确颇为汗颜，而觉得现在能够做的事情之一也就是潜心学问。虽然对李泽厚等当代湖南学者评价各异、颇有争议，这些在改革开放后脱颖而出的学界前辈仍可称为今天湘籍学人的翘楚。在北京的湖南学者偶尔相聚，虽然失落情绪难以掩盖，但那种"壮心不已"的感觉仍可体会。在朋友的推促下，我也曾挂名主编过类似湖湘文化这样的刊物，出席与之相关的文化活动。非常遗憾的是，为了避"老乡会""同学会"之嫌，这种读书会最终没能坚持下去，成为一段去而不返、抹之难忘的美好回忆。

　　正因为这种经历，故而我非常鼓励现在的青年才俊组织各种读书会。我们单位曾先后出现过不同形式的读书会，但基本上没能坚持下来。故此，当从意大利留学归来的刘博士组织其"知止读书会"

（知止中外经典读书会），邀请我出席其首场活动时，我就送给他们"贵在坚持"这四个字。由于我近年来社会兼职及活动过多，行政及科研任务亦压力太大，故而无法保证能按期参加这种读书活动。但刘博士邀请我参加他们读书会的一些重要活动时，我仍会设法来参加，并对之加以鼓励。刘博士视域开阔，多才多艺，与社会各界尤其是艺术界交往颇广，因此其读书会设计别有洞天、充满创意，并将之与艺术活动、音乐奉献有机结合，吸引了社会各界人士积极参加。他组织读书会不仅强调大家积极互动，而且有艺术家的精彩表演，给主讲者赠送艺术界朋友自制的精美礼品等活跃、多彩的插曲。所以，我非常喜欢这种读书形式，从中可以获得不少见识和灵感。不过，从一开始满腔热情积极参加并坚持下来的人仍然寥若晨星，颇为罕见。出于各种原因，其读书会的参与者流动性很大，而线上读书会也少了一些亲临其境的特别感觉，故也让人有点遗憾或叹息。但值得敬佩的是，刘博士以一己之力坚持到今天，并且目前仍有不少人还在热情支持和积极参加。至 2022 年年底，知止读书会已经组织了庆祝其十周年的纪念活动，先后也已举办过约百届读书沙龙、几百期读书活动。其精神可嘉，令人佩服。回顾这些活动的发展历程及社会效果，参加相关读书会的各界学者已有不少人成为其学科领域中的出类拔萃之辈，活跃在各行各业并做出了突出贡献。这就使读书会的气势不断壮大，社会影响日增。

今天，我们的社会在大力提倡"书香中国"，鼓励全民积极读书。我想，各种读书会应该就是这种全民读书的生动写照，也是中国人文化生活中可圈可点之处，应该珍惜，也必须呵护。读书会应该成为我们当代社会的文化名片，而读书的形式及其活动当然可以多种多样，要为之营造宽松的氛围，提供有利的条件，并应鼓励这样的人才脱颖而出。为了中华民族的文化复兴，为了我们的精神传承可持续发展，热心读书活动的人才难能可贵，所以理应恰如龚自珍所期望的，"我劝天公重抖擞，不拘一格降人才"。

五、我与社科书店

社科书店创办于 1981 年，当时只是在建国门内大街上一个仅有十几平方米的门市部，称为中国社会科学出版社读者服务部。这一年也是我在社科院硕士毕业之年，偶尔去过书店几次，那时与之尚无较深交往。1988 年年底我结束留学生活从德国回到北京，这时书店已迁至东单附近，面积明显扩大，店名亦改称社会科学书店，还有黎澍、李铎等名家的店名题字，形成北京市中心地带一个意义独特的文化场景。虽然书店与社科院院部有点儿距离，步行过去却并不远，因而是我午饭后走过去的好去处。有时，我接待来自我国港澳台地区的学者朋友，也喜欢带他们沿着长安街走到这里享受逛书店之乐。大家都对这儿所选择的书籍好评不断，觉得不虚此行，甚至购买不少书籍带回或委托书店邮寄，我自己那点工资也基本上花在买书上了。常去这个学术性极强的书店，对我回国后及时适应国内学术环境、了解学术动向及关注热点也起到了巨大的帮助作用。那时我们去书店打交道比较多的是几个年轻人，印象较深的包括何非、李是等，两人的名字巧成对比，容易记住。他们朝气蓬勃、敢想敢干，书店办得有声有色，充满活力。

社会科学书店于 1998 年迁入社科院大楼，书店招牌为我所创始人任继愈先生题写，"北京社科书店"六个大字在长安大街上格外醒目。这时书店已由黄德志老师负责，她是湖南人，与我算是老乡吧。虽然这时她已从社科出版社的著名编辑转为书店的"老板"，却依然充满活力，洋溢着激情，所以我们就直接而亲切地叫她"老黄"。可以说，在社科院大楼一层那些年是社科书店人气最旺的年代。正因为这一书店，社科院一度具有很大的"开放性"，院内外读者可以自由地于此相聚，打破了高楼深院与外隔绝的那种封闭性布局。但经过在繁华闹市颇为"风光"的十年之后，社科书店搬进了社科院东门所在的贡院东街"小巷深处"，不再于长安街上出头露面、显山露水。这一"小巷"虽然贴近长安街，却相对僻静，来往车辆不多，行人也比较稀少，为读书则提供了一处安静之所。我曾幻想书店搬迁能够移到社科院西门附近，因为那儿人气较旺，交通也相对方便。可能读书人喜欢"静"而不是"闹"，东方静谧而更有书卷味吧。尽管社科书店有过几次搬迁，现在却毕竟已经回归到社科院院部，对于我们读书购书都极为方便。书店目前的位置虽有一点"大隐隐于市"的味道，而其名气已经在外，故仍能吸引热心读者远道而来、慕名而至。此时"社科书店"的招牌已为胡绳院长的题名，我也参加了书店迁入新址的揭牌仪式。当时书店外还打出了"营建学者家园，促进全民阅读"的横幅，大家都愿意为提高中国人的读书热情而尽力呐喊。社科书店新址虽然有点"偏僻"，却扩大了面积；而且其分为上下两层之后也为各种读书活动提供了非常理想的场所。

在社科书店的来访者中有许多学界名家和各界"高人"。除了社科院的学者之外，龚育之、易礼容、杜维明、陈来、韩美林、张立文、沈昌文、李维康、林谷芳等知名人士都与社科书店有过特别的结缘。而我尤其难忘的则是"老黄"多次告诉我，有一位曾长期旅居海外的王老先生经常光顾社科书店，并专门询问书店是否有我的新著。据说他购买了在社科书店能够找到的我出版的所有著作，并称赞说我的见解既维护了我国的政策立场，又能被海外读者所普遍接受，起到了很好的外宣作用。"老黄"还说，在对我们这一学科研究领域现实问题的探索中，王老先生比较欣赏及看好我以及浙江大学陈村富教授的相关见解和观点。"老黄"的这些信息使我特别好奇，但苦于我并不认识这位老先生，也不知道是否会有机会能向他当面请教。没想到后来奇迹真的发生了，在有关领导的关照下，叶小文先生亲自出面专门安排了我与这位王老先生见面认识。王老先生虽然年事已高，却仍红光满面、精神矍铄。他兴趣广泛，博闻多见，思想活跃，观察敏锐。大家尽情交流，相谈甚欢。后来我们还多次电话联系，保持沟通和交流。这位王老先生也是酷爱读书者，他所住的四合院都成了书房。在与他的交谈中，我也开阔了眼界，加深了思考，故而收获颇大。此后，他还介绍相关人士找我咨询、交流，使我又结识了不少很有见地的重要朋友，建立起友好联系。

社科书店不只是一个专业书店，而且也是北京社科领域一个重要的学术场地。在"老黄"的倡导及推动下，社科书店开创了"贡院学人沙龙"系列学术讲座活动，我亦成为积极的参与者和组织者。2010年初，在"老黄"的具体策划下，以及当时院人事局的湖南小老乡赵晓军的积极联络下，我们在社科书店组织了首次"湖南读书会"。也是在"老黄"的提议下，我被推选为"湖南读书会"的会长，小赵则担任起秘书长的责任。在这次读书会上，我非常兴奋，亦颇有感慨，表示大家正是因为爱书、读书、用书而走到了一起，因而在书籍面前同为书生，共为书友。尤其让我感叹的是湖南人的现代转型及其反差，值得我们思索和反省。在中国革命时期，毛泽东等湖南人"激扬文字""指点江山"，直接参与并引领了中国革命，取得了建立中华人民共和国的巨大成功。于此，湖南人充分体现出其"霸蛮"精神，把老子的"不敢为天下先"之名言删改为"敢为天下先"的实践。这种惊天地的气魄充分体现出"湖湘性格"。而在其后的半个多世纪，湖南人逐渐在从"打天下"到"坐天下"的政治转型中隐退，过去的辉煌已成为历史，当代的中心舞台亦鲜见湖南人的身影。在我看来，近代湖南人的崛起始于其读书传统及教育发展，因此今天的湖南人也必须回到读书、学习的沉潜之中，并且应在学问、思想上"一马当先""当仁不让"。这些感慨可能在会场上起到了"煽情"作用，使大家在读书会上的发言积极踊跃。这种"湖南情结"曾使我参与创办湖湘学人的杂志及相关活动，到湖南卫视录制《湖湘性格》的节目，以及在北京参加首届湘学与现代中国论坛等学术会议，一度有过湖南人自我意识的彰显。

　　此后，我在2012年初社科书店的"湖南读书会"活动上，向与会者介绍了我当时刚出版的"学术散论"。这套丛书首发共为六本著作，即《学苑漫谈——讲演集》《以文会友——序文集》《心曲神韵——随感集》《"间"性探幽——对话集》《西哲剪影——爱智集》和《田野写真——调研集》。我谈了这些书的基本内容及自己的相关思考，大家也展开了积极讨论。当然，作为一种"学术散论"，我仍感意犹未尽，将来还想有其续集，这就得看机缘了。"湖南读书会"的活动给我留下了美好回忆和无限遐思，不过后来为了避"老乡会"之嫌，这一活动不久就戛然而止了。

我所刘国鹏博士组织的"知止中外经典读书会"自 2015 年以来也从我们所的阅览室转移到了社科书店。大家读书热情很高，书店"老黄"及全体员工亦大力支持，读书会办得如火如荼，效果极佳。此时的我已经是读书会的"闪族"，只能偶尔去社科书店"亮相"，成为"闪现"的萤火虫。而国鹏及其读书会的挚友则在此就"像进进出出、忙碌不堪的蜜蜂一样"，故此社科书店被其亲切地称为他们这些读书小蜜蜂的"蜂巢"。社科书店对读书人的吸引力及感染力由此可见一斑。

在购书方面，我自然是社科书店的常客，而且经常满载而归。有时所购书籍实在太多，书店员工则会帮我送到办公室来。员工们热情主动提出帮助使我很感动，所以我也会用自己曾下过乡、插过队，有体力锻炼的经历而力气足够搬书来推辞、谢绝。此外，书店地址的确有其僻静的特点，收款机有时会因没有信号而无法运行。这时书店员工也很有对策，马上会伸手将其信号接收天线拉到窗口或窗外。这一招还非常对路，立马信息畅通、支付成功。大概我看多了谍匪片，这使我常常将其与情报人员秘密收发电报联想起来。我也觉得暗暗好笑，因为这本来是员工训练有素、处变不惊的表现。不过我从来没有说破过这一联想，避免大家陷入尴尬之境。现在书店实行了联网订书，而手机中也很容易获得新书信息。我会随时通过手机新闻及朋友圈消息而捕捉到最新的出版信息，并马上将自己喜欢的书籍图片等信息转发给社科书店，请他们及时订购。这样，获得新书就更为便捷，也不再需要去碰运气或找人咨询了。

社科书店已经有了 40 多年的历史，中国社科院建院到 2023 年已 46 年，我来社科院读书、工作也进入了第 45 个年头。我来社科院之年也正是中国社会科学出版社建社之年。光阴荏苒，岁月流逝，我的大半时光都与社科书店同行。在 2018 年纪念中国社会科学出版社建社四十周年时，"老黄"负责组编了《书香岁月：漫忆社科书店》一书。我当时应邀而撰写了"营造读书氛围，为重塑中华之魂提供气场"一文，并为社科书店这一纪念活动题有"书香满屋，知识海洋，我的精神家园"的感言。我在上述文章的后面还写了如下一段文字，作为我对社科书店的"心语"：

> 藏于深巷的社科书店，对于学者来说具有独特的吸引力。来这儿觅书，具有一种曲径通幽的感觉。多彩的图书，持续着我们求学的激情；典雅的环境，带来了我们心灵的幽静。从这里我们走向博大的寰宇，回归深邃的赜境。我们以品书来究天人之际，悟道德之蕴，思虚实之意，获存灭之理。在这里我们徜徉于梦想与真实之间，求

性本之透，避空幻之破，在水穷云起中直面世界，穿越江湖，超越自我，升华心灵。所以，社科书店以其知识的厚重、精神的富庶而持久地吸引着我们这些书乡的游子，是我们人生之旅中休憩的驿站、静谧的港湾。在社科书店这一神圣与真实之界，永存有我们的仰慕和敬意。

六、看书之厚与薄、快与慢

术业有专攻，看书有不同。阅读目的有别，阅读的方式亦迥异。对我而言，就可分为专业阅读、兴趣阅读等。有的书可能会读它一辈子，阅读理解需要慢慢咀嚼；而有的则乃过眼烟云，饱饱眼福即可。我在读完博士学位、答辩通过后就曾放纵自我，过足干瘾，白天黑夜连轴转，在十天之内一口气读完几十本武侠小说，一下子成为金庸、梁羽生的精神朋友。当然，这类阅读对我而言只不过是精神快餐，并不能登学术大雅之堂。

读书的过程就如精神之旅，有时要稳步前进，脚踏实地，实现已有规划和部署的行程；有时会疾步快行，匆匆忙忙，为了及时抵达某一目的地；有时则可漫步神游，悠闲自在，作为放松自我的享受。这里，专业阅读需要稳步前行，具有自身使命；而兴趣阅读则自然是闲庭信步，不给自己负担。所以，看书的快与慢取决于其阅读之目的，以及阅读者掌握知识之需求。相比之下，我在兴趣阅读时的心境乃"今日得宽余"，故可"极目楚天舒"，反映出一种自娱自乐的轻松。这一取向的看书范围很广，阅读速度亦较快；读到感兴趣处可以注目凝视，慢慢欣赏；而印象一般的内容则以浏览为主，随意翻阅。这种阅读的方式或态度乃放松、休闲，不给自己添加任何负担。当然，在随意中也可能无意翻阅到对自己有价值、有意义的内容，于此自然会多加留意，加深印象，并记住留好，以待将来需要时之用。因此，兴趣阅读既可扩大自己的阅读面，也能陶冶情操、增添雅致。在读书中知之越多，就越发现自己的无知和渺小，想涉猎的范围也会越广。这样，为了满足这种求知及好奇，通常就会以较快的阅读来博览群书、开阔眼界。虽然这是一种漫无目标的杂书阅读，却也可在无意中增加自己的杂学知识，有着博闻广识之效。

有时书店的熟人、周边的朋友会问我买那么多书看得完吗，我则坦诚回答不可能看完。不过，一般认为，"买书如山倒，读书如抽丝"，二者之间的矛盾似乎无法调和。但对我而言，却有另外的意蕴。大量买书并不是旨在读完所有书籍，其实多数书是被用来翻阅、查阅的，即属于泛读的范畴，而没有必要从首页通读至末页。因此，其"如山倒"乃为了泛读，而其"如抽丝"则限定在某些书籍上的精读。"买书如山倒"是为了把握出版信息、学术动态，扩大观察视域和改善知识结构。我的读书习惯是先读所购之书的目录，看到有兴趣或需要的内容留下记号，或者翻到相关章节看看，然后归类入书柜，以备将来直接需要时细读。这种阅读方式则可应对"如山倒"的书籍，以翻阅浏览为主；其读书也是率性而为，漫无目的，仅求放松。只有那些专门研究、特别需要的书籍才被归为"如抽丝"的精读、细读、反复读之类。

专业阅读是目的性很强的看书学习，需要集中精力，而不能完全放松或放任其所为。于此，专业阅读也可分为泛读和精读。对于这类书籍，我打开书本后也是首先看其目录，寻找重点，对在专业上可能有用的章节做好专门记号，放在好找的位置；当然有时忍不住也会翻到相关章节一口气读完，先睹为快，留下印象。其中有些书后来肯定会被我的研究需要所"唤醒"，即我在研究思考中遇到相关问题时就会突然想起来某本书或其某一章节与之有关，于是就从书柜中找出来专门细读。过去从图书馆借来的书中会经常发现有读者在书上做了不少记号，出于好奇或猎奇也会注意这些有记号、划重点之处，并进而阅读过去读者留下的相关评语或读书心得。应该承认，我过去也曾干过这种应该检讨的错事，不仅在书上划下记号，有时也写有自己的感悟；但后来我意识到这是损坏公共财物，是读书人的不文明之举，从此就不敢再在公家的书上乱写乱画了，亦不再在书中做任何记号。也是出于这一原因，我更愿意自己购书阅读，这样就有了可以在书上随心所欲的自由，而留下印记的所读之书对我亦具有更大的价值。故此，不少泛读实际上就是预读，即为今后的精读做好准备，打下基础。这种泛读的好处就是能在较短时间内获得大量信息，了解相关动态，为其深入探究摸清相关路径，找到方便通行的门牌号码。由此而论，这种泛读是不可缺少的，它是相关研究的前期准备和寻找感觉的预热阶段。这里，泛读既有随意的行为，也包括有意的挑选。其读书之泛乃相对而言，显然有着主题及书目选择上的主观性，也是进入专业精读之前的必要铺垫，是使人精力可以得以逐渐集中的有益引导。

至于专业需要上的精读，我在上大学时就常从老师那儿听到先把书读厚，然后再将之读薄的辩证关系。这种"把书读厚"有两层含义，一是基于某一本书而查找更多相关联的书籍，将这些书结合来读；二是在这本书上的旁征博引，以扩展其主题内容。《圣经》有一个"串珠"版本，即将《新约》《旧约》各章节的内容及主题根据其逻辑关联而"串"在一起，方便查阅。其在相关内容上的"串珠"给读者带来了极大的方便和好处，让人领略到普遍关联、整合思考的神奇。这样，我对"把书读厚"的直观理解就包括其"厚度"上的物化呈现。我读书时，不仅在书本上记满笔记，而且在相关页码上还做了"加页"处理，即把与之有联系的资料内容写在备用的纸页上，然后粘贴在书中的相关部位。有时与之关联的书页上会被贴上厚厚的加页，故而使书本真正变厚。这种主题加页可以使书的相关部分扩展成为专门的小书，即围绕这一主题而增加了许多有必要的内容。于此，一本书会有多本书的功效。在读大学期间，我不仅把相关书籍以此方式变厚，而且也使自己的不少笔记本按此模式也得以增厚。这种"增厚版"书籍或笔记本使用起来非常方便，事半功倍。当然，把书读"厚"的过程也是一种"慢读"的经历，其间会进行很多查找，也会形成不少重要思索。

"把书读厚"还有一个方面，就是注意书中之注释，并由此拓展、延伸自己的兴趣及研究。对于注书之意趣及其发展演变，美国历史学家格拉夫敦曾写有《脚注趣史》(Anthony Grafton, *The Foodnote: A Curious History*, 1996。张弢等人的中译本 2014 年由北京大学出版社出版）一书。此书追溯了学术著作中脚注的起源，以及其本质意义。由于脚注等注释增强了写作的连贯性及其深入程度，使书中内容得到补充，读者的眼光更为开阔，因而这种为书作注的方式被视为一种"高雅的写作形式"，也为读者"把书读厚"奠立了基础，提供了方向。脚注和附录本身就是其书之"加厚"，书中注释于此即可反映出相关研究内容的深广及厚重。这样，我也非常喜欢各种"集注""还原"之类的书籍，就是因为在其"注"上能发现这些著作所显示出的学术功力及识见。最近看到我的好友复旦大学徐以骅教授论及吴于廑先生的治学名言"文章见识力，注释见学力"，就充分说明了"把书读厚"的这一意义。正是有了这种对知识的广博把握，所以杨联陞称吴于廑"思能通贯学能副，舌有风雷笔有神"。因此，对于精读需要有辩证的理解，在"把书读厚"的过程中应该把握好专业与副业、细节与整体的互动互促关系，可以围绕某一专题来展开更为宽泛、更加广博的探究。

不过，加厚过的书籍虽然增加了其内容和分量，可以起到资料集和工具书的作用，却往往只能留存在书本上，而无法实现脱离书本的灵活应用，在实际操作上会显出其短板。于是，这一阶段则需要"把书读薄"的功夫。所谓"读薄"，即归纳总结全书的精华和要义，使之浓缩为薄薄的几页，便于记忆和运用。"把书读薄"即"由博返约"的过程，强调抓住关键、吸收精髓、掌握要领。这种"读薄"乃一种灵魂层面的阅读，要使书的精华对读者而言乃有刻骨铭心的作用。有时候，一句话、一段言，就可涵容整个大千世界、悟透全部历史变迁。于此，书的精华成为人的精神、人的涵养和人的学识。书的要义乃表达为人生箴言。这样，有形之书的"厚"就与无形之书的"薄"形成对应和对照，二者在做学问上可以珠联璧合、相得益彰。与之相通的是吴于廑先生所论及学问过程的"宽、窄、宽"三阶段，即初学阶段要"宽"，专学阶段要"窄"，而走向学术成熟则仍需回返"宽"之境域，具有"大家"气魄。实际上，这三阶段也可对应王国维所言治学三境界，初学之人"独上高楼，望尽天涯路"，尚未找到学习方向，不知何处是通途，故学需"宽"；专学之家则要集中精力、执着于某一专题而"衣带渐宽终不悔，为伊消得人憔悴"，故研要"窄"；而饱学之士已有厚重积累，其突破则需机缘或契机，在放眼之望中"众里寻他千百度"，于几乎失望、快要放弃时"蓦然回首"而发现"那人却在，灯火阑珊处"，故有广种薄收、在刻意寻求中无意发现之"宽"。

在科技高速发展的今天，这种积累资料之"厚"与消化知识之"薄"对网络技术而言似乎就不过是"小儿科"而已，可以瞬间搞定。恰如当下风行的写作（聊天）机器人 ChatGPT，可以随意以各种风格写作，但其基础乃基于互联网技术的信息快速搜集，以这一前提才能来完成其改写或重写。但其学习功能是否真正可以实现"原创"，却令人存疑。电脑的作用并不能替代个人在读书"慢""快"进程中的思考和其精神感悟，这种亲身体悟的经历和经验是机器人所没有的。这里，机器人有其快捷搜索和归纳整理的绝对优势，但它是否也能有人的灵感、灵性和灵魂，我仍持怀疑态度。商务印书馆出版的《钱锺书手稿集：中文笔记》，是钱先生阅读中国古代典籍所做的笔记，其原件有 83 本中文笔记手稿，15 000 多页。有人曾不以为然地说，当今技术很容易就可以完成这种笔记，不再需要下如此之大的功夫。这种见解完全是外行之窥，因为技术搜集不可与人的阅读笔记相提并论、同日而语，二者的区别乃智与灵的根本不同。技术可以设计出搜集、归纳、总结、运用知识的智谋，却没有人之精神创作的灵性之悟和生命感觉。阅读钱先生的手稿，与浏览技术的搜集汇聚，其感觉、收获乃完全不一样的。我相信，如果不加以控制，人工智能会远远超过人的智能，甚至最终可能控制人类、取代人类或消灭人类。但记得法国思想家帕斯卡尔有句名言，他说人是"一株最脆弱的芦苇，但这是一株会思考的芦苇，人因思想而伟大"，人的"全部的尊严就在于思想"。机器最终能够"合成"人的思想、精神吗？这种"合成"能与人的精神"生成"完全一样吗？这都是我们暂且无法准确回答的疑问。故此，我需要高科技发展的帮助，但不会指望机器对人之精气神等灵性层面的"替代"，而且也不认为其可能真正"替代"。

因此，读书、写作这种乐趣我仍想自己保留，而不愿被 ChatGPT 等所替代。读书写作不仅是知识的搜集和积累，更是人的思想精神与自我灵魂的对话。这里，并不需要快捷、迅速，而应该慢思、渐悟。作为从 20 世纪走过来的文化人，我可能比较守旧和传统，并不习惯那种快速的"穿越"和"跨界"，而保留着对过往思想漫游的怀旧和眷念，并很享受这种思与写的过程。人的知识积累形成其文化传统，其中最重要的则是思之新和心有灵，以此为前提方可论及知识的数字化和智能化。在当下日新月异的高科技发展时代，如果不再需要独立思想和精神放飞，人类则会彻底让位给机器。

七、书院之梦

当前我国文化建设中出现了许多新事物，也面临着不少新问题，对此民间讨论较多，并对其自生自灭的状况则颇为担忧。其中较为典型的是各种文化书院的兴起，但这并非新事物，而乃中华古代文化传统的复兴和延续。我对这种书院有着浓厚的兴趣，由此而可展开中国文化教育的回溯，以及中华民族精神气质形成的探源。因此，对于文化书院的兴起，我曾建议有关部门开展相应的、比较系统和全面的调研，摸清其基本情况，进行客观分析，做出科学决策。文化书院是比较独特的中华文化现象，而且在中国源远流长，绵延不绝，给我们保留了珍贵的文化遗产。西方古代曾有柏拉图创办的"阿卡德摩"（Academy 之源）学院，坚持了九百年之久；其弟子亚里士多德也曾办有吕克昂学园，他习惯带着学生在林荫道上漫步、神侃，故而形成西方哲学史上闻名的"逍遥学派"。不过西方书院随着欧洲中世纪大学的创立而销声匿迹，基本上中断了这一传承。当然也有人认为西方书院乃在其大学发展中得以升华。

中国的书院传统断断续续，却坚持了下来。而中国正规大学的兴起却是受西方教育体制的影响在 19 世纪末、20 世纪初才逐渐显现。因此，中国民间教育有其强大的生命力，而书院的当代崛起也体现出全新的意义。它非常明确地给出了一个信号：文化书院代表着中国传统文化意识的苏醒，也是对中国当代文化精神的探索。这种文化书院虽然是自然兴起的，却反映出了社会的需求，以及对"应试"教育体制所必要的"素质"教育的补充。而且，这也是中国传统文化觉悟的一种积极表现，完全可以将之纳入我们今天的文化建设及教育发展事业之中。我记得自己中学时期正逢"文化大革命"，学校大乱而无心于教育，在学校基本上学不到什么知识，例如当时已经进入高中的学生还在听老师讲趣味数学来消磨时间。同时，在民间人们设法学习知识的暗流却在涌动，学生可以利用社会这个大学堂来学习自己喜欢的相关知识或技能。当学校语文教学乏味之际，民间"手抄本"文学开始风行，给人们补了文学、哲学、美学等知识。因此，民间教育虽然不可能在我们的社会独占鳌头，却也不会全然消失，而且一直都有其存在的空间及价值。

对于当下涌现出来的各种文化书院，社会应该承认其存在意义及文化价值，鼓励多元并存来形成百花齐放，并应对之加以正确而积极的引导，以形成其有利于社会的良性发展，防止其出现不必要的异化、嬗变。现在的书院有着不同的归属，其生存及发展的命运也区别较大。有些书院已经归入相关大学，成为体制内教育的有机构成，如岳麓书院等。但也有不少书院仍然保持着其民间性质，有着不同的师生及办学经费来源，或致力于成人教育和终身教育。其实，在中国社会处境中，体制内的教育与民间办学教育完全可以形成互补关系。在这一意义上，应该对颇具特色、效果较好的相关文化书院给予帮助、扶持，促进其办学力量的加强和教育水平的提高。书院教育可以成为当前或今后中国社会"学前教育""公民教育""素质教育""人格教育""道德教育""国学教育""终身教育"等特色教育的重要构成，从而充实、完善当今我们国民教育体系，弥补各种体制性院校教育中的短板和不足。书院在中国文化历史中有着悠久的传统，在我国教育史上占有较大比重，也留下了不少提高思想、充实知识、推进学术等利国利民的佳话，由此而乃中国学术发展的重要组成和典型代表。在某种意义上，文化书院因突出中国人文学术研究而实际上就是民间所办的"国学院"，其特点即以熟悉、掌握中国传统文化精华为旨归，以提升人的素质为目的。因此，今天中国各地书院的复兴及迅速发展，反映出人们对中华传统文化的重视，是对我们民族精神的回归，对之故需因势利导。我们需要进行相关的调查研究，对书院现状加以中肯、积极的评价和客观、冷静的分析，并帮助书院渡过难关，为其顺利存在及发展提供条件和方便，如让已经符合规定的书院能够顺利注册、有效运营，由此使其成为我们今天文化建设的有机构成和教育领域的积极发展。我在一些书院参加相关活动时，看到的是其活力、热情和期盼，从而内心充满感动和敬佩，同时也为其命运、前途捏着一把汗。

毋庸置疑，在中国各地发展出的书院形态多样，其办学方式各异，情况也颇为复杂。对此，需要加强追踪调查，积极引导，在让其符合法规、优胜劣汰的同时也鼓励其形成并凸显自身的文化特色、满足社会的正常需求。作为我们的文化自知及自觉，我们应该倡导和支持这类文化书院的建设以中国传统优秀文化、中国思想精神为核心和重点，彰显孔子的仁爱、孟子的孝顺、老子的弘道、关公的忠义等中国传统思想文化的精华，或成为人们学习书法、绘画、琴棋、诗词、古文典籍和哲学、史学、文学等传统"中国学"的重要场所。这里没有各种考试的压力，也不屈于应试的要求，而注重开发人们的天性，培养学习的感觉，形成热爱知识、善于思考的习惯。实际上，面对各种书院的崛起，我们的关注和思考尚很不够，也还没有意识到其对中国"文化兴国""民族复兴"的重要价值和现实意义。因此，我们的"世情"和"国情"需要我们主动、积极地推动书院的良性发展，使之规范化、常态化，而不要让其"另类化"或异化。也就是说，不要对这些新时期所涌现、看似"纯民间"的文化书院持旁观态度或熟视无睹，更不应持排拒和打压之态，而应该努力促成一些条件成熟的文化书院提升为其"精品""样板""品牌"，使之在我们今天的社会建设、文化发展中起着积极作用。我们的教育理念及模式正处于从学校教育发展、扩大为社会教育、全民教育、通识教育、博雅教育的转型过程之中，这里没有灌输性的背、背、背和考、考、考等烦恼，其教育转型所关注的是培养人们在知识的获取上形成求知的感觉、自觉的意欲和发自内心的热情。与应试教育相比，或许它别有洞天，新径通胜。

对于现代社会中书院的发展，近些年来我曾有过不同程度的接触，并为此曾专门写有相关建议，希望有关部门能够积极支持书院的建设。中国政府号召"要办好人民满意的教育"，"发展公平而有质量的教育"。这对于改革应试教育的模式及其死记硬背的方法应该有着巨大的触动作用和反省意义。我们的教育在硬件上有了很大的改进，出现了突破性发展；但在办学理念上却不尽如人意，对发掘"人"的因素这一核心软件上却有明显不足和缺陷。在教育模式上，中国的办学已有了巨大变化，人们选择教育的方式亦多种多样，如出国留学（去国外上大学甚至中学）、国际学校、在家自学、家长施教、华德福、新教育、私塾、学堂、书院、学院、慕课（网络课程、云课堂）、远程教育、线下与线上、特长班、天才少年班、培训或研修班等，五花八门，让人眼花缭乱，也会不知所措。其中书院教育等意在上好学，抓关键，尤其是要体现"学在民间"和"文化传承"等中国特色。现在体制内教育受西方教育传统影响太深，从注意偏科又走向偏考，这种嬗变及异化已颇受人诟病，而书院教育却可主动走出西方教育思维传统的窠臼，将中国优秀教育传统与现代体制教育有机结合，走出一条具有开放性和综合性的新路。通过继承与创新的融合，不仅可以促进教育的活力，而且还可激发整个社会发展的活力。因此，我在建议中指出，书院教育植根于中国优秀传统文化，"书院"是一个专属于中国文化的美丽隐喻，既有文化传承，又凸显中国教育传统。而且，书院不拘一格，形式可多种多样，反映出中国文化中的小众、小微、个性、灵活、地域、乡土等传统教育特色，其优势是突出因材施教、有教无类、个性发展、性情修养；而其百花齐放的办学模式涵盖幼儿教育、青少年教育、成人教育、老年教育、普及教育、专业教育等，可以让每个人都找到适合自己的教育模式和成长发展模式。这一建议内容曾被 2018 年 3

月 15 日的《人民日报》部分刊载，实际上认可了关注并支持书院教育发展的想法，从而能使书院教育焕发新生机，大力弘扬优秀传统文化，培育更多优秀人才。

可以说，书院是传统中国式教育最合适的场所，是体现中国文化教育、中华文明传承、中国精神弘扬的最佳形式。所以，我对这种书院模式极为向往，也曾有退休后参与书院建设的冲动和构想。从其发展的历史与现状来看，书院不仅坐落在城市，历史上更多在山野乡村，是中国乡村文化、乡绅文化的灵魂所在。不少古代社会的达官贵人在告老还乡时就回到乡村，归隐田野，从而创办书院，振兴教育，使中国文化面貌为之一新。而云游的哲人智者也会在某一书院小住施教，使之名声大振，从者如云。由此，遂形成过中国历史上的教育中心、文化中心和学术中心，保持并传播了中国的心性之学、礼乐之教，而且是人们修身、治学、耕读生活的极佳之地，构成了中华民族的精神家园。甚至现在也有不少书院回归山野、远离城镇，以寻找精神上的清静和求学上的专一。"学以成人"，如果充分发挥传统书院教育礼乐教化育人的优势，让我们的青少年受到书院国学礼乐教育的熏染，结合现代教育的视野和技能，则可使我们民族的新一代既志存高远又英气内敛，既生龙活虎又文质彬彬，从而更具古今大国气象、悠久文明风范、令人敬重和钦佩。应该看到，在强调中华民族自知、自觉、自信、自强的今天，弘扬这种书院教育，回归自然和人的天性，并结合现代社会时情使之创新发展，有着极为独特的意义和巨大的价值。

其实，我的这些想法是基于前辈的期望而接着说的。早在 1995

年全国政协会议上，赵朴初等九位文化名人就有过与之相关的《建立幼年古典学校的紧急呼吁》（简称《紧急呼吁》）。《紧急呼吁》指出"构成我们民族文化的这一方面是我们的民族智慧、民族心灵的庞大载体，是我们民族生存、发展的根基，也是几千年来维护我民族屡经重大灾难而始终不解体的坚强纽带"；"我国文化之悠久及其在世界文化史上罕有其匹的连续性，形成一条从未枯竭、从未中断的长河。但时至今日，这条长河却在某些方面面临中断的危险"。这绝不是危言耸听，值得我们警醒。

虽然自己没有能力也不可能创办书院，但我对相关书院的活动仍相当关注，并尽可能多多参与。这些年我有所接触或较感兴趣的书院包括山东尼山圣源书院、北京四海孔子书院、湖南岳麓书院、上海法圣书院和四川灵岩书院等。

因参加尼山世界文明论坛，我得以接触并随之多次到山东尼山圣源书院。2010 年 9 月，我应邀参加首届尼山世界文明论坛，第一次来到尼山圣源书院。这一书院因坐落于孔子诞生地尼山而得名，书院离夫子洞很近，这里山多水旺，泗河流域涌泉遍布，故也有圣脉之源的尊荣，"尼山圣源"作为书院之名乃充分体现出其自然及人文意蕴。尼山世界文明论坛的开幕式通常就在书院会场举行，其场地保持了简朴、开放、沟通天地、融入自然的特色，独显高雅，别具一格，给人留下深刻印象。此后，我因参加论坛和书院活动而成为书院的常客，在这里遇见过不少政界名人和学界高人，收获满满。特别是有一次与中国人民大学教授、书法家程方平先生同行，熟悉之后我请他留下墨宝，他欣然答应，并且书写了我对书院的感悟和寄托:"泉清有圣源,文兴靠书院。"

北京四海孔子书院则是我在北京常去的书院,院长冯哲是我的老朋友。他曾游说我深层次参与书院建设,并以许诺让我使用一座书楼来"诱惑"。但我因事务太多而无法应邀,只能做频频拜访的过往之客。书院坐落在北京西山,远离大城市的喧闹尘嚣,因其空气清新、视域宽广而给人心旷神怡、豁然开朗之感。虽然到书院的路程较远,我却一直心向往之,将其视为让我心灵得以小憩的山间别墅、精神港湾。冯哲志向远大、思路活跃,不仅熟悉中华礼乐文化,而且颇具世界眼光。其组织的民间书院活动品质很高,学术上亦具有国际水准。给我印象极深的就是书院组织的"中德哲学对话"会议,中外与会者都穿中国传统服装,而中外学者的会议发言则采用中、英、德多种语言,体现出世界对中华文化的敬重,以及中国走向世界的开放。于此,书院遂成为我们文化自信与文明互鉴的新平台。

在2016年北京四海孔子书院成立十周年之际,四海传播中心曾就书院发展对我进行过采访。我当时曾感慨说,书院用具体的实践来体现中华文化自信和文化自觉,中国五千年的文化传统作为意蕴厚重的文化在全世界文明中都是一份宝贵的文化与精神遗产;不仅我们从这个文化遗产中受益,整个人类也从中受益。当前流行的"国际汉学"或者说"中国学"就主要反映了海外学者及有识之士对中国文化的关注,对其文化精髓的发掘,以及对中华智慧的寻找。而书院则正是思想、文化、学术上的中国之典型体现。中国书院的历史源自私人办学之举,可以追溯到孔子及诸子百家时代。当时孔子有弟子三千，贤人七十二，已经很有规模。书院是一群知识分子的弘道行为，用书院传达他们的思想，传播他们的学问，来感染这个社会。这种个人行为及其传统是得到中国主流文化肯定的。对中国哲学发展的巅峰如宋明理学的形成及发展等，书院的功劳是巨大的。与西方成系统的经院哲学相比，中国的书院哲学则异曲同工，如朱熹、王阳明等历史先贤都多以书院哲学的形式而把中国的思想发展到了一个新的高度。古代书院给我们展现了中华精神气质、中国文化本相的图景，这是我们重要的文化记忆、文化品牌。在现代社会这种书院的复兴中，全国书院的数量已经很多，但办得很成功、具有影响力的还是凤毛麟角。北京四海孔子书院不仅关注基层教育，从娃娃抓起，而且还比较注重进行高等教育的研究与探索。把书院教育与高等教育结合在一起，对现代教育改革具有启迪意义，民间办学因其自由度较高而可尝试这方面的探讨，当然会有较长且曲折的道路要走。此外，书院还可在德治教育、素质教育、启蒙教育、全民教育、终身教育等方面做深入探索，形成社会教育的氛围，散发精神文化的气息。这至少可以影响到周边社区，并能不断扩散。欧洲中世纪城市的兴起有三大特色，一是教堂的构建形成其精神信仰的核心，二是市场的建立发展出其经济布局的重心，三是市议会的确立使其成为社会政治的中心。围绕这三个关键设施的共在而开始城市的扩散及扩大，恰如一石激起的涟漪效应。而在改革开放之后的中国，人们对教育的重视则形成了围绕重点学校而形成经济、文化和政治发展对之侧重的现象，最典型的如"学区房"等，即通过教育而拉动了相关地区或社区的发展。这种现象是否正常暂且不论，但教育的魅力、关注力和吸引力至少在此得以彰显。这从另一个方面给我们带来的启发是，书院可以其开放而走出去影响社区、社会，也应该与社区、社会合作来共建书院。书院摆脱了考试的压力及束缚，旨在满足整个社会公民的文化需求、精神需求，提高人们的道德修养和文化情趣，让人们有更好、更健康、更高雅的精神及知识追求。这里，书院教育可以呵护人的一生，为其生命的精神之旅保驾护航，因此可大有潜力、大有作为。当然，我也坦言，书院教育虽有悠久的历史，但在今天却呈现为一种较新的形式，要想得到社会尤其是政府的认可和支持，仍然会有一个漫长的过程，需要筚路蓝缕的努力。作为北京民间书院的标杆，我真心希望四海孔子书院越办越好。

我仅去过一次上海法圣书院，其院长安伦先生也是我多年的好友，我们正是由学术而结缘，因学术而同行，有着非常默契的合作及配合。法圣书院虽然坐落在上海城市中心，却有着闹中取静的特点，书院已有学习、食宿等配套设施，人们可以在此静心听课，专心研习。在书楼之中不仅有大小不一的报告厅和学习室，还有相应的图书馆、办公室等。安先生指着一间较大的办公室说是为我而备，欢迎我随时来沪，让我非常感动，却也难免惭愧。上海的文化教育氛围的确非常好，对外颇有吸引力，亦令我神往。只是我不太习惯临海地区的湿热气候，否则真会动心南下了。

四川灵岩书院位于成都都江堰市外的灵岩山中，1945年由历史学家李源澄始建，是南怀瑾先生的故居，曾有唐君毅、牟宗三、蒙文通、饶孟侃、罗念生、谢文炳、朱自清、潘重规、钱穆、周辅成等名师来此讲学，从而声名远扬。在经历了多年的尘封之后，一批有识之士以"发展天府文化、传承巴蜀文脉、弘扬中华文明、分享世界智慧"的理念及使命，在近年来恢复了灵岩书院。重新活跃的书院外树木密布、郁郁葱葱，书院内典雅别致、古色古香，其读书研讨、学术探究、教育讲习、文化交流等活动正践行其"生活、文化、修养"的追求，呈现出"自由读书、自由讲学、和谐包容"的气象。灵岩书院的朋友曾邀请我去交流，并安排好日程；可惜因疫情而未能成行，只能心向往之，期待未来。

给我留下深刻印象的还有湖南岳麓书院。中国古代民间讲学教育可以追溯到春秋战国时期的诸子百家，可能老子、孔子等都已经讲学收徒，据传孔子就曾达到"弟子三千，贤人七十二"之盛况，不知这些私人教学活动是否已经形成书院。但至少此后具有官办意义的齐都临淄"稷下学宫"可以说是"中国书院的创始"，这个存在了约150年的学府可谓无书院之名的中国最早书院。而有其名的书院之真正兴起则始于唐代，最初的书院可能出现于民间，如位于今日湖南攸县的光石山书院等；而源于官府所建的最早书院则包括718年始建的丽正书院等。清人袁枚《随园随笔》所言"书院之名，起唐玄宗时丽正书院、集贤书院，皆建于朝省，为修书之地"虽非定论，却已成习惯之见。古代最为著名的则为南宋四大书院，即岳麓书院、丽泽书院、白鹿洞书院和象山书院。始于宋代的岳麓书院于976年由僧人学校扩建而成，已有千年之久的历史，曾达"惟楚有材，于斯为盛"的辉煌，在中国思想文化史上留下了底蕴深厚、智识丰盛的精神传承，是中华文化的重要地标之一。我因1977年年底来湖南大学进修，住在长沙城湘江西岸边，每天清早从湘江边跑步到爱晚亭，都要从岳麓书院旁边路过，故而早就与之有过"近距离"接触。而每次到大学礼堂开会，我也会不时向就在附近的书院原址张望。那时的书院尚未修复，给人一种残垣断壁、破屋危房之感。因当时书院废弃未用，也不对外开放，故而只能从外远望，无法入内细看。但对于已在农村近四年之久而重返大学的我而言，每次张望都总会觉得有浓浓的书卷气从书院涌来，似有灵犀相通的感应，以无形的激励来满足我对读书的渴望。在岳麓书院旧址于1926年成立了湖南大学，书院为其校本部第一院，这标志着古老书院融入了现代大学。不过，湖南大学不忘传统，明确表示其"承朱张之绪，取欧美之长"，因此恢复后的岳麓书院有许多潜心研究中华文化传承之"国学"的学者，也吸引了不少从欧美留学归国的学者来此任教，达到书院中西合璧的发展高潮。在书院当代的教学与研究中，我与书院建立了密切的学术联系，成为书院原院长朱汉民等老师及其学生的好友，并多次来书院研讨、学习、参观，开展学术讲座。有一次我的讲演在线上线下同时进行，线下上百人的会场座无虚席，而后来听说那天在网上看直播的人数达到了20万左右，让我受宠若惊，内心欣喜。我曾一度被书院聘为兼职教授，经常来往，后来只因单位禁止过多兼职而不得不放弃，颇有遗憾。但我仍然非常关注岳麓书院，并且尝试从哲学、教育等层面对之展开系统探讨。为此，我曾与岳麓书院毕业的杨博士合作，开展关于岳麓书院信仰文化精神的博士后课题研究，旨在对中国书院文化有更深刻的认知，特别是尽力发现浸润着湖湘文化气质的岳麓书院文化教育及精神培育之新颖和独特。

不可否认，中国的书院文化是以儒家文化为基础，依此而从理论与实践两个方面加以开拓和展示。至于儒家思想体系是否为一种信仰文化，在国内国外的学界一直就存有不同看法。对于信仰文化在中国社会的定位及作用，其认知和反应都颇为复杂。对此，我在为杨博士的专著所写前言中肯定其对岳麓书院研究中对儒家思想体系具有信仰文化属性及其特殊意义的见解，认同其关于"儒家信仰文化是以天道信仰为核心，以天命崇拜为基础，以建构稳定的社会秩序与人格精神秩序为旨归，以信仰理论体系、个人修行体系与社会教化体系为主要内容的信仰文化系统"之判断。这一对中国书院之儒家精神传承的评估基本上是符合历史事实的。顺着杨博士的思路，岳麓书院文化精神之构成有着三大体系，其精神信仰体系包括以儒家性、理、气为本体的天道信仰，以"天人合一"为主旨的天命信仰，以及以德行济世为导向的道德信仰；其传承教化体系则有儒家天道、学统和文统之传承，以及经典、研学、讲授、圣贤、道德、礼乐、修行、环境、诗文等教化；而其祭祀崇拜体系乃包括其祭祀对象、场所、礼仪活动及规则等内容，有着为圣贤立像、为圣事立碑、为贤士撰志等活动。岳麓书院在其实践传统上还强调其"积极用世"的主张，从而有着坚定的求道精神、坚韧的弘道精神、坚强的护道精神、坚毅的践道精神之奉行。中国书院文化的本质，就体现在其以天道崇拜为核心、以教化社会人心、以建构社会秩序为宗旨的、"人文化"而非"神性化"的人文信仰。这种书院文化的"人文"性正体现出儒家文化传统之精髓，因此在中国社会发展中形成了非常重要的凝聚力量。

作为湖南人，我们也特别注意到书院文化与湖湘文化及楚文化精神的内在关联，这种精神回溯可以寻觅到远古的炎、舜文化，此乃湖湘文化的"根脉""源头"，也能够感受到湖、楚文化的信仰特色及浪漫激情，从而意识到其"承屈贾之遗风，续儒家之道统"的特色。显然，相关书院文化在其发展中都会受到其地域特点的影响，进而则可能以其精神升华又带来地域文化本身的拓展、演进及突破。这种"接地气"的地域特色却不是封闭性的，而乃在其追求的"天道"中得到升华和超越。因此，应该对书院文化所反映的"天道"与其文化自身之关联加以辩证梳理，这里，"道统"乃其精神之传承，"文统"则为"闻道""弘道"之显现。所谓"文者"乃"贯道之器也"，书院之文字及文学传统都要反映并体现"文以明道""文以载道"及"文以贯道"之文化特质及其历史使命。而在这种"贯道"之践行中，书院的教育意义就在于建构"士者"之人格精神，培养"传道济世，经世济民"之人才。所以，书院文化的演进反映出中华精神命脉之跳动，而岳麓书院则为其典型显现。为此，我曾反复拜读朱汉民院长签名赠送的大作《士大夫精神与中国文化》，深受启发，获益匪浅。

关于书院建设及发展，我因与书院接触频繁，耳濡目染而有很多想法，并且通过创办相关研修班故在实践层面亦有所探究。但从中国当代教育发展的大势来判断，书院的全面展开目前则极为困难，因其有着教育构思和办学践行上的不同，故其在现实中的步履维艰可能远远多于其擘画中的突飞猛进。这样，书院若能在社会的理解下坚持下去已实属不易，不可能有太多奢望，其出路在于书院特色之体现与社会教育之需求的吻合。当然，其在高等教育及民间教育的参与上也还有相应的生存空间。而在全民读书、终身教育的进程中同样可能看到书院的身影，其关键在于如何能够可持续发展。不过，面对书院的当代恢复及其可能生存，至少我们还有梦。尽管我关于书院的各种想象大概是难切实际的梦想，但梦醒之后仍有许多应做之事或对得起时间之为，譬如还可设法去云游现有的各个书院，在书院的绿荫下漫步，与其践行者交谈，通过真实的面对来思索。退一步而言，这种书院之梦，乃深蕴着学者或"士者"对过去精神传承的缅怀，以及对未来文化发展的遐想，从而仍可带来心灵的寄托和慰藉。

八、书香社会

弘扬中华文化，推动我国文化大发展和文化大繁荣，是改革开放以来我们文化建设的重要使命，是强国利民的重要战略举措，也是当代社会得以全面且纵深发展的生动体现。在这种发展中，以经济建设为主战场使一部分人先富了起来，但商品市场亦凸显了人们对"钱""权"的追逐，使不少人只顾追求金钱、名利和社会成功，而忘了个人道德文化的修养，成为物质富庶、精神贫乏的"土豪"。现在的社会风气也逐渐使人们倾向羡慕物质、经济实力上的"强人"和市场博弈中的佼佼者，幻想一夜暴富，以此作为社会成功的标准。这在一定程度上让我们这个社会远离了清高、淡化了崇高、忘却了神圣、减少了其本有和应有的文化底蕴，甚至出现了只向"钱"看、富而不"贵"、为富不仁等社会腐败、精神颓废现象。其较为明显的表象，就是社会上读书的人少了。眼看书店在倒闭，图书馆人渐少，学问异化为疑问，但又无能为力，让人极为揪心。如果仅追求物质上的富有，却无视精神上的肤浅，这与我们的文化理想形成了巨大反差。

从已有的共识来看，文化是社会发展潜在的精神力量，而人的良好素质和圣贤境界则是民族自强的最大软实力。因此，加强社区文化建设、促进全民读书、提高国民文化素养，已是我们社会可持续发展的重要根基和必须高度重视的当务之急。作为读书人，我们一直保持着"书香社会"的憧憬及渴望，并主张在今天的城乡社区布局和建设中，相关设计理念和整体构思应有"文化味"，即相应重视并弘扬我们的文化特色和韵味，体现我们自己的文化底蕴和文化精神。现在许多城市的高楼建筑构设相同，千篇一律，很难发现其文化特色。作为有着数千年历史的文明古国，我们的城镇应该能够给人留下一种"清新"而"深蕴"、耐人品鉴的审美感觉。尤其是在历史古都、文化名城或地域，以及民族特色浓郁的乡镇、村庄，都应以文化建设、文化发展的视野来布局，精心构设我们的城乡社区，消除一些肤浅、流俗的建筑败笔和文化上的"豆腐渣工程"，使我们的城乡体现出中华文化古朴、厚重、悠远、典雅的风貌。其实，目前对拉动经济极为重要的活动之一就是旅游，而人们旅游参观的一个主要动机就是寻觅、拜谒各地的文化古迹，以及到其具有地标意义的现代文化设施场景去"打卡"。所以，文化设施的兴建就可为各地增添有价值、有吸引力的城镇标志。

在我们今天的文化教育、人的发展中，亦应注重精神气质的培育、内在心性的修炼、文化教养的提升。我们民风的根本改变，就在于社会追求的风尚要从"流俗"升华至"成圣"，从拜金拜物转变为博雅清心，从重"物质"提高到重"素质"，提倡、鼓励精神的超拔，突出重文、厚德的人格发展。对此，我们的社会应该形成一种哲学脱"贫"、信仰脱"敏"、肯定崇高、追求真诚、向往神圣的精神文化氛围，从而真正实现我们中华民族的文化发展和文化繁荣。这在回归我们自己的优秀文化传统、推崇社会忠贞、诚信品德上是大有可为的。在我们当今顺应社会现代发展的同时，仍有必要发掘传统中华文化的高尚品质及其精神积淀，如中国民间的"尧舜之治""孔孟之道""关公之义"等文化象征，就有着因"正义""诚信"而成"神"的深刻内涵。现在一些地方通过"申遗"等文化方式来彰显、弘扬这种优秀的精神传统，正是体现出对崇高境界之追求。

在这种弘扬优秀文化传统、实现时代精神创新的努力中，一个关键点和根本点就在于提升我们全民的读书、学习兴趣。而且，不是为了"功利"去学，不是单纯为谋取"实用""实惠"而求读书"有用"，其旨归应是心性的培育、人格的升华。全民读书是我们终生教育的需要，乃是为了我们文化素质、气质的充实和提高。现在通过手机进行网络阅读非常时髦，我们在面对今天的网络文化时应该在网络阅读的内容上进一步深化、拓展，突出我们所需要的文化底蕴和文化精神。我们在推广大众文化时不能仅满足于其表面的热闹、华丽或形式之美，而要培育中华民族的高雅气质和崇高精神，告别浅薄而奔向神圣。因此，以"成圣""成贤"及提高自我修养的精神来读书、学习，这才是我们中华民族所需要的可持续发展的根本"气场"。

为了这一目的，我们有关部门很有必要加大文化支持的力度，加强文化法制建设，推动文化事业发展。在社区文化建设上，应该鼓励具有文化气质和文化发展定向的社会组织之培育、发展，在城乡社区建设中设立各种类型的图书馆、书屋，制定相应的公共图书馆法和社会文化组织规章，组织各社会群体、各种形式的读书会、讲习班、文化会所、学术讲座和知识沙龙。近些年来，由民间发起、社会上一些有识之士出资建立的图书馆、博物馆、文化会馆等不断涌现，有些已经规模巨大，影响广远，口碑极好。这种文化自觉和积极作为应该及时得到有关部门的大力支持、鼓励和宣传。要让这种文化气息、读书情趣渗透到我们的社会细胞、基层构建之中，从而为我们文化"软实力"的形成提供持久不断的精神资源和发展动力。

中国书香社会的形成基于我们优秀文化的大众化，要调动全民的主动性和积极性，使这种文化意识成为我们民众的自觉和自愿。为此，也需要非常具体的构想和举措。

首先，我们要研究并提出能够集中体现中华民族文化意识、文化精神的"关键词"。

中华民族在远古就经历了从"多元"到"一体"的汇聚、融合、凝固的发展过程，因而我们的文化既有着"满天星斗"的灿烂，也有着"春秋一统"的汇总，由此形成了"惠此中国"的文化自知和自觉。在表达及表现我们这种文化传承时，既需要"体系化"的展开叙述，以知其详情；也要求"关键词"的精炼凝聚，以达其要旨。若前者乃学者的使命，那么后者则应为大众的共识。为了以比较简捷的方式使中华文化意识及文化精神让广大民众耳熟能详，则应该在总结、归纳中华悠久传统文化精华的基础上提出能够弘扬优秀传统、体现时代精神、具有创新意义的"关键词"来加以宣传和推广。在中华文化传统中，这些"关键词"包括仁、义、礼、智、信，仁爱、和谐、包容、诚信，自强不息、厚德载物，海纳百川、和实生物、中和融贯，等等。世界各国、各民族都在找寻代表其群体本真的标志，体现其精神特色的术语，这种文化寻根、精神显异在中华民族也不例外。因此，代表中国所提出的、具有相关精神蕴涵的"关键词"，就应该有突出的独特性和广泛的代表性。其蕴涵应该鲜明、简练，让人一目了然，过目不忘。我的一个老朋友黄先生在其微信朋友圈曾发过"中华文明境界高集句"的信息，显然就是这种努力的有益探讨。这种高度提炼、浓缩的"关键词"集中代表着中国的精神文化传承，突出体现了中华文化意识及文化精神的旨归，因而有利于我们加强中华民族的文化凝聚力，形成中华文化统一的观念、意识和精神，达到多元通"和"、民族求"同"之目的。

其次，我们要展开对中华文化核心精神系统理论的探究。

我们的核心价值观有必要建基于中华文化的厚重土壤中，以中华文化的精华元素为条件和积淀，这样才会有厚重感和持续力。中华文化生生不息的五千年传统，其和谐通融的基本精神，为我们今天的核心价值观提供了养分和环境。因此，在找出中华民族文化意识、文化精神"关键词"的同时，我们的文化工程还必须注意构设体现中华文化核心精神的理论体系和思想学说。在推行、解释当代价值的理论体系时，应当将优秀中华文化精神的相关内容融合在其中，达其有机结合，体现中国特色。我们社会指导的核心思想应该有中国内容、反映中华意识，这是我们共建精神家园理应考虑的。

所以，应组织人员、加大力度，构建对中华文化核心精神的理论体系，形成当前能够承前启后、博古通今、开放开拓的中国文化精神学说。西方学界按照他们的传统及其标准而宣称中国"没有"系统化的理论阐发，指责我们的精神构建"缺乏"体系，这是我们必须应对的极为尖锐的思想挑战。当前社会上对中国传统思想文化的重视，以及相关联的"国学热"，值得我们积极引导和因势利导，使之成为我们今天中国特色社会主义文化建设中的积极因素，在现实社会生活中发挥其对我有利的作用。这样，我们的道德教育、精神境界的提升，就不会显得空洞或生硬。但是有人苛刻指责这种"国学"内涵不清、外延模糊，觉得难以成"学"。这种见解之偏颇也很明显。其实，"国学"在外国学者的视阈及研究中就是指关涉古代历史、古典文献的"中国学"，以前也曾有"汉学"之表述，但相比而言这一表达稍有其局限。而"国学"在此则突出体现出我们中国学者的"中国"意识，说明是对自己国家过往所积累的知识之探究，由此而可能重新梳理、厘清我们的思想体系，使之达其一种系统化的呈现，故其学科名称当然可以成立。现在"国学"表达被质疑而使我们的这一学科建构不得不被退回到"古典学"范畴，但"古典学"是世界性的，并无典型的中国特色可言。所以，我仍然希望我们的中国意识能有助于其朝往"国学"的回归，并祈愿我们的"国学院"能够坚持办下去，而且越办越好。我们中华民族的核心精神一定要体现出中国文化的特色和亮点，应是其传承、延续、开拓、创新的融贯。因此，我们当前的文化建设应该包括继承、弘扬中华精神传统的内容，应当梳理出其基本内核和发展思路，形成具有条理性、逻辑性、思想性的相关学说体系，为我们当今核心价值观的构建提供必要的历史铺垫和文化素材。在当前理论界及学术界关于"中国化"的学科体系建设中，必须注意对中华文化内容的有机结合，探讨如何才能集中体现中华文化精神的可能性，从而使我们的指导思想更加具有文化性、针对性和现实性，能够真正引领我们今天中国社会的发展繁荣。

最后，我们要更多建立能凸显中华文化意识及文化精神的教育及研究场所。

任何理论构架都必须在实际中通过积极践行来实现。所以"书香社会"的建设必须接地气，有其坚实的立足点。为此，我们应该充分用好各种博物馆、文化馆和图书馆，搞好相关的文化遗址保护和建设工作；应该使相应的馆所、遗迹主题突出，特色明了，布局合理，从而能够起到弘扬中华文化传统、振兴中国文化精神、提高国民文化意识的积极作用。此外，在我们的教育体系中应结合学前教育，小学、中学、大学等教育的特点和侧重来编写合适的教材及普及读物，将中国的知识精华揉入其中，从而使我们的教育体系及教育路线能够充分体现中国特色、中国道路。我们要努力探索、逐渐改变目前过于实用、功利性的"应试"教育现状，防止我们的知识结构异化为以"能记""能背"为根本的僵化形式。我们必须要使当下的教育体制在凸显中华文化之魂、展示我们的文化智慧上能有质的推进或改进，要努力提升具有鲜活文化精神的素质教育，改进和完善我们的知识结构及人格修养。在推动中国文化意识及精神的教育中应允许多种形式、不同探索，以便能总结经验、达成共识。

在国外，我们则应以一种中华文化意识和精神来办好遍布世界各地的中国学院及"国际汉学"专业，以前已经设立的"孔子学院"及"孔子课堂"也应该从简单的汉语教学机构发展为真正能够感受中华文化气息、获得中华文化精神熏陶的场所。汉语作为语言知识还反映出中华文化蕴涵及其精神价值。为此，我们应该有相应的中华文史知识、哲学思想、艺术智慧（包括书法、武术、音乐、戏剧、茶艺、养生等）等方面的跟进，让孔子学院更能体现中华文化的感染力和中国精神的吸引力。

总之，这种中华文化精神的培育及形成应立足于海内外华人，使大家共有一种"文化中国"的意识，共享同样的"中华精神家园"，逐渐达成中国人对中华文化及其核心精神的自知、自觉、自信、自强。最能凝聚人心、达成共识的是我们共同的文化传承，如果心中有了这条中华文化精神的纽带，那么全世界的华人就有可能朝向"同心同德、同心同向、同心同行"的理想，在激烈的国际竞争中立于不败之地。为了这种文化的共识及共存，我们有必要全力促成我们的民族书香流溢、我们的社会书香满堂。

第二编

行万里路

游学人生

九、走出湖南

"我在大山中，不知山外景。"这是对我年轻经历的生动写照。我的家乡即如今的湖南张家界，这儿山清水秀，奇峰突起，高山平湖，峡谷蜿蜒，已经是世界著名的旅游胜地。但在封闭的童年生活中，我既没有被家乡眼前这种风景如画的美景所陶醉，也没有奢望能看到外面世界之精彩。作为少数民族土家族的一员，我常被人问："你为什么是土家族？"对此我常调侃且狡黠地回答说："因为我土到家了！"确实，张家界乃大山之界，自己是山中之娃，那时根本就没有想到还有全世界的游客会跑来这里观景休闲之盛况。我在上大学之前几乎没有离开过常德，只是在高中毕业那年软磨硬泡、装傻耍赖才混上学校去长沙的货车，终于来到了省城，朝圣了韶山，并第一次见过了火车。我祖父辈是走出了大山在江边看轮船，而我那时则走出了常德到省城望火车。层次一样，区别不大。但我喜欢"土"气，也保留了这种"土"气，其特点就是没有讲究，不修边幅，敢于霸蛮。不过，这种自然气质也折射出人之精神世界的奇特，乃人景合一的交响音诗。

记得刚从德国回到北京时，正值冬天，气候寒冷，我曾穿着一身旧棉袄到院部礼堂开会。不料却被眼尖的外事局副局长瞅见，他问身边我所科研处的同志："那是谁啊？怎么那么土？"科研处同志回答说："那是我们所小卓，刚从德国留学回来，不过他就是土家族。"大家一笑了之。但是我的学生后来还不依不饶，当我调侃自己"土到家了"时，冷不丁补了一句："老师，现在街上流行土家掉渣饼呢！"我只好自嘲地反驳说："我说自己土到家，你还非说我土得掉了渣！这太过分了吧。"但我也有自豪处，此时则会炫耀"我是土家族的洋博士呢"，故也可称为土洋结合之范儿。这种直率、憨厚、执着的土家本色一直保留至今，成为我"不变的心"。

我们大学时学英语专业，现在的人们自然会想到之后的出路是"留学"，但那个时代给了我们一个意外，全班"下乡"劳动锻炼，"接受贫下中农再教育"！按照如今的评价，这"留洋"与"下乡"真乃天壤之别。最近听说有人指出英语就来源于我们湘西乡下土语，并举例说 yellow（黄色）即根据湘西土语的"叶落"之发音。一听这种解释我就乐了，因为此类雕虫小技已被我老家同学们得以超常发挥，他们学英语时不愿学习国际音标而标上湘西发音的汉语，让人笑破肚皮。比如，friend 是"不认得"，friends 是"不认识"；而更进一步就绝了：yes 是"爷死"，nice 是"奶死"，bus 是"爸死"，mass 是"妈死"，结果就只剩下"俺"自个了，但"救护车"的英文 ambulance 却被标为"俺不能死"，于是倒让自己得救了！真是荒唐到了极点。而"文化大革命"的荒唐却正是让我们这些学"洋文"

的学生真的去"下乡",别人都分配工作了,我们则必须下农村劳动改造一年之后再说。那时我们也真的担心所学"洋文"变成"土语"。但这也给了我一种精神上的安慰和弥补。因为我们那一届的学生高中毕业后除了极个别的去上大学,其余的都"上山下乡"去了,反正是"一个都不能少"吧。最近我看了一部描述家乡湖南省常德市石门县东山峰"知青"的电影,说的就是我们这些"下放"同学们的先进事迹。原以为我属于那为数不多的"漏网之鱼",心里还愧疚并有些忐忑不安,却没想到"天网恢恢,疏而不漏",无鱼可以漏掉,最后我还是跟着"下去了",于是也就有了坦然之心。对于"上山下乡",无论是主动还是被动,都反映了那个时代年轻人的命运或"使命"。如果是不得不面对的命运,只能是被动、勉强地"下去"。如果将之作为真正自己相信的使命,那就会有无怨无悔的选择,能积极主动地"下去"。从小学时老师就教我们唱"长大要把农民当"的"理想"之歌;那时唱的时候基本上是有口无心、鹦鹉学舌,而一旦下放到农村,才会真正知道什么是"农民",也才会理解到这一"理想"的真实意义。我们这一代同学中有不少人有过多年"扎根农村"的经历,迄今仍认为那段岁月是其人生最神圣、最具有意义和价值的经历,故而在回忆这段往事时表现出极为顽强的骄傲。不过也并非人们对之都能那样"无怨无悔",故在理想破灭后则可能出现巨大的反弹。从当年知青主动踊跃报名、信誓旦旦之"义无反顾",到后来突感上当,理想幻灭而设法离乡回城,形成了其决心与后悔之间巨大的心理反差。但这一代人的命运基本上由此而定。

总之,"知青现象"确实值得我们认真研究和反思。而农村是中国社会的基础，因此必须稳妥处理好农村、农业、农民的问题。所以，如何有效建设好中国农村，重视农业领域，这仍旧关涉中国可持续发展的根基。那时我在农村所真实接触的，则是青年农民表达了强烈的进城愿望，其命运的改变就是当兵或被招工而离开农村，至于极个别的农民上了大学，成为当时的"工农兵学员"，对多数人来说则是无法想象的奢望。现在"农民工"进城，一些村庄在逐渐消失，农田已荒芜，这应引起我们关于如何建设"新农村"的认真思考。我大学毕业后"下乡"前后近四年，比有些曾下放的高中同学回城还晚。其实当时我也曾有"扎根农村一辈子"的一闪念，但很快就打消了，因而与坚持扎根农村的知青相比，我内心承认扎根农村是一种"崇高"的行为，而对自己没敢去践行深感惭愧，认为自己实乃一介懦夫。但在读研、留学时期，我却念念不忘那丢失的近四年的读书光阴，并为之感到惋惜和心痛。因此，我对这段农村经历的评价及对其"扎根"的理解在心理上亦颇为纠结、极为复杂。

　　不过，这一经历却让我真正领略了家乡农村的山山水水，并始了我在湖南省内的行走，可以说这是之后"行万里路"的启程或热身吧。当时在农村此乃最有效的贴近自然，领略自然之美。我随大学同学下放的第一年是在湖南常德蔡家岗公社。这是一个丘陵地区，山不高，林不密，但也为青山绿水景观。我们所在的生产队离周围一个有我初中同学上班的工厂仅二十余里地。这样，身边有大学同学，不远有初中同学，生产队也非常照顾我们这些来农村"镀金"的大学生，并无特别的生产要求，故而当时倒没有觉得有任何孤独或寂寞。有时知道工厂放电影，我还会邀上几个同学专门跑一趟，如《闪闪的红星》等风靡当年的电影，我们就是在那家工厂看的。看电影这件事给我留下极为深刻的印象。我们去工厂因找近路而走的是山间小道，一路上花香鸟语，青绿掩映，大家说说笑笑，一会儿工夫就到了。同学们晚餐款待，偶尔也喝喝小酒，然后去享受工厂的电影"大餐"，可谓物质、精神双丰收。看完电影我们再乘着夜色返回村里，路上月光相伴，同学作陪，只有浪漫，不觉腿累，别看一下子往返四十余里路程，也只留下温馨的回忆。我不怎么会喝酒，但经常喜欢在乡村小店买上一两瓶五加皮酒带到工厂与同学共饮，现在也记不清究竟是因为这酒口味不错还是价格便宜才得到了我的青睐。在农村的弯曲小道上，我那小步快走的优势得到了发挥，许多同学都跟不上。有的同学不服气，说走不过却可跑得过，一阵长跑把我远远甩在后面。但毕竟是长途行走，那位在前面的同学跑累了不得不歇息而慢了下来，结果被我的匀速行走所超过。经过几个回合的赶超，那位同学累得筋疲力尽，最后远远落在了我的后面。我在中学学书法时曾养成喜欢用弯笔的习惯，因此同学们这时就会开玩笑说我"走路小步跑，写字弯弯绕"。

在度过乡村的一年"游山"时光后，我又被派往常德市安乡县农村参加"晚稻超早稻"工作队，从而走到了洞庭湖畔领略水乡风光。这时已过"水乡三月风光好，生产队员插秧忙"的季节，所经历的是盛夏与金秋，天天都与"玩水"有关。因为"近水"，其农村景观是沟渠纵横，由水渠和岸柳把大地划成几乎一模一样的四方块，天黑以后就很难识别，一旦走错就会多绕行几十里地。与我在同一大队的另一位工作队员带着自行车下乡，最初我不明其意，但不久就知道了真相。原来他的家乡离此不远，骑自行车半天就能到家，因此他经常悄悄出走单飞，一去就是十天半月，留下我一个人孤苦伶仃、犯傻发呆。那时我刚参加工作，比较胆小老实，绝没有想到还有以及竟然还可能会有这种方式的"私奔"。村民把我们当作"远方的客人"，但没想"请你留下来"，因此敬而远之，不与我们深交。因此，我特别期盼上面通知去公社开会，虽然路途遥远却可以见到一起来此工作的熟人。整个公社很大，但我们工作队队员也就十来人，分散到下面各个大队而难以碰面。当然，还有另外一个重要原因就是可以改善一下伙食。记得一次在公社食堂就餐时吃桌饭，八人一桌，四菜一汤，刚上一盘豆腐就有一人疯抢快吃，遭到众人指责，他辩解说："不好意思，我见到豆腐就好像见到命一样。"随后服务员又上了一盘肉，这个人还是不管不顾地抢吃。这时有人说他："你不是就好吃豆腐吗，干吗又抢肉吃呢？"他随口回了一句："嗨，别提了，我见到肉连命都不要了！"众人一时哑言。在那个饥饿的年代，一些人甚至总结出了集体吃饭能够吃得多的技巧。比如饭比较少时一次就要盛一满碗，盛少了后面就没饭了；饭比较多时第一次可以少盛一些，这样比他人先吃完后可以再多盛一碗，而吃慢了后面也就没饭可盛了。于此，大家借来公社开会之机而可美餐一顿，然后心满意足地打道回队，虽然几十里路程会有天黑迷路的风险但也在所不辞。当时大家"玩水"却也被"水"所"玩"，因为要力保"晚稻超早稻"，稻田打了很多农药，而稻田与沟渠相通，我们的饮用水也是来自沟渠，结果吃喝之水充满浓浓的农药味。我们面对"要么喝药""要么渴死"两难而只好妥协，宁愿慢性中毒也不要立马渴死。现在人们一听到转基因食品就担心害怕，殊不知我们早就被农药转了"基因"。

在"水乡"三个月之后，我回城重新集训编队。集训时我们去了常德地区最有名的大山县石门，在石门夹山寺听到了闯王李自成兵败而在此出家为僧的传说；也去过一个村分散在几座高山的生产队体验生活。这个地方一声吆喝什么通知都能及时传达，而要想贴身握手则需走上几天，由此更加深了我对山里人为什么嗓门大、会喊歌的理解及认知。但这次我没被留在大山而是被分配到临澧县修梅公社，即辛亥革命时期著名人物林修梅的故乡。临澧是民主主义革命时期名人辈出之地，如林修梅就是林伯渠的堂兄，而丁玲也是临澧人。这里也是丘陵地区，小山不少，植被不错。我跟一位工作组长在一个远离公社所在地的大队工作，但组长体弱多病，经常回城，结果基本上还是我孤身一人独自"望乡"。加之所在大队的书记也不愿露面，因而我去公社开会时常被公社书记戏称为"一代二代"（一代替组长，二代替书记）。而散会回队还是我一个人瞎走夜路，但宁静的夜晚却没有那么多诗情画意，传来的只是自己脚步的回声，带来的也是各种令人害怕的想象。为了驱走怕意，唯一的办法就是旷野放歌，其好处是荒无人烟则既无人为你喝彩，也不会遭到呵斥及指责。这样，原本让人产生不好联想的脚步声就成了旷野独唱音乐会的伴奏声及令人愉悦的鼓掌声。我时常会在这种孤寂和茫然中行走，而自娱自乐的歌声则成为陪伴及鼓励，并使精神真正得以放松。这种行走虽然有着身体之动，却仍然是精神的独处和守静，因而也是一种培养"慎独"和"养静"功夫的经历。可以说，大学毕业走向社会的最初三四年虽然基本上在农村度过，却也让我获得机会，可以熟悉自己家乡常德地区的山山水水，也得以真正深入了解社会。

回校不久我再次来到省城长沙，而且这次可以待三个月之久，使我可以比较全面地认识长沙，不似以前浮光掠影、蜻蜓点水般来去匆匆。此次是在严冬早春的居留，虽然湘江近在咫尺，却不敢"到中流击水"，最多有个别同学在清早敢拿一桶凉水从头到脚冲个痛快，表示向青年毛泽东学习和致敬。但我那几个月几乎每天清晨都坚持跑步，近会跑到爱晚亭，远则登上岳麓山，到云麓宫往湘江对岸的主城区饱眼眺望。云麓宫位于岳麓山右顶峰上，是道教的二十三洞真虚福地。几十年后我曾重访云麓宫，被宫中道士所打太极拳和八段锦折服，道长曾劝我在宫中多待一些时日，好能真正学会太极拳或八段锦。那时没能如愿，这成为我迄今放不下的一个念想。我在湖南大学进修时，尽管可以时常在岳麓山中流连忘返，却已错过了"停车坐爱枫林晚，霜叶红于二月花"的深秋景致。寒山确实仍然可攀，但已无秋霜枫叶，也尚未开二月春花。而寒意料峭、寂寞孤伶则为常感。长沙之旅对我而言乃更多了解湖南的开端。不久之后学校派我参加省里高校的招生工作，从而使我有机会到湘西一游，不仅得以在吉首到其最高学府吉首大学走访，而且还深入两个县城，对自己老家的近邻有了比较亲近的认识。那时的交通条件还不是很好，我们坐火车去吉首要穿过许多隧道，而火车以烧煤为动力，当其从隧道穿出后往往会发现自己满脸煤屑；如果脸上有汗而不小心拿手去抹，则立马变成了黑脸包公。而这次招生之旅却成为我离开湖南之前认识湖南其他地区的第一次也是最后一次活动，对我即将来北京读研并从此与湖南再见而言既有告别意义，也为一种独特的仪式。

1978 年 7 月，我接到去北京参加中国社会科学院硕士研究生面试的通知，心情无比激动，因为这是我的第一次走出湖南之旅。那时我还在临澧县城一个中学担任代课老师，也正处在对自己前途的迷茫之中。带着第一次来北京的兴奋和激动，我终于得以看到湖南之外的广阔天地。在火车上，我不停地往外张望，因为所见到的对我而言乃是一个全新的世界。出了湖南的第一站就是武汉三镇，此时的龟蛇二山不再"烟雨莽苍苍"，此刻的长江也不是"空自流"，在我眼中乃山显曙光、水涌动力，我乃乘着时代的列车在飞驰。最初走出湖南那难以描述的心境，迄今仍清楚地刻在自己的记忆深处。在一天之内，我就完成了出湖南，经湖北、河南、河北三省的穿越，来到了祖国的首都北京。这对我而言是难以想象的跨越，也是从未有过的旅行经历。当然，我那时还不知道这不过是自己奇迹般的人生之旅的序曲而已，后面还会有很长很长的路等待自己去行走。

我们这批考生在北京被安排住在崇文门的一家旅馆，在我住的房间里还有几位哲学、历史专业的考生，他们见多识广，生活经历丰富，不少人来北京也是旧地重游，并没有我当时那样罕见的新鲜感。当然大家忙于备考，交谈不多，只是偶尔在考前考后有点交流。我属于初来乍到之辈，虽兴奋却也紧张，考前慌忙心虚，考后也毫无把握。大家问起哲学研究所那位年轻考生的面试情况，没想到他竟信心满满地回答说"没有问题，我舌战群儒"，听得我目瞪口呆。

自从在大学被校长训斥后，我再也没有那种自信，更不用说自豪自傲了。而这种自卑气怯，却至今也没能摆脱，低调为人成为我一生的标准。

　　崇文门宾馆住房窗口一旦打开，整个天坛公园的景色就直接映入眼帘，具有强大的诱惑力。在备考期间，有一天我实在忍不住而偷偷溜出旅馆到天坛公园玩了半天。在公园处登高远望，深感北京美不胜收，诱惑太大，不禁冒出要继续游玩的邪念。好在理性及时战胜了欲望，一个内在的声音提醒我"回去备考吧"；并劝说一旦考上，在北京岂止是朝朝暮暮，而能度年年岁岁。不能不说，考试之功利思想在此处不经意地就流露出来了。但考完后我仍不踏实，决定留下来再待五天，以想能"游遍"（其实是尽量"遍游"）北京的名胜古迹，从而万一考试失败也不虚此行，至少见识了北京。这次北京之游对我震动很大，真的开阔了眼界，提升了境界；对我以往"井底之蛙"的认知也具有颠覆性的突破。从此，我就形成了在思想中行走、在行走中思考的习惯，把读书与实践在人生之旅中有机结合起来。

十、初到北京

北京的金秋是其最好的时光。小时候唱歌有"北京的金山上光芒照四方"之句，但不知"金山"在哪或指啥。而 9 月份来到北京，看到整个京城在落日余晖的掩映下金光灿烂，一下子就明白了原来北京本身就是"金山"。北京作为几朝古都，以黄色建筑为多。金黄外观，威武雄壮，此为皇家宫阙及园林的标志，体现出其在古代社会中的殊荣。所以，北京的古迹名胜多以黄色为基本色调。这是许多人在游览北京时感受到的比较明显的第一印象。

那时受过往时风的影响，中国改革开放初期的人们尚未进入追求时尚的年代，其流行色彩中仍然保留着黄色（本为草绿色，但洗后逐渐趋于黄色）军装的余晖。我在北京读研时比较常有的衣着就包括一顶军帽和挎在身上的黄书包。有一次在长安街上行走时我不慎弄丢了这一书包，心痛了好几天；幸得警察拾到送还，那意外的惊喜难以言表。甚至到 1981 年我硕士研究生毕业那年，我接待了来自加拿大的客人白理明（英文原名乃怀特海）教授，还深深感受到这一"黄色"的影响力：他的一个女儿在北京一所大学进修，他带着另一个在香港收养的女儿来北京访问，我遇到她们姐妹俩时就发现她们都身着黄色军装，穿黄色军鞋，一派革命形象，在年轻的大学生中显得格外突出。当然，这与白理明先生的经历有关。他的博士论文是写"毛泽东的伦理思想"，在"文化大革命"期间他曾五次来华访问，并多次受到周总理的接见，因而对表面看来"轰轰烈烈"的"文化大革命"持肯定态度。所以他这次来华的目的之一就是想弄清楚为什么现在中国人会否定"文化大革命"，我也陪他为此而走访了多家单位和各阶层、各行业的人士，包括后来担任过全国政协副主席、全国人大常委会副委员长的雷洁琼女士。希望那些走访对他的内心及思想认知能够有所触动。其全家在这种特定氛围中对革命本色的仰慕，在他女儿当时的黄色衣着上得到了充分体现。

　　本来，"黄色"在视觉上给人愉悦之感，是一种充满活力及希望的色调，在中国古代曾是非常高贵的颜色，中华民族作为黄色人种也很骄傲自己具有"黄色的脸"。只是到19世纪末英国因一批颓废派文艺人创办的期刊命名为《黄杂志》(*The Yellow Book*，1894年创刊)而使"黄色"的蕴含变味，即受西方肤浅、媚俗文化色调的牵连而增加了"色情低俗"的含义，遂流变异化，沦为负面词汇。其在中国被承认及使用则始于民国初期对西方这种"黄色杂志"及"黄色新闻"的译介，从此使"黄色"的内涵被彻底改变。真可谓"黄在家中坐，锅从天上来"。在不同语言的交流及翻译中，选词用字极为重要。当年徐志摩将意大利名城 Frorenz 译为"翡冷翠"有多雅啊，可惜后来改译为感觉一般的"佛罗伦萨"。尤其可气的是我后来留学德国的名城 München 被汉译为"慕尼黑",这是根据其英译名 Munich 转译而来。这一曾被视为西德"文化首都"的城市本来按其德文原名之音可汉译为"明星",本为明星之城,而一旦被译为"慕尼黑"就明显"抹你黑"了,实不应该。此外,还有外国学者发问,儒、佛、伊都用了"人"字旁,为何"犹太"就不译用"优太"呢!虽然这些译法已经约定俗成、无法更改,却仍会让人思考翻译选词在对应上的合适性及高雅性,有些误译及误会或许无意,却会留为历史上的遗憾。

我在北京住过不少地区,也跑过许多地方,应该说已经习惯并深深喜欢上了这一文明古都及其文化氛围。在去德国留学之前,我在北京住了五年之久,从北京市中心的北京师范大学、东四,到原为北京东郊的西八间房,熟悉了北京的东北街市。后来回国时我曾住在北京西边的石景山鲁谷小区,这样就几乎走遍了北京的东西南北。当然,北京城市的扩建速度太快,因而已经熟悉的城区很快就又变得陌生。来北京打拼的"外地人"实不容易,需要克服种种困难,他们在北京奔波,有成功的喜悦,也难免失意的烦恼。我有一位作家朋友曾写过一部《混在北京》的小说,后被拍为电影,生动地描述了大家在首都生存、奋斗的艰辛。当混迹于熙熙攘攘的人群中疾步行走间,当置身于王府井茫茫人海中忘掉自我时,如何品味渺小中的人生价值,真的也是对比鲜明,意蕴无穷。在这样一个精英荟萃的地方,我学到了不少东西。尤其是以往只能仰视、可望而不可即的各界"大佬",现在我可以近距离接触、直接交谈,也感到自己的生活"档次"明显提高。让我觉得特别奇异的是,那些从前无法接近的、具有神秘感的"大人物"，在实际的交往中被"发现"竟然也是与我们一样具有喜、怒、哀、乐等情感的"众生"。

我印象特别深的，是在北京所经历的第一次人际交往。因为初来乍到，人生地不熟，多少有些担心到北京后会有什么不便或麻烦。但就是在从北京站下火车后出站的那一瞬间，这种担忧立刻冰释。我在出站口遇到了一位迎接我们的老同志，他坐在一个小马扎上，专门接待来自全国各地的新生，一有人来就忙前忙后，而且态度热情、和蔼。后来我们听说他是从部队省军级岗位退下来的研究生院领导，这让我感到不可思议。想起当年自己在农村工作时遇到县处级的领导，就觉得其周围有着强大的为官气场，这种对比让我惊讶不已，也在很大程度上改变了我以往对一些问题的认知，彻底改变了我过去在基层社会曾形成的负面印象。同样，在一起共处的同学中间，我也逐渐发现有不少都是名人之后，如其父辈或为高干，或是著名学者；他们本有着显赫的家庭或社会背景，让我们感到乃高不可攀，但这种优越感在此却低调不显了，大家都享有作为同学的平等。在知道这些实情后，我不由得仍有着"低处也甚寒"的感觉，却也能由这种自卑而产生出鞭策自己要自强的动力。作为人的精神、思想的研究者，我们在自己的知识领域中可独自天马行空、无拘无束、无限驰骋，因此在这种独处中我就是王者，舍我其谁；但在知识分子如此成堆、强者如林的人际中，我显然是小字辈和弱者，当然完全可用"无名鼠辈"来形容，故而在与大家交往中我则牢记自己要做仆人，抱着服务大家、向大家学习的态度。这种学习生活让人既激动又紧张，不过也颇具刺激感，可以体会到前所未有的知识魅力和人生意义。

　　来北京后除了住地北京师范大学，我去得最多的就是北京大学，这是我们文人学者的圣殿，一想到竟会亲临此地自然就激动不已。在北大课堂我听到了许多名师的高论智见，也惊叹其图书馆的丰富藏书，更喜欢在未名湖边散步遐想。北大作为新文化运动的重要发源地，我们于此可以领略那股清新的学风。而现在校址乃燕京大学旧地，其情景及联想则直接触及我的专业研究。因此，到北大对我而言一是朝觐，二是展望。我也没有预料到今后会与北大有着密切的学术关联，而北大的不少教师也先后成为我的学术合作伙伴。记得最初到北大时感觉校园真大，有一次我去拜访来自德国的老师，在校园内转了一个小时才找到其住处。那座院子在湖边林荫的遮蔽下很不好找，其实我都已经经过此处好几次了却没太注意，后来离开大道步入小径而一下子就"碰见"了。许多按照常规的找寻都难有收获，直到真正发现方知其"曲径通幽处"的奥妙。在学术和科技探索中也有这种"觅"与"见"之久寻不得、不期而遇的现象，不知刻意寻找与无意发现之间是否有着某种神秘的关联。"未名湖"未取名，却成了最有名的小湖之一。

　　若干年之后我在北大有过每周一次的系列讲课，教室就在北大图书馆旁边的教学楼里。每次早来了我都会沿着台阶拾级而上，在图书馆内外常驻足停留，虽时间短不可能进去查书看书，却很愿意感受一下师生们进进出出、认真读书的气氛，这也成为我上课的一种独特课前准备。当时有一位在中国人民大学进修的德国留学生经常来北大听我的课，因为大家的研究专业颇为接近。有一次上课时这位学生没来，快两个小时下课后我走出北大东门，却发现她在那儿等候。她告诉我因为北大突然加强了校区管理，她没有北大听课证而被门卫拦住不让入校，因此想和我打一声招呼，以后就无法再来听课了。那时人们还没有手机，不可能短信或微信告知，故而只得专门等候来面告，由此也可窥见德国人办事的严谨、认真和执着。

在周末或节假日，我特别喜欢去的地方还有颐和园、圆明园和香山。据说清朝时慈禧乃挪用海军军费而修缮了这一保留至今的颐和园之貌，而其中石舫就象征海军的轮船。圆明园则成为那个时期中国落后挨打、城破园毁的明证。走过其残垣断壁，会倏然涌现"国殇"一般的哀情忧思。其作为遗址公园而不再修缮复原，就是让中国人记住这段屈辱和痛楚，让西洋人反省其过去的侵略和野蛮，能够有"前事不忘，后事之师"的提醒。香山更是秋日胜地，可让人尽享"看万山红遍，层林尽染"的壮观。我会常去体悟卧佛寺的禅意、碧云寺的超脱，在动中养静，于玩里修身，攀"鬼见愁"而享神仙乐。后来随着上了年岁，对攀峰爬山望而却步，偶登香山故有久违之感。应该说，北京也有几个水库和不少大小湖泊，可以"游山玩水"，领略湖光山色。但所到之处印象更深的却是其历史厚重和古今变迁。到这些地方思古观今，既是缅怀过去的精神苦旅，也是感触当下的文化乐游。我作为从山区来到都城的"土家之子"，终于在北京的游学中经受了文明的洗礼，亦获得了思想的升华。

十一、大好河山

　　硕士研究生毕业那年我正式进入中国社会科学院工作，第一项任务就是陪同研究室的同志去南方进行社会调研。这是我来北京后第一次远游，也是我从此走遍中国、领略祖国大好河山美丽风光之"华夏漫步"交响音诗意味深长的序曲。我喜欢读书和旅游，这种生活就是一动一静的交织，读书时会"静如处子"、全神贯注，沉浸在思索和感悟中而稳坐书房；但旅游中却"动如脱兔"、纵情奔狂，放肆于猎奇及寻梦里，疾走世界。停不住的步伐使我竟会在40年间到过全国总共34个省及直辖市、自治区和特别行政区，并曾在除了南极、北极之外的世界各洲留下游踪。

　　千里之行，始于足下。1981年的那次出差对我而言意味深长，因为从此的旅行基本上都是学术出差之旅，而以纯粹游客身份、单以游山玩水为直接目的遂相对轻松的真正"旅游"反而稀少罕见了。由于有学术上的相关使命，以出差为主的"兼游"往往会心不踏实，老是惦记着各种事由，故而无法全身心尽情享受游玩的乐趣。所以，我总想象和期盼着尽早退休，以便可乘身体仍然健康之机来几趟纯粹旅游，把专门游玩的心境发挥到极致。可惜一晃竟快有了七旬老翁的身份，如此痛快之游可能真成幻想、奢望了。

最初那趟南方之旅由我们研究室年岁最大的赫鲁先生带队，我们一行五人因我最为年轻而担任财务、后勤工作，当时出差的一千元"巨款"就由我保管。于是，虽然还没有腰缠万贯，却已囊藏千金，我突然成为"有钱"之人！我那时既紧张又害怕，因为从来没有身揣如此之多的现金，而且还是出门在外，这让我吃不好、睡不香，生怕会有任何闪失。赫鲁是我们带队人的笔名，其真实名称我记得听他说过，但早已忘记。他一生坎坷，命运多舛，本是燕京大学社会学系的高才生，曾拜师雷洁琼名下，并早在 1949 年之前就参加了革命，在北京从事地下工作；中华人民共和国成立后曾参与北京市的安全保卫工作，后来任职国家体委，不料于 1957 年被打成"右派"，结果大半生在劳改农场度过，直到快退休的年龄才落实政策被分配到我们所工作。他说，自回到北京后他常去北京大学同青年学生讲理想、谈人生。他性情率直且想法"幼稚"，与其年龄大不相符，似乎仍停留在被打成"右派"之前的思维状况中。这种"天真"让人颇为感慨，故学生们说他不是"赫鲁晓夫"，但确为"堂吉诃德"；不是"右派"而乃最为典型的左派。他虽然年纪大、资格老，却因"级别不够"而非常屈尊地与我们同行同住，坐经济舱火车，住大通铺旅馆。为了照顾他，我经常在火车上拼命为他占座；但其他几位比他年轻很多的同志都没有占上座位，他自己往往却能挤到座位；而当我向他表示歉意和敬佩时，他却轻描淡写地说，这点本事早在劳改农场就练出来了。在住大通铺房间时他习惯早起，然后躲在一边念英文，其语速很快且带着湖南口音的英语我一句都没有听懂，弄得同为湖南人且英语科班出身的我极为尴尬和惭愧。直到回京后不久，我给来自加拿大的白理明教授的讲座担任翻译，讲座结束后赫鲁先生第一个直接用英语向他提问，以其已成特色的快捷语速一口气说了一大串。曾在香港待过一些年、稍懂点汉语的这位加拿大人听后满脸狐疑地用汉语跟我说"听不懂"，这才使我对曾经因听不懂赫鲁先生的英文而露怯那事终于释怀。在杭州时，当地接待单位因为照顾他而特地给他安排了一个单间，这样才使我们摆脱他的视线而得以抽空在西湖一游，因为他到杭州后诗兴大发，所写内容却是告诉我们要专心工作而不要去游西湖。我们几人都是第一次来杭州，而赫鲁先生也只是"临时"负责管理我们，故此才敢"大胆"一回，大家背着他悄悄地溜出去游了一趟西湖。我们为此感慨，幸亏他"躲进小楼"，大家方知"风月无边"（西湖湖心亭上有一石碑，上有据传乾隆手书的"虫二"两字，意即"风月无边"，形容西湖的美好景色。当然对"虫二"也有其他解释）。

那趟差旅值得记忆的事情很多。我们第一站是上海，到上海时曹圣洁女士亲自到火车站迎接我们，随后郑建业主教又专门设家宴招待我们。我是颇有受宠若惊之感，因为郑建业先生也挂名担任了我的硕士研究生导师，并为我的论文写过评语。这是我第一次来上海，从而以一种朦胧之感初次结识了这一中国政治、经济、历史、文化中的名城重镇。我们此行第二站即杭州，但没有于此多待就去了温州。我们在温州停留了二十天之久，因为这是我们此次调

研的重点地区。那时的温州虽然"春江水暖鸭先知"般地较早感触
到中国改革开放的初潮，却还没有真正深入地卷进其大浪之中，故
而给人的印象乃破破烂烂、熙熙攘攘，街上路窄拥堵，街边小楼林
立，让人感觉其颇有缩头缩脑、投石问路而尚未大展身手之感。直
到二十年后我再去温州，才真正领略到改革开放给温州带来的奇迹。
这时的温州已经具有国际大都会的气派，只有深入其局部细找，才
可能探得一些当年革新起步的蛛丝马迹。所以说，温州的变化确乃
反映当年改革开放发展的一面镜子。

在温州停留之后调研组兵分两路，赫鲁先生带着一位老家在广
东的同志直奔广州，余下我们三位同事则在一位老家在厦门的同志
的负责下翻山越岭前往福建。那时我们是坐着长途客运汽车，中间
还住了一宿，足足用了两天才来到福州。大家疲惫不堪，幸亏所住
招待所有室内温泉浴池，于是纷纷在温泉中泡澡，从而又得以找回
鲜活的自我。在福建由刚从我们研究生院毕业回到福建社会科学院
工作的同学林先生全程陪同，故有很多便利；而我们也恰好脱离了
管理"严格"的赫鲁先生之视线，故也有机会大饱眼福。

福州古称闽都，名胜古迹众多，我尤喜欢其"三坊七巷"街区，
有着许多历史名人为之增光添彩，其中各种书院遍布，让人想起南
宋学者吕祖谦"最忆市桥灯火静，巷南巷北读书声"的名言；而其
榕城别称也揭示其"满城绿荫，暑不张盖"的自然景观之美，给人
"森林都市"的印象。不过福州并非我们这次调研的重点区域，我们
的目的地乃是厦门。因此，在福州匆匆路过后我们就来到了厦门。
初到海滨城市厦门，给我这个来自山区的"土家人"震撼太大。我

在这儿终于第一次见到了大海，那种激动是无法形容的。我一个人
静静坐在厦门大学旁边的海滩上足足待了四个多小时。此时北方已
是隆冬，这里却有不少学生在海水中畅游，远处海天一色，在阳光
中交融，让人似入仙境而禁不住浮想联翩。我后来在各处做过无数
讲座，唯独在重返厦门大学第一次讲座时因回忆此景而热泪盈眶，
意外失态。我对大山已很熟悉，对"乐山"自成习惯，而"智者乐
水"之境当时则是第一次体悟，故感觉奇特。高山雄伟，大海开阔，
这种对比及融通是第一次那么直接和突出，带来无以言表的愉悦和
亲切。尤其是始见大海浩瀚无垠之势，让我的胸襟于此一下子就变
得更加开阔。厦门大学校园是中国最美的校区之一，有着人文景观
的古色古香，又凸显其依山傍水的自然清秀。我曾多次在校园内穿
行，在各个奇妙建筑间徜徉，享受着其典雅和柔美。我们当时就住
在离厦门大学不远的南普陀寺庙之内，前观碧波大海，后靠五老高
峰，那半个多月确似一种精神修行，充满山海意念，激发天人之感。

厦门为我们所关注之地即包括被海水包围的鼓浪屿，此即我们
来厦门调研的重点区域。其信仰精神传承颇为独特，与中国近代历
史的曲折有着直接关联。鼓浪屿岛上礁石嶙峋、峰岩跌宕，岛边波
浪滔天、涛声似鼓。这里还是钢琴和诗歌之乡，音乐之声与灵性激
情一起荡漾，既诞生了享誉全球的钢琴大师，也是朦胧诗派女性代
表的"生命之源"。可以说，厦门之旅已让我这山乡之子的心境融入
海中，化归天际。

此后我又多次来福建出差、讲学，不断加深对这一东海之滨的
印象和理解。其中让我感触极为特别的一是云水谣古镇，二是武夷

山茶乡。在云水谣古镇走在其最为典型的闽西南古栈道上，电影《云水谣》的情景、意蕴、感触一下子就映入眼帘、充满脑际，陈秋水与王碧云的命运也让人极为伤怀、无限感慨。在武夷山除了享受竹排在清澈见底的溪水上漫游和艄公在天南海北的调侃中互动，还品尝到各种武夷岩茶，如曦瓜、瑞泉、圣匠等著名品牌。我们在友人的安排下甚至得以到称为"大红袍之父"的陈德华老先生家中品茶，陈先生亲自为我们泡茶，讲述大红袍发展曲折而动人的故事。在陈先生为我们泡茶之后，过了几个月就听说老先生突然仙逝，故而其为我们泡茶也就成为"绝泡"。

对福建文化的深层次接触使我成为其铁杆粉丝，如对妈祖文化、闽南文化、船政文化和饮食文化等，都留下了美好记忆、触发过深刻感想。我去过妈祖的故乡莆田湄洲岛，后又多次参加其考察及研究活动；我喜欢闽南音乐，虽然听不懂有着"中国音乐史上的活化石"之称的南音歌词，却折服于其婉转动听的旋律；我多次到访泉州的海交馆，想象当年百舸争流、万船出海的壮景奇观；我也在福州马尾听到过马江海战的悲歌，深感器物文化在制度文化不佳时的无用、徒劳；我对福建的饮食念念不忘，南普陀寺庙半个月的素食使我领略了佛教素食的魅力，我曾跟寺院的和尚说真想再留下来吃半个月的素食，一位和尚开玩笑地回应说那就留下来，别走了吧！此外，福州"三坊七巷"的小吃、海鲜自助大餐等，好像都在时时呼唤着我的再访。由此，我之后的旅行也更注重文化之旅、精神之行。

我硕士毕业后的第一次出差，也是我领略祖国大好河山的第一次出游。那是我从湖南到北京之后的第一次出京之旅，虽然仅到两省（浙江、福建）一市（上海），却真正开了自己感悟祖国之美的眼界。随着年岁的增长和阅历的丰富，我基本上在省市层面的祖国各地都留下了足迹，到其山山水水、城镇村庄打卡报到。特别是云贵山区，甘肃、青海，西藏、新疆，以及香港、澳门特别行政区和祖国宝岛台湾。从东北的镜泊湖到台湾的日月潭，从长白山天池到霍尔果斯口岸，从海南三亚的天涯海角到云南梅里雪山的险峰冰川，那些壮丽景点及其风土人情总让我梦牵魂绕，时时浮现，从而使自己的精神在祖国壮丽之景中流连忘返。

十二、德国之旅

　　1983年5月底，我作为出国留学生第一次走出国门，前往欧洲。这也是我第一次坐飞机，而且一飞就是国际长途，飞往德国慕尼黑，途中还需经法兰克福机场转机，心中自然既兴奋又紧张。这对我而言是万里之行的真正起步，有着各种好奇和期盼。我虽然研究西方信仰传统，但重点在美国，硕士论文也是写美国当代思想家，本来准备去美国留学，却因一个偶然的机遇而被安排到德国留学。因此对欧洲基本上没有什么了解。突然而来的转变，让我又喜又忧，不得不匆忙应对这一变化，尤其是语言上由英语改为德语的要求就压力山大。经过长途飞行，到达法兰克福时已经晚点，入境、转机仅有半个小时，而法兰克福机场是当时欧洲最大的机场之一，我乃第一次坐飞机、第一次出国，毫无准备和经验，当然比较慌张。好在一切顺利，等我一路飞奔踏上飞往慕尼黑的班机之后，机门就关闭了。见到满头大汗的我，空姐递来一杯冰镇可乐，我一口喝下。记得以前在北京逛王府井时曾喝过一次可乐，那时觉得可乐味怪如中

药，还开玩笑说这是能喝的饮料吗！但热渴之中飞机上的这杯可乐
却似清泉甘露，让我觉得好喝且过瘾。这件事给我留下了难忘的
印象。

德国属于位于欧洲中心的国家之一，地域独特、优势明显，其
科技、哲学、艺术等都给人留下了深刻印象。德国建国的历史可以
追溯到公元962年德意志民族神圣罗马帝国的建立，其近代国家的
形成则在于1871年统一的德意志帝国之创建。德国虽然强大，但因
1914年挑起第一次世界大战、1939年挑起第二次世界大战，并在
这两次世界大战中均遭到失败而政治衰弱、经济受创，失去了其在
世界上曾经拥有的领先地位。1949年德国以分裂为东德、西德两个
德国的方式而开始其战后重建。西德的临时首都为波恩，被人们戏
称为"首村"（Hauptdorf），而非具有国际大都会之城市规模的首都
（Hauptstadt）。原来的首都柏林一半为东德的首都东柏林，一半为属
于西德但被东德所包围的孤岛之城西柏林。直到1990年东德、西德
统一之后，柏林才恢复其整个德国首都的地位。我1983年留学德国
之际尚属于东德、西德分裂时期，故我所去的西德城市慕尼黑属于
当时西德最为重要的城市，在民间有着德国的"文化首都"之称。

慕尼黑的德文名称本为München，故有别名"明兴"，其实亦可
音译为"明星"。其居民点可以追溯到古罗马帝国时期，在公元746
年时此处建立了一个天主教本笃会修道院，故此München之名源
于古代德文的有"僧侣"（Mönchen）之地的含义，此名首次于公元
777年被提及，其根据文献记载则被视为由狮王亨利始建于1158年
的欧洲中世纪古城。慕尼黑在欧洲具有德国最瑰丽的"宫廷文化中

心"之誉,而且曾在 QS(英国国际教育市场咨询公司夸夸雷利·西蒙兹)全球最佳留学城市中位于第二位,也是仅次于美国纽约而为世界第二大出版城,故而无愧于"文化之都"的称谓。慕尼黑大学在我入学时拥有 5 万多名学生,是当时德国学生最多的大学。但因 1923 年希特勒及其支持者在慕尼黑发动了"啤酒馆政变",此后纳粹党总部亦设于此,加之 1938 年在第二次世界大战爆发前德、意、英、法曾于此签署《慕尼黑协定》,使本来的"明星城"有了历史污点,故而有被"抹黑"之感,其英译名 Munich 基于此汉语发音颇为隐晦地被汉译为"慕尼黑"(可以想象为"抹你黑"),也成为中英翻译中的一大遗憾。

到慕尼黑之后我入住欧姆街 18 号的"福庐"(Haus Fu)。这里是以中国留学生居住为主的小型学生公寓,我在此结识了不少中国学者。因为最初大家的家眷还没有来德,我们中国留学生最喜欢在晚上聚集在二楼称为"慕华图书馆"的公寓电视房里,一边看电视练习德语听力,一边聊天以消除远离家乡的孤寂。当时看得最多的是被音译为德文的美国西部影片,记得一位研究美学的中国教授将之概括为:上联"英雄美女大洋马",下联"开枪接吻打群架",横批"西部影片"。大家为之一乐,不禁哈哈大笑。"福庐"地理位置极佳,步行 5 分钟就能到达我就读的位于凯旋门一侧的哲学系,离其他上课的教室、图书馆也仅有 10 分钟到 15 分钟的步行路程。而且,从"福庐"出门仅走 3 分钟就能进入慕尼黑最大的自然公园"英国公园"。欧洲公园按照建筑风格大致分为"法国公园"和"英国公园"两大类。"法国公园"以宫廷建筑的风格为主,人文景观明显；"英国公园"则基于英国式的园林风格，侧重于自然景观，故而没有太多的人为建筑。

慕尼黑的英国公园有其"城市之肺"的美名及作用，其占地面积极大，我们骑自行车在园中穿行都需要大约一个小时。在其为数不多的建筑中，引人注目的有中国塔、希腊亭和日本亭。希腊亭立于小山坡之上，下面地势开阔，绿草如茵，一派田园牧歌的风光。日本亭有小家碧玉之姿，掩映在灌木丛中，给人曲径通幽之感。而最为雄伟壮观的则是中国塔，巨大的木质宝塔下面四周是慕尼黑最古老的啤酒花园，早在 1791 年就开始营业，为公园中人流最为集中之地。多瑙河的支流伊萨尔河在附近穿过，公园小溪两边的绿草地是人们享受日光浴的"解放区"，男女老少可以不受警察干涉、毫无顾忌地展示其"自由身体文化"，陌生人初次见面甚至还会热情地互打招呼，简单问候。游人在附近小道坦然穿行，虽没有"非礼勿视"却也大方自然，故被我们的美学教授点评为"美学散步"，真不知曾写过《美的历程》的著名教授如果知晓对之会有何种感想。而园中一个小湖则是我们傍晚散步的常去之地。湖中天鹅、大雁、鸳鸯、野鸭等水鸟自由嬉戏，群鱼在水中悠闲地穿行，人与动物和谐共处，给人美不胜收之感。该湖因为其天鹅居多而被我们起名为"天鹅湖"。尤其到了黄昏时分，金红色的晚霞在天际泛起，湖水荡漾，湖面闪烁着落日余晖，鹅游雁舞、小鸟飞翔，使人很容易想起王勃《滕王阁序》中"落霞与孤鹜齐飞，秋水共长天一色"的佳句美景。记得有一次我们社科院代表团在拜访慕尼黑马克斯·普朗克研究所总部途中，我建议大家利用一点点时间顺道简单看看英国公园，带队的副秘书长是摄影爱好者，他一头扎进公园后流连忘返，忙着用专业相机捕捉各种美景，若不是我连连催促还差点儿造成座谈会迟到。

作为文化中心，慕尼黑有着众多博物馆，仅我参观过的就有巴伐利亚国家博物馆、德意志博物馆、艺术馆、国家古代文物收藏馆、国家版画收藏馆、城市博物馆、城市美术馆、民俗博物馆、沙克美术馆、古希腊雕塑博物馆、老美术馆、新美术馆、现代美术馆、宝马汽车博物馆等，其中我最喜欢、最常去的就是古希腊雕塑博物馆、老美术馆和新美术馆。最初这些艺术馆在周末曾向学生免费开放，我们可以利用周末待在里面一个一个展室慢慢地欣赏。此外，市中心的慕尼黑王宫中还有王宫博物馆、古董陈列馆、王宫珍宝馆、祖先纪念廊等。我们称慕尼黑王宫为巴伐利亚国王的王宫或冬宫，而在此王宫之外还有著名的四大行宫或夏宫，包括城市边缘的宁芬堡宫（即"水仙宫"，尤其以宫中的女子肖像画廊而著名），郊外西南方向的新天鹅石宫（即"新天鹅石城堡"，其中主体建筑童话般的梦幻城堡乃迪士尼城堡的原型，与之毗邻的则为年代更早的旧天鹅石城堡或称高天鹅堡），城南约 100 千米处的林德霍夫宫［即"菩提山庄"，以洛可可风格著称，宫中有着古希腊神话题材的绘画，公园中还有其维纳斯洞穴剧场所陈设的瓦格纳歌剧 *Tannhauser*（"唐豪瑟"）场景，其独特的月亮厅和别出心裁的狩猎棚屋等］，以及赫尔伦基姆泽宫（即模仿法国凡尔赛宫镜厅而设计的、位于基姆湖中男人岛上的宫殿及其奢华超过凡尔赛宫的镜厅）。在学习之余，大凡有人组织这种文化色彩颇为浓厚的旅游，我都会积极参加，有时甚至还会帮助担任导游翻译，以增加自己有关德国的文史知识和德语口译能力。

而慕尼黑老城中心值得参观的除了王宫，还有玛琳广场（即玛利亚广场），包括其中心建筑玛利亚纪念柱和装有43个钟、32个人物形象并定点会随音乐转动之钟琴的新市政厅，以及其周围的圣母教堂、圣彼得教堂和谷物市场等。里面多有在欧洲艺术史上著名的精品佳作。出于对音乐的喜好，我偶尔也进过慕尼黑市中心的国家歌剧院，到音乐厅听过多次音乐会，以及到其大小剧院看各种戏剧演出。慕尼黑是音乐地位仅次于柏林爱乐乐团的巴伐利亚交响乐团所在地，凭着学生证则有时可以很便宜地买到其音乐会的站票，一旦持票人半场没有出现，则也可以去坐其留下的空座。此外，不少教堂组织的音乐会也非常值得光顾，可以用价格便宜的入场券欣赏到水平很高的音乐演出。记得有一次在一个中等规模的剧场我们还看到了来自美国、由"文化大革命"时风行的革命样板戏《智取威虎山》中扮演小常宝的原上海京剧演员所带队的演出，大家在演出后还与她闲聊，有着他乡遇故人的亲切。在我回国之前组织的"中国文化周"中，我们也租用了一个小音乐厅举办了中国音乐会，请中国留学生表演了二胡、古筝，以及小提琴名曲《梁祝》，让德国观众非常高兴和惊讶。

自来到慕尼黑，我就把学习与旅行有机结合起来，力争齐头并进，一个也不能少，两边都不耽误，以践行"读万卷书，行万里路"的宏愿。这样，我在德国先后走访了许多地方，或是随团而动，或是结伴而行，或是家庭出游，或是独自行动，不拘形式，多样选择，因而既大长见识，又自得其乐，留下了难忘的记忆。离慕尼黑最近、我们也常去的城市有奥格斯堡、雷根斯堡、纽伦堡、埃朗根、班贝格、因戈尔施塔特、斯图加特等。奥格斯堡有一家人是中德友好协会的铁杆成员，因此我们常去她家访问，甚至在我们回国后还保持了长时间的联系。雷根斯堡是巴伐利亚州新兴的大学城，展示出其现代高等教育的发展。纽伦堡是巴伐利亚州第二大城市，也是西门子公司创建之地，其最为著名的就是在第二次世界大战结束后于此对纳粹战犯进行了审判。此外，纽伦堡冬天的圣诞市场也是很有名的。埃朗根大学有对中国研究的特别关注，我们曾在该大学的一个教师家中度过了一个晚上，这家主人是一对年轻夫妇，他们酷爱音乐，并专门给我们奉献了一场家庭音乐会。班贝格是一座未被第二次世界大战毁坏的历史老城，因水路发达而有"小威尼斯"之称。其主教座堂、伯廷格宫都是欧洲古代建筑的典范作品。我们在其文化夜景中还观看了一场露天演出。因戈尔施塔特在15世纪创建的大学乃慕尼黑大学的前身，该校19世纪以后才搬至慕尼黑，目前这里也是奥迪汽车的总部。斯图加特则是巴登－符腾堡州（简称"巴符州"）的首府，也是世界著名的汽车城，乃奔驰汽车公司总部所在地，并有奔驰博物馆、保时捷博物馆等著名汽车博物馆。而我们特别关注的，则在于它乃德国哲学大家黑格尔的诞生地。在德国游学期间，我曾随船游过多瑙河、莱茵河、博登湖、国王湖、基姆湖、汉堡港，以及柏林的施普雷河等，乘车去过阿尔卑斯山附近和黑森林之中的自然景地，并到过其众多大小城市。而每次自己组织出游之前我都要事先做好功课，即了解当地有哪些名胜古迹、奇特景观，以及安排好火车、汽车的最佳路线和最好时间段。因为充分准备，我们最多时一天可以走访四五个城市，并参观到其最主要的景观。

在德国的旅游中，我们比较集中在南部地区，但并不限于南德。我在德国北部还去过汉堡、汉诺威、不来梅、吕贝克和基尔等城。汉堡是德国第二大城市，有"水上城市"及"世界桥城"之称，有各种桥梁2400多座。而因其杰出的绿化效果则获得过"绿城"的名号。其作为港口城市也是"德国通往世界的大门"，因此，乘游轮出港看海是汉堡的重要旅游项目。其清早港口的鱼市也很热闹。汉堡市政厅附近的彩旗与鲜花，其文艺复兴风格建筑上象征汉堡人"勇敢、虔诚、和睦、智慧"之性格的神像，以及其市区湖中曼妙悦耳的音乐喷泉，给人一种祥和之感。不过，德国友人也带我去过汉堡证券交易所，在那里则留下了许多人因证券投机失败后的悲惨故事。我与汉堡大学等当地研究机构曾有着较多的学术合作，常来此参加学术会议或专题演讲。在汉堡的华人学者不少，德国人中有许多也是"中国之友"。汉堡大学研究力量雄厚，也有人将之称为"德国第一大学"。汉诺威的原意有"高高的河岸"之喻，这里有莱布尼茨故居，我们来参会的会场就是以莱布尼茨命名，说明这位德国近代哲学家及科学家在此有着极高的声誉。我在该城比较喜欢去的地方是汉诺威大花园（海恩豪森皇家花园），这是欧洲最大的城市花园，其特点是既有英国式自然风景的园林特色，也凸显了法国式公园的巴洛克人文景观，还有用草丛布置的森林迷宫，让人把对自然的欣赏和人文的鉴赏揉在一起。汉诺威大学相关专业与我所联系颇多，曾有过在中国民间信仰研究等领域的深度合作和广泛交流。不来梅市市徽中的钥匙，本是象征耶稣十二使徒之首的彼得，但其扩展的世俗意义则表达为"汉堡是通往世界的大门，不来梅则是这扇门的钥匙"之流行谚语。而我对该城印象更深的则是其标志罗兰骑士雕像和以四个动物（驴、狗、猫、鸡）叠罗汉构成的城市乐手雕像。吕贝克意即"迷人的地方"，是中世纪开始发展的古城，其哥特式建筑、圣玛利亚教堂和天文钟就是其见证。基尔是我们到北欧旅行的必经之城，这儿诞生了著名科学家普朗克，开创了量子力学的时代。此外，基尔世界经济研究所的学术知名度也很高，我们同届研究生同学就曾专门来此进修学习。我们对基尔城市印象一般，但其火车站则是我们因换车去北欧而常待之地。

我们去过的德国西部城市还有杜塞尔多夫、法兰克福、波恩、明斯特、卡尔斯鲁厄、美因茨、曼海姆、亚琛等。其中法兰克福是德国的金融中心，汇聚了德国各大银行和证券交易所，而且还是欧洲银行总部所在地，其市中心因而高楼耸立，被视为"美因河畔的曼哈顿"。其城市附近有德国最大的机场，也是我们在欧洲出发和抵达最多的机场。法兰克福还是德国著名作家歌德的出生地，其故居也是我们常去参观之处。我与法兰克福大学联系较少，但曾参加过其国际图书博览会，体验过这一"世界上最大的书城"。此外，我还来此城参加过有几十万人集中的大会，记得整个城市都是来客爆满，我们只好打地铺睡在有上百人拥挤在一起的体育场中。另外一个我常去的城市则是当时西德的临时首都波恩，因城市太小而被不少德国人戏称为"首村"。波恩是著名音乐家、"交响乐之王"贝多芬的出生地，因此其故居是我们常去参观之处。我与波恩大学曾有着相关学术联系，在此参会、研讨亦很频仍。此外，波恩附近的小镇圣奥古斯丁也是我常去之地，那儿的研究所、图书馆对我都有极大帮助。明斯特也是我们常去的城市，那儿有一家德国人是中国问题专家，兄弟俩都是在中国青岛出生或长大，其中哥哥因与我专业相关而联系较多；弟弟则在波恩大学当教授，偶尔也有来往。我们到明斯特就基本上住在他们家里。

德国东部因为在我留学期间仍属东德而去得较少，但东德、西德统一后我因学术访问及合作也有了拜访的机会，我去过的城市主要有莱比锡、德累斯顿和马丁·路德的故乡埃斯勒本小镇，而在学术交往上主要是与莱比锡大学联系较多。该大学本专业的苏为德教授是从汉诺威大学调过来的，他主要研究中国民间信仰，故与我所相关研究人员合作较多，我们尤其在查阅中国古代档案上曾给他不少帮助。此外，我随我院院长出访欧洲时也再次到过莱比锡，圣托马斯教堂及其门前的巴赫雕像，特别提醒了我们巴赫一生在莱比锡的音乐贡献。

当然，这种旅游绝非任意而为，乃是有着明确的目的性，而且也不只是专业的研习或简单的游玩。例如，作为"红色之旅"，我们专门到过马克思、恩格斯的故乡，这就体现出政治精神的浸润和革命传统的缅怀。马克思的故乡在有着古罗马痕迹的特里尔，四层楼房的马克思故居现为德国社民党拥有，每天对外开放，是中国人必来的打卡地。为了对之能有比较详细的了解，我们专门借住在北大金教授的住所。他在特里尔专门攻读研究马克思的博士学位，对这一领域了如指掌。带着对马克思的崇高敬意，我们在第一次参观马克思故居时还写过观感留言。我在德国五年，曾专门研读了马克思、恩格斯等经典作家关于本专业领域的主要德文及英文著作，并做过相关功课。回国若干年后看到有人对我们专业不懂装懂地谈论，甚至曲解马克思主义，并持颐指气使、唯我独尊之态，不禁哑然失笑。无知者多，狂言者众，在学界乃是极大讽刺，却对之也只能苦笑而已。外行指责内行一旦成为风气，恐怕内行则会出局，于是就只剩下外行领导外行的同化了。因此，我非常敬佩北京大学聂教授等人认真研习马克思主义经典作家原典，并以之作为读懂马克思主义的最基本依据的科学精神。他对马克思的了解和理解，是基于对马克思的经典著作系统、认真、深入阅读和思索的结果。可惜我们学界以这种精神回到原典潜心研习的学者如凤毛麟角，而自诩为马克思主义者并夸夸其谈的人却颇多。如何建立并发展我国的马克思主义学科，的确值得人们深思。我还访问了恩格斯的故乡乌珀塔尔。恩格斯的故居于1775年建成，是选取鳞片状石材、具有新巴洛克风格的四层楼房，给人古色古香的怀旧感觉。附近还有一个较大的纺织博物馆，其中也能找到寻觅恩格斯生平的蛛丝马迹。恩格斯的父亲是当地有名的纺织企业主，但工人状况很差。恩格斯曾在其父的企业中工作，由此而下决心要深入研究工人阶级状况；而他后来选择去英国进行具体研究并出版其名著《英国工人阶级状况》，个中缘由也不言而喻。我们去马克思、恩格斯的故乡，是带着崇敬及朝觐的心境而至，触景生情，因而也会浮想联翩。

　　刚到慕尼黑不久，当地中国留学人员组织了一次独特的旅游。

当时据说因为来了中国某一重要城市的副市长，慕尼黑当地遂派了两架直升机安排这次出游，并有一位部队的准将作陪。虽然这位副市长最终并没有参加这次旅行，但相关安排也没有取消。这样，我生平第一次坐了直升机，显然也应该是我的唯一一次吧。出行的直升机较大，每架大概能坐近二十人，这使我们能够比较低空地俯瞰德国大地，近距离地欣赏其城乡风光。当直升机临近东西德边境时，就看见东德边境岗楼上的人急忙打电话，不一会儿就来了两车军人，他们如临大敌一般紧张；但当看到从降落后的直升机上走出一群中国人时，他们的脸上明显布满了狐疑和诧异，于是情绪上也就比较放松了。

在这种德国游学中，文化寻踪探源的比重较大。但我们经历的不是"文化苦旅"，而乃身心释然的"快乐之旅"。我初到德国就去过帕绍县，它处于多瑙河、因河及伊尔茨河交汇之处，故有"三河城"之称。拿破仑曾称帕绍为德国最美小城，可见其气质典雅、风光旖旎，非同一般。其圣斯蒂芬主座教堂的管风琴据传是全球最大的管风琴，共有 17 974 根琴管，极为豪华、气派、壮观。当然这种说法也仅供参考，因为一说莫扎特受洗的奥地利萨尔茨堡大教堂有着欧洲最大的管风琴，给出的琴管有 6000 多根；另说美国新泽西州大西洋城博德沃克礼堂管风琴更有多达 33 112 根琴管；此外还有英国利物浦大教堂管风琴等说。但从古色古香、富丽堂皇上来看，还是帕绍的管风琴独占鳌头。从其文化气氛来看，帕绍也是可圈可点的大学城。

德国有诸多大学城，最早的德国大学在海德堡，此外蒂宾根、哥廷根、马尔堡、维尔茨堡、因格施塔特、慕尼黑、波恩、汉堡、吉森、达姆施塔特、埃朗根、亚琛、弗赖堡、柏林、卡尔斯鲁厄、莱比锡等都是著名的大学城，其中绝大部分都被我拜访过，我对其高等教育、文化修养的历史与现状颇为敬佩。早期来这些大学就读的中国留学生，有不少成为当代中国的学术大家。陈寅恪曾于1910年、1921年先后两次来柏林洪堡大学留学。陈寅恪早年留学日本，后在欧美游学二十余年，回国后在赵元任、梁启超等人推荐下被时任清华大学校长的曹云祥引进而成为清华大学国学院著名的文科四大导师之一。徐梵澄从1929年至1932年曾留学海德堡大学，为最早翻译尼采的中国学者，并曾为鲁迅在欧洲搜集木刻画作品。他自1979年从印度回国后为我所研究员，我们有过直接交往。冯至于1930年来德，先后就读于柏林大学和海德堡大学，于1935年获得海德堡大学哲学博士学位，后曾担任我院外文所所长。曾任外交部部长的乔冠华于1935年到蒂宾根大学攻读哲学，以老子思想研究而获得博士学位，但因他已于1937年回国参加抗战而未收到博士学位证书。与之赴德同行的季羡林则在哥廷根大学攻读梵文获得博士学位，留德十年，后成为中国当代学术大师，曾任北京大学副校长。熊伟亦于20世纪30年代在弗赖堡大学留学，成为海德格尔的弟子，在1936年获得哲学博士学位后曾在波恩大学及柏林大学任教，于1941年回国，为北京大学知名教授。而辜鸿铭、蔡元培、林语堂、周培源等人则曾先后在莱比锡大学留学，其中蔡元培于1907年到莱比锡大学攻读哲学，他回国后在北大担任校长，其办学理念也深受德国教育影响。他们也都是中国学界的翘楚。而研究自然科学来德国留学的亦大有人在，如贝时璋在 1922 年就曾留学慕尼黑大学，后来在蒂宾根大学获得博士学位。这些中国留学生使其母校在中国的知名度有了很大提高。

这些大学的教授中也有不少人与中国的渊源颇深，如我自己就曾有相关奇遇。原莱比锡大学鲁道夫教授后转到马尔堡大学任教，因为我们是同行，得知其在本学科历史研究上造诣很深，故我曾去马尔堡专程拜访。没想到他的夫人是在中国广州出生的，熟识中国生活习惯，交谈之中她问我会不会打麻将，一下子把我这个书呆子问住，颇感惭愧。故此在我博士答辩通过之后，我曾请在慕尼黑的中国留学生专门教会了我打麻将，但因水平太差而后来也一直没打。马尔堡大学是我们专业在德国重要的发源地之一，该校许多教授都与我们有过交往，其中有个英国籍教授派伊先生先后担任过我们专业国际学会的秘书长和会长。他曾多次来我所访问，在其初次来访时，因为我们觉得他个子较大，故安排他坐在接送他的小车副驾位置上，没想到一天之后他因感觉不好而开玩笑地问我们，是不是因为他个子大可以当保镖而坐在前面。原来按照西方礼仪，客人一般都是坐在小车的后排座上。我们老所长坐车一直都习惯坐在前面，故凭经验而忽视了这一文化差异。大家因为太熟悉了也就一笑了之，倒没有出太大纰漏。在德国学界，与我交往的不少家庭都与中国有着紧密关联，他们或是在中国出生，或是家庭成员中有中国人。如我博士答辩时负责记录的德国学者后来不仅成为蒂宾根大学的汉学教授，而且也是复旦大学著名学者朱维铮先生的女婿。这样，他们比较关注中国社会的发展，也比较热心于中国文化的研习。

除了上述城市的高等教育发展历史，特别值得一提的著名艺术之城则有维尔茨堡、德累斯顿、科隆、乌尔姆等。维尔茨堡整个城市就是一个历史博物馆，因久经战火而多有要塞等坚固建筑，从而得以经过历史的洗礼而保留至今日。这儿的宫殿曾被拿破仑称为"欧洲最美的教职庭院"，而瓦格纳等艺术家也在此有过歌剧创作及演出的经历。让我颇为惊讶的是，这里还能找到大阿尔伯特、马丁·路德等思想家的足迹。德累斯顿也是让人慕名而来的艺术胜地，欧洲文艺复兴艺术家拉斐尔的代表作《西斯廷圣母》就被德累斯顿茨温格博物馆所收藏，乃其古代艺术大师馆中的瑰宝。我们在这一稀世真迹面前为其艺术魅力而深感震撼。有一次《正大综艺》节目展示这幅名画时，那位著名的主持人告诉观众此画收藏于巴黎卢浮宫，说明他或是没有去过德累斯顿茨温格博物馆，或是根本没有做好该节目的功课。科隆大教堂是世界双塔最高的教堂，西立面塔楼高157米，也是德国最大的教堂。本着凡高必登的勇气，我们爬了509级阶梯而登上教堂钟塔，俯瞰全城及流过的莱茵河。科隆曾是古罗马帝国的要塞，当时的名字为"克劳蒂亚·阿格里皮娜的殖民地"，这个名字来自罗马皇后小阿格里皮娜。科隆大学和慕尼黑大学有德国最好的中世纪研究机构。科隆大教堂是哥特式教堂最典型的杰作，从1248年始建到1880年宣告完工，以及1948年的重修和1999年开始的保护性修葺，前后修建700多年，曾被人善意地称为历史最久的"烂尾楼"。我刚开始学德文时曾将关于科隆大教堂的课文译为"修建了700多年"，教德文的老师说我译得不对，应该是

"700 多年前修建",因为按照常识他觉得这座教堂不可能修建 700 多年;但我根据自己对此段德文的理解觉得自己是对的,这种自信到了德国后则得以证实。乌尔姆敏斯特大教堂则是目前世界单塔最高的教堂,塔高 161.53 米,我们也是爬了 768 级台阶盘旋而上,到达塔顶平台,这里可以俯视多瑙河及城里的爱因斯坦故居。乌尔姆敏斯特大教堂里面有一个小博物馆,介绍了世界一批最高教堂的高度。不过,世界教堂的高度也只能相对而言,因为处于不断变化之中。就目前情况而言,世界最高的十大教堂高度排序分别是:1. 德国乌尔姆敏斯特大教堂(1377 年始建,1890 年完工),161.53 米;2. 科特迪瓦亚穆苏克罗和平圣母大教堂(1985—1989 年),158 米;3. 科隆大教堂(1248—1880 年),157.38 米;4. 法国鲁昂圣母大教堂(1876 年完工),151 米;5. 德国汉堡圣尼古拉教堂(1874 年完工),147 米;6. 法国斯特拉斯堡大教堂(1439 年完工),142 米;7. 波兰利钦圣母大教堂(2004 年完工),141.5 米;8. 梵蒂冈圣彼得大教堂(1626 年完工),137 米;9. 奥地利维也纳圣斯蒂芬大教堂(1433 年完工),137 米;10. 奥地利林茨新大教堂(1924 年完工),135 米。而西班牙巴塞罗那神圣家族教堂于 1882 年始建,计划要在 2026 年完工;按照设计,大教堂有 18 座高塔,代表耶稣、圣母、马可、路加和十二使徒等,其中代表耶稣的中央高塔高 170 米,代表圣母的后塔高 140 米,故而会成为世界最高教堂。

此外,德国首都柏林不仅政治色彩浓厚,同样也充满艺术魅力。慕尼黑大学每年都组织一次柏林游,我们那时常去参观的有勃兰登堡门、威廉皇帝纪念教堂废墟(第二次世界大战中被毁)、国会大厦等；其中有一天还会专门安排去东柏林参观，中国人一般会去亚历山大广场，登上其电视塔远眺，或漫步于卡尔·马克思大道和菩提树下大街，并在洪堡大学做简单停留，追忆其学术及思想发展的历史辉煌。记得有一次适逢有中国领导人访问东德，我在东西柏林之间过境关卡，因为是中国人而被东德警方特别"照顾"，受到极为严格的检查，被带到一间小屋，拿出全部随身物件让其检查、搜身，并接受各种询问，于此深深感受到我们兄弟国家的"热情好客"。这种安检恰如机场安检那样是可以灵活调节的，随安检级别高低而定；一般情况下安检人员用仪器扫一下全身即可，而检查级别提高后则可能会用手对全身触摸。德国统一后，人们到柏林则会专门参观原市中心博物馆岛上的各个博物馆，以及柏林墙及其博物馆等。我在此后也多次来柏林参会、出差，有一次应贝塔斯曼基金会之邀来柏林开会时还专门乘船夜游了柏林，并在船上晚餐，印象极深。我也多次去原东柏林马恩广场到马克思、恩格斯铜像雕塑前瞻仰，作为社会主义国家的公民而充满对国际共产主义运动史的缅怀。我们几个中国人在柏林街头闲逛时也曾偶遇德国前总理施罗德，并与之互打招呼，以示友好。柏林附近的波茨坦因第二次世界大战结束时苏、美、英《波茨坦协定》和中、美、英《波茨坦公告》而在现代史上有着重要地位，我们于此还慕名参观了波茨坦的桑苏茜宫（意译"无忧宫"或"莫愁宫"），院中有中国茶室、橘园宫和磨坊等景点，其附近就是波茨坦大学。经朋友介绍，我们在柏林认识了一对德国夫妇，他们是中国粉丝和社会主义的坚定支持者。这位男士原在东德社会科学院工作，女士曾在东德驻华大使馆工作，苏联解体和东欧剧变使二人突然就失去了工作，他们在自己艰难创业时相互认识并结成夫妻。这一背景使他们坚决支持社会主义中国，积极参加中国驻德大使馆的活动。我们来到柏林时，他们夫妇俩打着横幅到火车站欢迎我们，并陪我们去了柏林的不少景点。后来这位先生来北京访问，我们也请他吃烤鸭、看京剧、逛颐和园，因此更加深了他对中国文化的好感。

在德国还有各种民俗节日让人难忘，其中印象最为深刻的，一是慕尼黑的啤酒节，二是德国南部相关小镇的马队盛装游行活动。慕尼黑啤酒节亦称"十月节"，是德国最大、最著名的民间节日，除了有隆重的盛装游行，最为壮观的就是来自世界各地的数百万人涌入慕尼黑，尤其是在其特蕾西娅草坪广场喝大杯啤酒、吃巴伐利亚地方特色的香肠和面包，大家唱歌跳舞，一醉方休。因为我住在慕尼黑，故而曾光顾过几次啤酒节，被其狂欢之景所震撼。在啤酒节时，不足 200 万人口的城市会有 600 多万人慕名而来，光顾各个可以畅饮啤酒的场地，一时整个城市人山人海、拥挤不堪，全城气氛几达沸腾。据一次媒体报道，在啤酒节时一位醉酒的居民把别人家的小男孩当作自己的儿子而带到了几十里地之外的家中，被其在家的夫人发现带错人后连忙报警，这才洗脱了拐带人口的嫌疑。马队盛装游行活动则通常在复活节或圣体节之后举行，乃巴符州、巴伐利亚州等有着悠久历史之古代小镇的传统节庆，多在 5、6 月份，有的地方也在每年的 1 月上旬组织马匹盛装巡游活动。我们曾参加了巴符州魏恩加腾（Weingarten，即"葡萄园"之意）小镇的马队盛装游行活动，亲眼见到训练有素的马队、盛装打扮的骑士，真感时空穿越，大开眼界。

德国是世界上科技高度发展、工业水平极高的国家，德国也是马克思主义的发源地，而其悠久的文化传统却得以完整地保留。尊重自己的文化、保住民族的精神，是现代国家可持续发展的基础及潜力。我们中华民族有着五千多年之久的文明，远远超过德国等西方发达国家。而我们的文化传统是如何保存的，我们的民族精神该如何流传，对比之下，我陷入了深深的沉思。

十三、哲学家之路

在德国古城海德堡的郊外，丛林掩映之中的半山腰上有一条著名的"哲学家之路"。当我漫步其上，眺望内卡河边的古城和小山上的古堡，体验哲学家们的不凡"跋涉"时，两句熟悉的海德堡民谣油然涌入心田："我的心已失落在海德堡。我的心，它在内卡河畔跳荡……"

海德堡是德国的文化名城，德国境内建立起的第一所大学即是创建于1386年的海德堡大学。在这座德国高等学府的摇篮中，哲学家云集，思想、学术极为活跃，经六百年的积淀而达到20世纪的厚积薄发，产生出像伽达默尔这样的思想大家。

怀着对这些哲学家的敬意以及与他们志同道合的感觉，我利用在海德堡短暂停留的机会而直奔城外，顺着山坡攀缘而上，信步来到这条貌似平凡的山道上。的确，我喜欢海德堡的山山水水，对其在山谷中蜿蜒起伏的哲学家之路尤感一种特别的亲切。

漫步在哲学家之路，思绪随着山风而飘荡、聚散。古今中外的哲学家和思想家们对于"路"都有着独特的感情。

屈原在其《离骚》中留下了"路漫漫其修远兮，吾将上下而求索"的千古绝句。鲁迅先生在其《故乡》一文中也曾有过"其实地上本没有路，走的人多了，也便成了路"的至理名言。马克思关于"只有不畏劳苦沿着陡峭山路攀登的人，才有希望达到光辉的顶点"之精辟分析，曾激励了几代人的艰苦奋斗、锲而不舍。而现代哲人海德格尔那脍炙人口的《林中路》亦诗化了哲学，给人带来幽邃之美。

林中路，哲学家之路，并不是平坦的大道，也难见川流不息的行人。这种山间、林中小路上的常客往往会是大智若愚、似非而是的独行者。他们的一生可能会寂寞相陪、孤独相伴，甚至摆不脱贫穷、困苦之阴影。他们或许不被同时代人所了解，不为其亲人、邻居所理解。但在其丰富的内心中，他们感到了人生的充实和伟大，并会以其不为时空所限的胸襟、气魄来"指点江山，激扬文字"，把人类的智慧表达得淋漓尽致。

既然有着"会当凌绝顶，一览众山小"的抱负，他们认为这变幻莫测的大千世界、人生命运虽复杂，却又简单，故对此想得透彻，处之坦然，有一颗不以物喜、不以己悲的"平常之心"。这些人有的并不属于现在，他们既超越了自我，亦超越了时代，为未来人类思想的走向埋下了伏笔。

这些人有的则用其敏锐的洞见来贯穿古今，使过去、现在和未来一线相连，首尾呼应。他们乃以文会友，以思聚情，一方面作为古代先贤的认知者而陶醉于与远古的共鸣，另一方面又作为永恒思想的发现者而静等着未来的知音。

在西方思想史上，苏格拉底、奥古斯丁、库萨的尼古拉、布鲁诺等人曾因其思想超越了其时代而被误解、遭冷遇，有的甚至付出了生命的代价。但他们人生的孤寂和悲剧并没有令其思想的光芒黯淡、泯灭。这种光芒穿破时空，超越生命，给人类求知送来了永恒的火花和温馨。

在哲学家之路上，人们会有徘徊、有小憩、有回首、有展望。他们虽有探究宇宙及人生奥秘的共同志向，但其路向却各有不同。有的人为寻找真理而四处漫游，行万里路，破万卷书。有的人则为其思之专一而终守故土，如以"认识你自己"而完成从"自然"到"自我"之转变的古希腊哲学家苏格拉底就未曾离开过雅典。而以三大批判（《纯粹理性批判》《实践理性批判》《判断力批判》）出名，提出"我们能够知道什么？""我们应该做什么？""我们可以希望什么？"和"人是什么？"这四大问题，完成了哲学史上"哥白尼式革命"的德国古典哲学家康德亦从未离开过其家乡柯尼斯堡。这一动一静，相得益彰，使我们对哲学家的风骨、禀赋亦有一种辩证的体认。

在海德堡的当代思想家中，我曾聆听过哲学解释大师伽达默尔与法国学者利科在慕尼黑大学礼堂中的著名对话和答辩。这位与20世纪同龄的哲人以拒绝旁人搀扶之姿而稳健地迈上讲演的舞台，给台下的听众留下了深刻的印象。他的代表著作《真理与方法》先后被至少两位中国学者译成中文，这亦说明其理论对当今中国学界所具有的魅力和感染。

　　另一位为我所熟知的海德堡学者是宗教学家兰茨科维斯基，他曾为当代宗教学泰斗伊利亚德的《宗教思想史》编写了原始资料集。他与我多次谈起孔子，并说孔子因明德、崇德而乃"德"国人。这在中德思想文化交流中也可说是一个颇有意趣的小插曲。受其启发，我亦喜用"德君"为笔名，除了对"道德"之寓意的领悟外，还因为我之辈分为"德"字，我的家乡在常德，而我本人又恰好有留学德国之经历。三"德"皆有，故为"德君"，何乐而不为！

　　林中路的乐趣或艰辛，只有行路人本身才得以真实体验。上路需要有勇气，而在路上坚持下去则更需要毅力。哲学家之路乃一种灵性的体认、精神的经历。它可超越人世，却并不脱离人世。其实，生活中并无旁观者，每个人都在走着自己的路，有着自己的思。我曾看到定居大洋彼岸的一位朋友所写的美国梦寻，亦深感人生之路的不易。他以《在天堂和地狱间徜徉》为书名，试图表达一种笑看人生、笑谈世界的空灵、轻巧之境。但掩卷静思，我仍感到有几分沉重和惆怅。

　　哲学家的超越不是凭空超越，而是有其生存基础，哲学家的终极关怀亦不离对人世的现实关怀。人们在总结 20 世纪哲学认识的重大进展时，曾指出有对人之深蕴心理、语言之理解意义和哲学的实践价值这三大发现。哲学对宇宙和人生的解奥揭秘并不只是一种诠释功能，解释的哲学只有与实践的哲学相结合才能保持住其生命力，实现其真正价值。这样，哲学家解释世界和改造世界之过程中走的并非一条世外桃源之路，其脚步声应对人的心灵产生震撼，应给人生之旅送来真情。

　　反之而言，思辨的冷静、清高或孤傲并不意味着思辨者不需要温情，不必要理解。恰恰相反，对这种人间情、理解心不抱奢望的哲学家们从根本上乃不排斥人们对其的询问、关怀和热心，并乐于与大家共享其发现真理后的喜悦，感激人们在其遭受挫折时的安慰、帮助和鼓励。没有哲学的世界是不可想象的，而没有温情的世界则更是不应该的。社会给思想家们送来理解，使他们的孤寂得以解脱，这正是社会进步、人类进化的象征。当这个世界充满了理解、充满了热爱，人类的共在、共荣就不再是幻想。

　　海德堡郊外的山中小路仍在延伸，我品味着"哲学家之路"的蕴涵，在超越自我、超越时空的遐思中流连忘返……

十四、重返慕尼黑

慕尼黑，自由巴伐利亚州的首府，被视为德国的"文化首都"，除了拥有众多的博物馆、剧院、音乐厅之外，还有藏书600多万册、作为欧洲最大图书馆之一的巴伐利亚州图书馆和德国在校学生最多的慕尼黑大学。这里有着浓厚的学术气氛，亦产生了众多的思想家、艺术家和学者，为德国近现代哲学、信仰精神等思想发展做出了独特的贡献。

1998年金秋十月，我应德国阿登纳基金会之邀回到阔别多年的慕尼黑访问。走进这座曾伴随我五年留学生涯的文化名城，那落日余晖照耀下金碧辉煌的南欧巴洛克古典建筑，以及那空中飞舞、摇曳而下的片片秋叶一下子映入眼帘，使我感受到其黄金时代的灿烂，蓦然间亦撩起我黄昏已近的种种思绪。

访问期间，我下榻于离市中心不远的大学招待所。这使我有机会经常穿行于介乎住所和大学之间的玛琳广场。对我而言，在洒满金色阳光的闹市加入熙熙攘攘的人流，或在月色朦胧、凉风习习的晚间独步于安静下来的街区，都是一种享受。在北京时总想觅得一个僻静之处以躲喧闹，而在这异国他乡我却充满了观察人、寻找人的好奇。"人学"在此已不再仅仅是学院书斋的研究内容，而乃活生生的现实、富有动感和情趣的真正生活。

当我抵达慕尼黑时，其十月啤酒节的狂欢刚刚过去，人们仍在嘲笑那喝多啤酒之后的荒唐，讲述一位醉汉曾把别人的孩子错当自己的宝贝而乘出租车带回几十里之外的家中等趣闻。还有一个比较熟悉东方文化的德国同学则为多于慕尼黑人口的游客一下子涌入来此狂欢、不少人会酩酊大醉而归表示羞愧和抱歉。其实在我看来人偶尔这样放松一下，得以尽兴欢宴也情有可原。节庆之后，在以玛琳广场为中心的商业步行区，这种热闹依然如故。那是一种大千世界、五彩人生的缩影，是现代多变生活万花筒般的反光。漫步街头，你会看到匆匆而行的过客，也会注目那流连忘返的游人。广场上生意人的吆喝声，熟人碰面的招呼声，以及各方游客的朗朗笑声，使人感到已掉入一个沸腾的海洋。一群来自拉美的小伙子以其欢快家乡乐曲而把本已热闹非凡的街市推向高潮，一位装扮成古希腊人塑像的艺术家则令人以超凡脱俗的静思来与古代先贤展开心灵的对话。那些走钢丝、玩杂耍之人的滑稽引起了孩子们的阵阵欢笑，成年人亦似乎在转瞬之间忘掉时空的差异而回到那无忧无虑的童年。街头布道人、讲演者使人感到政治、经济和文化的交织，仿佛听到了时代脉搏的急促跳动声。在市议会大楼前，潮水般的人流伴随着钟声奏出的音乐在欣赏那与机械古钟装置在一起的骑士、舞者的表演。一群群觅食的小鸟加入了拥挤的人群，表现出与人类的贴近。伫立在人像雕塑头顶上小憩的鸽子则不仅给雕像一种别有风味的点缀，而且亦使人寻找到闹市之中难得的宁静。这里，我看到了一幅关于人与社会、人与自然那内涵丰富、笔触独到的大写意画卷。

到了晚上，玛琳广场又是另一景观。购物、经商的人们渐渐散去，但在霓虹灯光装扮下的橱窗仍在顽强地显露其社会的繁荣和商界的生机。除了能在这些琳琅满目的橱窗外一饱眼福，夜晚的游客还可在此欣赏到各种音乐之声。慕尼黑是南德著名的音乐之都，在玛琳广场的周围有着装饰得美轮美奂、雕梁画栋的歌剧院、戏剧院和音乐厅，其剧团和乐队亦拥有世界一流水平的指挥家、歌唱家和演奏家。因此，常常有西装革履、打扮得珠光宝气的人们乘着夜色，以高雅之态步入歌剧院、音乐厅等艺术殿堂。而没有这种闲暇或机遇的人们亦可在街头艺术家的表演中得到某种弥补和满足。夜晚来广场表演的艺术家们往往并不是为了挣那几个补贴生活的小钱，而通常是想借自娱自乐之机表现一下自己的才华，寻得知音间的沟通。歌剧院、音乐厅中布置典雅的舞台和雷鸣般的掌声曾烘托起艺术家的辉煌成就，却也拉开了表演者与观众之间的距离。街头音乐家与听众之间的直接对话、交流因而别有一番情趣。如果说舞台演出是急浪奔涌的江河，气势博大、恢宏，那么玛琳广场上的自发献艺则如涓涓流淌的小溪，神韵清雅、隽永。我曾被友人邀请欣赏巴赫小提琴的专场音乐会，亦曾在玛琳广场或是陶醉于那自伴自唱的男高音歌声，或是被节奏明快的手风琴旋律所吸引，或是在悦耳动听的小提琴声中感受到心灵的震颤……

在玛琳广场，可接触到各种各样的人，感悟到其迥异不同的生活，体会出天壤之别的命运。同一场景，却如此千姿百态。我在这种观察中常常无限感慨，并真想大声发问："人啊，你的世界究竟在哪里？！你的生活究竟是什么？！"

对世界、对人生的询问，在慕尼黑大学老年学院已成为一个热门话题。由于求职之难和对人生意义问题表现出的某种麻木，德国青年学生对人文学科的兴趣已锐减，使这个有着哲学思辨和人文修养之传统的国度产生出种种忧虑和不安。但慕尼黑大学开办的老年学院却越来越兴旺，从最初的几十人发展到现在的数千人。这些老年人因第二次世界大战而荒废了学业，未能进入大学课堂，如今他们退休在家，有了闲暇和解脱，很想在其人生之旅的最后一程圆其高等教育之梦，故纷纷注册上学。于此，文凭对之并不重要，技艺也不再有其施展余地，因此他们以反思人生、探究意义而更多注重哲学、信仰问题，形成其求学特色。

与北京街头老年人清晨的气功操、傍晚的广场舞相对比，慕尼黑大学在开学之后则拥满早来晚去、穿行于各系之间"背着书包上学堂"的老年人。老年学院的院长是我昔日留德时的博士生导师，为研究哲学、精神、信仰问题的著名学者。因这层关系，我与老年学院有了密切的交往，并在其讲座做过几次学术报告。通过调查和观察，我发现这些老年人绝大多数选择了人文学科的课程，尤其对哲学、文学、艺术、信仰等问题情有独钟。在挤得水泄不通的大学人文学术讲座的课堂中，我看到多数听众乃这些老年人。他们不求学分，不要毕业文凭，注册上学主要想对其人生经历加以学术意义上的梳理，对其思想中的疑问寻得较为满意的解答。他们有时间，又已接近其人生旅途的尾声，因而对世界与社会、人与自然、生与死、存在与虚无、真善美与假恶丑等问题投入了很大的精力，有着很深刻的思考。针对这些问题，老年学院的讲座办得有声有色。我曾听过关于"永恒与时限之间的人类""对人之'害怕'的哲学及信仰分析""人的灵性追求与精神信仰"等主题的讲课，被这些老年人的积极参与和求知热情所折服。

在现代社会中，人之老年化在许多国家已成为一个关心的焦点。这一问题在不少大城市中尤为突出。在老年学院，这些老年人在孜孜求学中获得了信仰的充实，保持了身心的健康，并达到一种精神上的升华。他们的行动和形象自然会对社会、对年轻的一代产生潜移默化的影响。其实中国老年人乃具有另一种境界，探究人生是初次步入社会的"少年壮志"，而经历了历史沧桑的老年人则已经看淡了一切，乐于"难得糊涂"，不再究问那些没有最终答案的人生、宇宙等问题，故而可以坦然地健身、歌舞、打牌、搓麻，以便更多留住最后的美好时光。这便是老年人的潇洒、超脱。而年轻人没有目标也就没有了学习的动力，相信"学以致用"的实践哲理，无用则不学，隐含着另一种意义的"读书无用论"，有着明确的功利选择。与改革开放初期人文讲座人满为患的场景相比，如今大多这样的讲座已经只有少数人光顾，而且听众也往往会无精打采、兴趣索然。如此看来，"理想与梦"都在"远方"，只会随风飘荡，很难捕捉，其结果则是在无形中流散、消失。不过，老年人的榜样作用，对我们所倡导的提高全民族思想文化素质和精神境界，无疑也是一个意味深长的启迪，故而仍需振作起来，站好最后一班岗。

　　除了人文关怀，我亦喜欢自然体验。在欧洲园林风格中，以体现人工雕饰之特色的法国式公园和表现自然景观之特点的英国式公园最为典型。前者如巴黎郊区的凡尔赛宫，慕尼黑的英国公园则为后一种风格的杰出代表。因此，在慕尼黑诸多景观中它乃我的首选，一旦我重游此城，都会找机会来这儿贴近自然。这一英国公园始建于1789年，喜爱音乐的慕尼黑人于1989年曾以在公园举行大型音乐会的独特方式为它建园二百周年表示了庆贺。

　　英国公园位于慕尼黑市内，是目前世界上最大的市内公园之一，大于纽约的中心公园和伦敦的海德公园。它以茂密的树林和宽阔的草坪而为慕尼黑市吐故纳新，提供新鲜空气，故有"慕尼黑市之肺"的美称。在公园范围内，其人行小道长达34千米，自行车道约有28千米，此外还有12千米左右的马道，供骑马爱好者使用。在天气晴朗的周末、假日，来公园游玩的人可达20万之多。这个公园亦是古今、东西文化交汇的象征。漫步其间，你会发现希腊亭、中国塔、日本茶座和现代风格的德国餐馆。在留学期间，我就住在公园的附近，因此经常在清晨来到公园迎着潺潺溪水朗声读书，在黄昏与朋友或家人一道在公园散步。大家一块儿看落霞、观湖光、喂天鹅、听涛声，既留下了晚霞映飞雁的美好镜头，又传开了"美学散步"的趣闻佳话。

　　留学生涯使我对英国公园产生了一种向往、一份眷念。每当来到慕尼黑，我总会抽时间来这儿重温那遗落在此的旧梦，重享其迷人的静谧。这次进英国公园孤身独游，看到它景色依旧、清新如故，就仿佛又回到了那块避开尘嚣的净土，感悟到一种心灵上的净化。

回国多年，在繁忙的工作压力下，在住所外尘土飞扬的环境中，我早已失去了散步的雅趣，忘却了享受清新空气的感觉。这次英国公园重游，颇有蓦然回首之喜。在现代化的建设与现代都市的发展中，环境保护与自然的协调是多么的重要。我的住所附近正在建设一个小区新城，我总希望它在形成国际大都会之雄姿的同时，亦会给我们一个类似英国公园的去处，让我们古老的京城增添一片象征焕发青春的绿色。

与北京日新月异的巨变相比，慕尼黑市容依旧，使我毫无陌生之感。对照这两座文化名城，我想起了哲学中关于时间与空间关系的讨论，琢磨着"时间可把空间改变得面目全非，空间亦可使时间的差异荡然无存""时间使一切被遗忘，时间又能使一切被凝固"这两句话的复杂含义。在一个多月的生活中，我也感觉到慕尼黑的变化，如空气已不如以往干净，人们的法制观念有所减弱，听说城市犯罪率亦在上升等。我不知道这些是否为所谓"后现代"社会的征兆，但我希望这只是两个时代、两个世纪过渡之间的短暂失衡或波动。未来在向我们临近，我们应努力让它变得更好。

十五、欧洲印象

　　在欧洲留学及访学，因其地理意义上的便利而可使人有着"周游列国"之可能。自从迈出国门以来，我在学习之外的最大爱好则是找机会去欧洲各国旅行，虽属学生辈的"苦乐""穷玩"，却也兴致极好、兴趣盎然。当时欧洲有一优惠，即 26 岁以下的学生可以很便宜地购得一张欧洲通票，在一个月内乘火车到欧洲各地游玩，故而有学生在玩累了之后可以先回家休息几天，然后继续出游，只要不超过一个月之限既可。但我留学德国时已经 28 岁，早已过了这一优惠年限。不过，天无绝人之路，"穷玩"也有其办法。一种是搭乘便车，德国城市中一般都有付费便车联络中心，事先联系好就可随车前行。据说也可以在路边拦车，大拇指朝上表示愿意付费，大拇指朝下则说明不想付费而蹭便车，有的驾车人因路途遥远怕犯困也愿意有人一同乘车，以便可以聊聊天，减少途中寂寞或困意。我曾与来自南京的留学生陆先生一道搭乘付费便车去维也纳。车主是两位年轻人，他们一路飙车时速达 190 千米，此时车中播放的快速流行音乐听起来亦十分顺耳。我本来习惯听慢板的古典音乐，没想到这种快节奏的流行音乐在高速公路上竟然有如此奇效。当车好路稳时人们不会觉得车速很快，据说德国高速公路有时速不能低于80千米的规定。记得有一次陪领导出访德国，他觉得车速太慢而想让我告诉德国司机加速，秘书一看当时时速已超过190千米，连忙告诉我不要让司机再加速了。还有一次我们在德国县级公路上行驶，司机曾是奔驰公司的驾驶教练，他一度开到230千米的时速，让我们找找飙车的感觉。不过那次维也纳之行是我唯一一次搭乘便车出游。而另一种办法则是购买两人共用的一周朝德国境内任何方向前行，下一周必须朝出发地回返方向坐车的联票，这种两周内限用的车票上有粉色大象图案，故被我们戏称为"大象票"。我们还用这种车票与德国之外的旅行联结起来，这样旅游成本会降低很多。在留学的后期，有朋友借给我一张可以转借而且通用的火车头等座年票，可以无限期随便使用，这让我节省不少成本而能去更多地方。听说这种票分为两种，有照片的只能购票者自己使用，无照片的则可转借他人使用，可惜这种类型的车票只能在德国境内使用。据说欧美有些国家也有这种类型的飞机年票，但自己未曾见过。当然，除了自我策划的旅游，我们也多次参加由学校、相关社团及旅行社组织的各种欧洲之游，因此得以增长见识，大开眼界。

奥地利印象

在奥地利的旅行主要集中在维也纳和萨尔茨堡两城。维也纳是世界著名的"音乐之都"，金碧辉煌的歌剧院乃其重要标志，我们曾买站票进去看过一场歌剧，过了一把小瘾。凭站票进歌剧院后可在后排栏杆上捆上一个小手绢，就表明此乃其持票人的站位。中国人比较知晓的音乐厅是维也纳金色大厅，每年的维也纳新年音乐会都在此举办。我们去过的博物馆包括艾伯蒂娜博物馆、利奥波德博物馆、自然史博物馆和艺术史博物馆，参观过的宫殿则有霍夫堡宫、美泉宫和美景宫，尤其对其巴洛克建筑印象极深。出于对音乐家的敬重，我们曾专程到维也纳市郊中央公墓（圣麦斯公墓）拜谒了莫扎特、贝多芬、舒伯特、海顿和施特劳斯父子等音乐家墓地。墓地掩映在肃穆的园林之中，来此的游客亦比较稀少，加之那天颇为阴冷，更是增添了公墓的凝重之感。我们都非常喜爱这些音乐家创作的作品，因而来维也纳本身就带有朝圣的心境。此后我还多次来维也纳大学学术访问或参加学术会议，并对其汉学、藏学及贝叶经研究有着特别关注。

萨尔茨堡也是音乐之城，为莫扎特的故乡，因此参观莫扎特出生地及其故居乃来此的首选。这里的巴洛克老城被联合国教科文组织定为文化遗产，著名音乐电影《音乐之声》也是以此为拍摄外景。我们每次来这儿的必去之地还包括萨尔茨堡要塞、主教广场及附近的大教堂等，大教堂内的管风琴亦世界闻名。我有两次在萨尔茨堡音乐节时期来此访问，感受到人们对音乐的激情，以及其节日的壮观场景。有一次我们有比较充足的时间，因此还专门抽出一天从萨尔茨堡到哈尔施塔特湖及周边地区游玩，其小镇被称为"世界上最美的湖畔小镇"，来此就宛如进入了童话仙境。在专业领域内，我知道萨尔茨堡大学对中国景教有着专门研究，还不定期地组织过研究中国景教的国际会议，有一位来自中国的女博士在其中发挥了重要作用。此外，我还短暂访问过因斯布鲁克城，其中世纪遗痕也曾激发过我对那一时期独特文化的尽情想象。

瑞士奇观

在瑞士，我先后去过的城市有日内瓦、洛桑、伯尔尼、卢塞恩、苏黎世和巴塞尔等地。我有一位来自西安的朋友第一次出国就是来瑞士参加国际电影节，异国他乡的风情让他激动不已，兴奋的他每天都能够记下上万字的访问笔记，仅两周之游竟使他回国后出版了一本十多万字的散文游记，真是让我感到不可思议。瑞士是世界上最有名的钟表制造国，在日内瓦得到了典型体现。欧洲最大的高山湖日内瓦湖大气、幽深，极为壮观；其南边英国公园内的大花钟造型独特，由6000多盆鲜花搭建而成，形成科技成就与自然美景的交相辉映。其街头路边也多有这种花拥之钟，以鲜花装饰钟表好似已成为日内瓦的独有匠心及城市标志。这座城市在历史上还是加尔文推行其宗教改革获得成功的地方，由此在很大程度上改变了欧洲近代发展的历程。而现今它则是联合国许多机构的驻地，在国际政治舞台上极为活跃。洛桑是国际奥委会总部所在之城，小巧玲珑，有着一种精雕细刻的雅致，而其奥林匹克公园及博物馆和景观花园乃是最吸引游客之地。城中的鹅卵石购物街、持天平的正义女神柱，也都令人印象深刻。伯尔尼是瑞士的首都，有着古老与现代的交辉，其哥特式建筑引发人们的思古幽情，而飞舞的伯尔尼彩旗则也让人浮想联翩。卢塞恩让人难以忘怀的是其横跨罗伊斯河的两座廊桥。眺望卡佩尔廊桥和斯普洛伊尔桥远景，会给人"廊桥遗梦"之温馨。由于时间匆匆，我们没能去罗森加特收藏博物馆一睹其真容，留下了永远的遗憾。苏黎世是世界著名的金融城市，与欧洲资本主义发展有着密切关联。这里也有一个林登霍夫，但不是德国巴伐利亚国王的"菩提山庄"行宫，而乃供人休憩的林荫广场，坐落在被菩提树所遮蔽的小山丘上。虽然人们会想象其与资本关联的金银财富、珠光宝气，但作为苏黎世城市标志的双塔圆顶大教堂及其构设独特的彩色玻璃，却会给人一种沐浴古风的另类浪漫。巴塞尔城区对我而言仍显陌生，我因参加学术会议而到此一游，只是在车上浮光掠影地飞睹了其市容。其带有怀旧思古、追忆过往情调的鱼市喷泉和斯巴伦老城门，会引起人的莫名惆怅和忧伤。巴塞尔大学在本人涉猎的研究领域中成就卓著、大师辈出，曾有其学术辉煌的美好时光。

意大利怀旧

意大利是我常去的国度，我尤其曾频频拜访罗马，对之有着久久不能忘怀的记忆。每一次到罗马我都兴致盎然，精神焕发。记得我们一家人曾随在北京住过十年的米先生在罗马逛街观景，午饭之后他困意来袭，我却游兴正浓，毫无疲倦之感。于是他解馋般地告诉我，中国人的午休真好，中午睡一小觉之后整个下午、晚上都精

神特爽、头脑清醒。他还特别喜欢喝北京的二锅头，并无限怀念地
称赞此酒就是"我们穷人的茅台啊"！他对罗马非常熟悉，介绍起
其名胜掌故如数家珍。这一古代帝国的都城不仅有着落日余晖的骄
傲，更也展示出了其凤凰涅槃。古罗马斗兽场、君士坦丁凯旋门、
帕拉蒂尼、维托里亚诺、罗马国会山、纳沃纳广场、西班牙广场、
威尼斯广场、鲜花广场、特雷维喷泉、地下墓穴、万神殿、天使堡
等，我也记不清去过几次了。这些场景会让人思绪流涌，无限感伤：
在感慨斗兽场建筑的宏伟之际，游人会想象到奴隶社会的残忍。君
士坦丁凯旋门是罗马帝国统一、其进入信仰新时代的见证。帕拉蒂
尼山的残垣断壁，可带来古罗马城市昔日辉煌的追忆。维托里亚诺
的白色大理石建筑，让人同感意大利获得统一后的喜悦和清新。鲜
花广场的布鲁诺雕像，使人们深深缅怀这位为追求真理而牺牲的思
想家。特雷维喷泉是游人的许愿池之所在，在历史上是巴洛克时代
的著名建筑；但它吸引人的奇特更在于人们相信其许愿之灵验，据
说人们背对喷泉向池中投一硬币就可许上三个愿，其中必有"再回
罗马"之愿。我在留学归国之前曾再来此地，因为那时已经知晓回
国后不久就会来罗马参会，而且时间上与我返德国参会相衔接，故
而相信自己很快就会再来罗马，也就决定不投硬币以试其是否真灵。
不料后来德国会议改期，我无法顺道来罗马参会，真的失去了那次
再回罗马的机会！当然，我后来又获得了多次再访罗马的机遇，所
谓灵验也就另说了。地下墓穴就如中国抗战时期农村的地道一样延
绵几十里，是早期基督徒躲避罗马军队、保持其信仰生活之地。其
坚持三百余年，结果从被通缉的异端而最终成为帝国的国教。我印

象深刻之地还有真理之口和圣彼得镣铐教堂。真理之口是一座古老喷泉的重要部分，为面具样式的大理石圆盘，据传撒谎之人把手放入该面具口中就会被咬掉。《罗马假日》电影曾生动地反映了这一场景，两位主演夸张的表情，让人记忆犹新。圣彼得镣铐教堂则是文艺复兴伟大艺术家米开朗琪罗雕塑三大代表作之一"摩西雕像"的真品存放之地，其所呈现的摩西之威严、坚毅和忠诚也令人动容、沉思。在罗马之郊，我还去过奥斯提亚古城和蒂沃利疗养小镇，但对其海港、浴场、别墅，以及特色鲜明的圆形露天剧场等的记忆已经模糊。

　　到罗马必然会去梵蒂冈参观。梵蒂冈是世界上最小的国家，仅有 0.44 平方千米，而可供游人公开参观的则有圣彼得大教堂和梵蒂冈博物馆。这是见证欧洲信仰历史的地方，也是各个时代的艺术家施展其才华的平台。从宽广的巴洛克广场步入这一世界上最大的教堂，也就进入了属于世界最著名的艺术殿堂。在众多艺术珍品中，我注目最多的首选米开朗琪罗雕塑三大代表作中最早的"圣母哀悼基督"（亦称"圣母与躺在膝上的基督"或"罗马圣殇"）。这是他 24 岁时的杰作，因初出茅庐，怕不被人知晓而在雕像中圣母的肩带上刻下了自己的名字"佛罗伦萨人米开朗琪罗·波纳罗蒂"，这成为他唯一署名的作品。圣母的悲哀、无语让人揪心、崩溃。此外，米开朗琪罗设计的圆顶穹窿，贝尼尼创作的青铜华盖和圣彼得之座，以及"天使"群雕等，都让人叹为观止。而贝尼尼创作于罗马圣玛利亚·德拉·维多利亚教堂祭坛组雕"圣德烈萨的迷醉"，以及留在罗马波尔盖茨美术馆的雕塑"普鲁托和普洛塞尔皮娜"与"阿波罗和达芙妮"等，都给人摄人心魂的精神感染及艺术魅力。

第一次参观梵蒂冈博物馆是与一群中国留学生同行，当时我与来自浙江美院（现改名为中国美术学院）的一位老师自告奋勇地当起了讲解员。他讲解各种馆藏作品的艺术风格，我则介绍其中的内容及故事，两人配合得也颇为默契。此后我又多次来梵蒂冈博物馆参观学习，涨了不少见识。这一博物馆最初为公元 319 年创建的教堂，16 至 17 世纪发展为目前规模之基础。我最喜欢且去得最多之处为西斯廷小教堂，里面有米开朗琪罗创作的巨型穹顶组画"创世记"和祭坛壁画"最后的审判"。有一次博物馆馆长还特别邀请我们共进早餐，并专门让我们进西斯廷小教堂参观留影，开了特例。此外，特别吸引我的还有拉斐尔画室的"雅典学院"等组画，以及收藏于该博物馆的古希腊雕塑"拉奥孔"等。这里是最令人兴奋的艺术殿堂，所享受的精神大餐也最让人难忘。

热那亚有着新古典主义的歌剧院和著名小提琴家帕格尼尼留下的物品，但这里作为哥伦布的出生地则更引起我对欧洲海洋文明拓展之路的复杂思考。到维罗纳则是被莎士比亚《罗密欧与朱丽叶》的浪漫故事所吸引，人们去得最多的地方就是朱丽叶故居，为了一睹这位美女的芳容。本来是虚构的故事，大家却宁愿信以为真，并纷纷与院子中间的朱丽叶塑像合影，体会恋爱与失恋的心情。而其古罗马第三大圆形露天竞技场，也是吸引游客之处，但比起罗马城的斗兽场则明显逊色。帕多瓦也是人们习惯的顺访之地，这里引起我兴趣的是其人文及科学传统，伽利略就曾在帕多瓦大学讲授其天文学理论。到比萨是冲着其斜塔而来，在佩鲁贾则是为了品尝其巧克力，此外就是漫无目的地逛街、购物。那不勒斯是南部海滨城市，我们在去其比萨街晚餐时看到有一家店排着长队，挤在此处的基本上是年轻人，一打听才知道那是美国前总统克林顿吃过比萨之店，原来意大利青年也那么附庸风雅啊。但我们去那儿却是另有所图，即为了找到马国贤于1732年创立的中国学院（亦称圣家书院）旧址，此乃那不勒斯东方大学的前身。虽几经波折，大家终于不虚此行，进入了那座古老的学校建筑，看到了其历史悠久的壁画等相关遗迹，如愿以偿，满足而归。而我们去庞培古城废墟，是想感受火山的威力及其对人类的挑战，当然也想窥探火山爆发前古罗马人的社会生活。更有意思的是，因太湖世界文化论坛的学术活动，我被带到了曾诞生世界上第一所大学的博洛尼亚。由于没有安排旅游时间，在这里我只能对其马焦雷广场匆匆一瞥，急急忙忙地到与我有过学术交往的意大利朋友的机构图书馆略略一看。但学术活动却非常丰富，我们与意大利学者有过充分的交流，于此机会我与太湖世界文化论坛名誉主席、意大利前总理普罗迪亦曾有充分的时间漫步交谈、合影留念。

从我的专业研究的需要来看，佛罗伦萨、米兰、威尼斯、阿西西和马切拉塔就更有吸引力。著名诗人徐志摩曾将佛罗伦萨这座"鲜花之城"按其音译称为"翡冷翠"，比现今习用之名显然更有诗意。这里是中世纪欧洲文艺复兴的重要发源地之一，美第奇、米开朗琪罗、马基雅维利等都是出现在此地响当当的名字。米开朗琪罗的三大名雕之一"大卫"大理石雕塑真品，就收藏在佛罗伦萨美术学院里面，而其复制品则挺立在该城中心的市政厅广场供人自由观赏。此外，在阿诺河对面的米开朗琪罗广场上也有"大卫"雕像的复制品，由此可以看到全城风光，视野开阔，极为壮观。这里给人印象深刻的还有其宏伟华丽的圣母百花大教堂（佛罗伦萨主教堂），我们曾兴致勃勃、气喘吁吁地登上463级台阶而上到其穹顶观光，甚至还不顾疲劳地爬上旁边有414级台阶之高的乔托钟楼之顶。几次到佛罗伦萨，除了到美第奇家族馆藏参观和漫步街头之外，总喜欢专门到其市郊的半山腰远眺全市景观，朦胧中多增一些遐想。

米兰是国际服装大都市，据说许多服饰全世界仅有一套，重复了就会失去其价值。但我对服装毫无兴趣，注意力还是集中在文化、学术。米兰圣心天主教大学是我们经常开展学术交流之地，我曾多次来此参加各种学术会议。我们也常去昂布罗修图书馆，特别是在其负责人的协调安排下，我们有幸看到了在米兰的达·芬奇名画《最后的晚餐》的真迹。其名画所在地在历史上为米兰圣玛利亚修道院食堂，现仍然是教会房产。这幅壁画在拿破仑率法军攻占米兰后损坏严重，1977年以后花了二十多年才得以修复。此名画所在地的负责人还亲自出面为我们详细讲解，由此也使我们获得不少书本上看不到的历史文化知识。如果按照常规，这一参观一般要提前半年预约才可能获得机会，故而对我们乃为一种难忘的殊荣。

威尼斯是世界著名水城，我曾多次来此参观访问，并有两次在水城之中留住多日的经历。到威尼斯旅游的首选之地通常是圣马可大教堂及圣马可广场周边景观，大教堂的镶嵌画堪称世界之绝；周边参观处则包括钟楼、新旧行政官邸大楼、时钟塔，以及附近的总督府和叹息桥等，真可谓"为官者进府，入狱者叹息"。其宏观之游是乘交通汽艇欣赏大运河两岸景色，那是一种艺术时代的穿越，让你领略哥特式、文艺复兴式、拜占庭式、摩尔式、巴洛克式及洛可可式等艺术殿堂。其微观之探则是坐其著名的"贡多拉"小船来穿街走巷，细察民居、近观乡情；而一身民族服装的艄公时不时会以意大利典型的男高音来荡舟高歌，让你感觉到露天水波剧场般的舒服、惬意。我们曾在位于市中心小岛上的威尼斯大学参加国际会议，当时主持会议的大学副校长李集雅是欧洲著名汉学家，20 世纪 80 年代中期曾留学复旦大学进修哲学，翻译过《论语》《中庸》等中国古代经典，主张"和而不同"的东西方文明交流互鉴。她自 2020 年已出任威尼斯大学校长，与中国相关高校及科研机构有着密切的学术交往。

阿西西是圣方济各的故乡，其名据传是因为 8、9 世纪时来自亚洲（Asia: Assisi）土耳其附近地域的人于此修建了城堡等建筑。这里有许多著名大教堂，留下了文艺复兴早期发展的踪迹。令人印象最为深刻的，是意大利文艺复兴重要开创者乔托在阿西西教堂创作的关于圣方济各生平的系列壁画。他的作品以湿壁画而著称，被誉为"欧洲绘画之父"。信徒们来此主要是朝觐之旅，对我们而言则是艺术之旅。

马切拉塔是在中国出名的利玛窦的故乡，这里有建于 1290 年的中世纪古老大学，我们也是因为利玛窦研究而与该大学有了学术交流及合作，并来此参加学术会议。这个城市古色古香，存留着浓郁的中世纪气息，是发思古之幽情的好地方。但让我们有些失望的是，问起这儿的市民，几乎大多数都不知道利玛窦究竟为何人，这可真是让人颇有"先知回乡无人敬"（语出自《马可福音》第 6 章）的感慨。

法国之旅

法国巴黎被称为"浪漫之都"，也是我唯一但多次去过的法国城市。我每次出入巴黎都乃匆匆过客，故而很难把握到其城市之美的真谛。因为人们常说，巴黎的景观及味道是在塞纳河边默默看市容、慢慢喝咖啡才能细观体悟的，需要入静的修养功夫。第一次我们到巴黎是随旅行社大巴熬夜而至，白天睡眼蒙眬、迷迷瞪瞪地就跑旅游景点了。若不是慕名而来，是很难抵挡浓浓睡意的。按照旅游指南，我们先后参观了埃菲尔铁塔、卢浮宫、巴黎圣母院、圣心大教堂、卢森堡公园、先贤祠、罗丹美术馆、蓬皮杜国家艺术文化中心、巴黎歌剧院、巴黎荣军院、蒙马特公墓、拉雪兹神父公墓、凯旋门和香榭丽舍大街，以及巴黎西南郊区的凡尔赛宫等。

埃菲尔铁塔是巴黎城的标志，我们乘电梯到了塔顶，城市风光一览无遗。我们还居高临下，从各个角度捕捉、拍摄巴黎城的美景。卢浮宫是世界最著名的艺术博物馆之一，入乎其内则流连忘返，其中最著名的艺术珍品当然是达·芬奇的画作《蒙娜丽莎》，其神秘微笑倾倒了世人。巴黎圣母院位于市中心塞纳河中央西堤岛上，是世界最美的哥特式大教堂之一，我们多次来拜访并登上钟楼远眺，享受巴黎古城美景。可惜 2019 年一场大火使巴黎圣母院遭受巨大破坏，其古色古香的美容不知是否还能真正恢复。圣心大教堂位于蒙马特高地，有着罗马式与拜占庭式交融的建筑风格，教堂后部钟楼里面有重 19 吨的萨瓦钟，是世界上最大的钟之一。这里是巴黎公社做最后抵抗之地，据说此后教堂的修建与这一历史有关，其建筑石材"伦敦堡"白石使教堂外观雪白晶莹，更增加了我们对巴黎公社英雄的缅怀。卢森堡公园面积不大，但诗意盎然，我的硕士生导师曾写有《卢森堡公园漫步》一文，也使我对该公园有着特别的敬意。先贤祠的西文与罗马"万神殿"完全一样，但此处更有人文情怀，安葬的都是伏尔泰、卢梭、雨果等名家，正如其大门题词所言"伟大人物，祖国感恩"，让人肃然起敬。罗丹美术馆最为吸引我的则是其《思想者》塑像，不知其何思何想，让人也浮想联翩；每当自己处于蹲式，就会想起《思想者》之姿。蓬皮杜国家艺术文化中心则让人感到一种现代穿越，甚至觉得自己进入了"后现代"时期。巴黎歌剧院属于世界最美的歌剧院之一，充满魅力和神秘，法国侦探小说家勒胡的《歌剧魅影》就是以此为题材。起初我只是满足于以游客身份来观其芳容，一饱眼福，但没想到后来竟然有机会作为观众而在此看了一场演出。或许机缘巧合，我因工作关系而与舞蹈理论家、中国艺术研究院舞蹈研究所所长欧建平先生成了好友，他就曾专门做过"芭蕾在巴黎的故事"等文化艺术交流活动，对巴黎歌剧院芭蕾舞团很有研究。巴黎荣军院是拿破仑墓所在地，让人感慨其殊荣及成败。这里也保存有一些中国文物，见证了法国在历史上对中国的掠夺。蒙马特公墓是巴黎三大公墓之一，熊培云在其《巴黎墓地书》中曾说每座公墓就恰如"一座座微缩的建筑艺术博物馆"，可让人细细品鉴和欣赏。蒙马特公墓被称为"艺术家安息之地"，许多游客是为了当代女歌星黛莉达而来，但我们的兴趣却在瞻仰安眠在此地的哲学家、文学家和古典艺术家。来拉雪兹神父公墓则是为了瞻仰"巴黎公社社员墙"，最后的 147 名社员在此壮烈牺牲，其英名永存。去凯旋门和逛香榭丽舍大街则是对巴黎市容的领略及其浪漫气息的体会，这条大街在历史上曾有"皇后林荫大道"之誉，其优雅、妩媚的情调会对人产生种种魅力和诱惑。但大多数中国游客却乐于在其各大商场购物，其特色时装店、高档化妆品店及奢侈品店中都会看到中国游客人头攒动。凡尔赛宫我去过多次，对其建筑、藏品乃叹为观止，于此也深感震撼地领略了法国公园的气派。在第一次来巴黎时，我们还专门打听到周总理于法国留学时在巴黎的住址，并专程到巴黎十三区"意大利广场"附近的戈德弗鲁瓦大街 17 号（Godefroy 17）周总理故居拜访，表达敬意。

此后再来巴黎则主要是工作访问或学术会议，不再以旅游为重点。为此，我们走访过巴黎大学、法兰西学院、法国社会科学高等研究学院、利玛窦研究中心等学术机构。创立于 1200 年的巴黎大学为欧洲最早的大学之一，其在中世纪也是规模最大的综合性大学，尤其是索邦神学院在中世纪曾成为巴黎大学的代名词。由于巴黎大学在古代欧洲的辉煌及其领先地位，当时法国人曾骄傲地对比说，"意大利人有教皇，德国人有皇帝，而法国人则有学问"。有一次我随院领导访问巴黎时曾联系新疆大学在此攻读博士学位的牛先生，希望他学成回国时来我所工作；不料此后却了无音讯，后来一打听才知道他回国后被学校重用，并担任领导工作，故而调动之事就此结束，我们很遗憾没能得到这样一位有着特殊专长的学者。那次我们出访乃学者队伍，故而无缘与当时驻法国的吴大使相见，此后在国内各种会议上曾多次与卸任的他偶遇。

我最近一次到巴黎已是 2014 年，当时我担任太湖世界文化论坛的副主席，参加论坛以"丝绸之路——中西方文化交流的永恒通途"为主题的巴黎会议，开幕那天正好也是我虚岁 60 岁的生日，对我真是一个好日子。会议在巴黎吉美国立亚洲艺术博物馆内召开，这是欧洲收藏东方艺术品的著名博物馆，中方在会议期间也组织了相应的艺术、考古等展览。我们那次还与太湖世界文化论坛名誉主席、法国前总理拉法兰先生共同举行晚宴庆贺会议成功举办，我与拉法兰并肩而坐，频频举杯，甚为高兴。这次出访期间我们还拜访了中国驻法大使翟隽先生，展望了中法文化学术交往的前景。

荷兰、比利时、卢森堡三国

在荷兰，我去过的城市主要有阿姆斯特丹、莱顿、海牙、鹿特丹和乌得勒支，其中去得较多的是阿姆斯特丹。阿姆斯特丹三面环水，不仅是水城，而且还是"水下城市"，乃填海而成，其历史可以追溯到 13 世纪人们在阿姆斯特尔河上建筑水坝，"丹"（dam）即"水坝"之意，阿姆斯特丹即指"阿姆斯特尔河上的水坝"。荷兰有许多地方的位置都低于海平面，包括阿姆斯特丹、海牙、鹿特丹等城市。阿姆斯特丹不仅城外是海，城内也是运河纵横、河网交错，有多达 165 条人工运河，交通及游玩遂以船为主，河上船屋达 2000 多家。这里的标志是风车，特色纪念品有笨拙却吸引眼球的木鞋，而美丽的郁金香则为其国花，我曾去专门培植郁金香的公园参观，在巨大而多彩的郁金香花园感到了自我的消失。这里的博物馆收藏最多的是伦勃朗的画作，以色彩对比鲜明的明暗法为特点。此外，城市中还有世界著名的酒吧，喜欢喝酒的人们应该知道其名牌喜力啤酒，而其被允许合法吸食大麻等毒品的特殊咖啡馆在整个欧洲也极为另类。我有几次来该城是参加与阿姆斯特丹大学合作的国际会议，记得有一次会议就在其国家博物馆内召开，在不少名家作品环绕的氛围中讨论学术问题，其感觉也极为奇特。莱顿是荷兰最古老的大学城，我曾到此开会，其汉学研究也极为著名，许理和教授带出了一批欧洲最有影响的汉学家。1620年去美洲寻找信仰自由的清教徒也是在莱顿集资而得以租下"五月花"号成功抵达北美找到"新大陆"的。海牙是国际法庭所在地，这也是游客参观留影的主要目的地。鹿特丹则有着欧洲最大的海港，并曾在历史上名列世界前茅。我在其海港曾远远地看见停泊的两艘航空母舰，那是我第一次看到如此之大的军舰。乌得勒支的自动乐器博物馆给我的印象最深，这里收藏的自动乐器乃世界之最，极为壮观。

　　比利时的各大城市几乎都被我拜访过，我曾在鲁汶大学做过数月的访问学者，故而可以利用节假日和周末遍游各城。鲁汶大学成立于1425年，与加拿大多伦多大学同为世界最著名的中世纪哲学研究中心。南怀仁曾在鲁汶大学艺术学院学习，后来成为比利时最有名的来华传教士和最早的汉学家，并与意大利的利玛窦、德国的汤若望共为影响最大的耶稣会来华传教士，是明末清初"西学东传、东学西渐"最突出的西方代表。我在鲁汶时非常感谢研究生同学、来自福建师范大学的访问学者林老师的热情帮助，他是国内研究利玛窦的专家，我们曾在一起参加研究生考试。他给了我一辆自行车以方便我在鲁汶四处跑动，而我也经常上他家里蹭饭吃。此外，我在鲁汶大学图书馆还结识了赵敦华博士，他不仅研究现代西方哲学，也深入回溯欧洲中世纪思想，因而回国后在北大哲学系任教，学术上卓有成就。在其担任北大哲学系主任和国务院学位办哲学学科负责人期间，我们交往甚密，多有合作。在欧洲，我的方向感一直很差，而且经常还毫无察觉。有一次来了一位陕西研究天文的学者新入我们宿舍，见到中国人我非常高兴，热情地向他介绍鲁汶城市情况，他听后哈哈大笑，说我把东西南北全弄反了。

布鲁塞尔是比利时首都，也是欧盟和北约总部所在地。城市中留下烟熏火燎痕迹的古代建筑，会让人们想起它曾有过的辉煌，激起思古之幽情。其城市标志是撒尿男童雕像，据传因为这个小男孩于连尿尿无意中把敌人的导火线浇湿了，因而保全了布鲁塞尔城市。其站立撒尿的裸体形象会被人们随着四季变换而套上不同季节的各式衣裳。比利时皇家博物馆和乐器博物馆也是非常吸引我们之地。而中国人比较常去的则有马克思在布鲁塞尔的故居，特别是其居住的"小天鹅"旅社（亦称"天鹅之家"）就在市政广场的西南角，广场中心布置的鲜花大地毯似乎就象征着对马克思的称颂和礼赞。我常去该广场，也经常于此遇见国内各代表团专程来拜谒马克思故居。此外，布鲁塞尔的巧克力也非常有名，来此会必带几盒巧克力回国送给亲友。离布鲁塞尔不远处就是著名的拿破仑最终被打败的滑铁卢战场遗址，其结局会使人感到历史往往会是偶然因素的结果，其必然性有时的确很难说定。但其小山丘上立着的大狮子铜像却好像在警示人们，强者也终会有其衰落之时。

当周末来临，我会购买好一张周末通票去比利时各个城市游玩和研习，了解其历史掌故、风土人情。安特卫普的布拉博喷泉、梅赫伦的中世纪高塔、利尔的水道及钟塔、根特的圣巴夫大教堂、布鲁日的城堡广场等，都让人魂牵梦绕、难以忘怀。根特有"花城"之称，且与音乐结缘而获世界三大"音乐之都"之一的殊荣。根特大学的佛学研究中心也非常有名，故曾吸引我单位的一位佛学研究人员移民于此。我们曾在安特卫普一位华侨家中留住，为此还专门在一家中国商店买了冻鱼等食物想显显厨艺，不料化冻后发现鱼已变质而大失所望，这是我们在此唯一一件没有忘记的糟心之事。我们在欧洲留学的意外收获是学会了烹饪，来自中国各地的留学生、访问学者共聚一个公共厨房，大家互教互学，切磋厨艺，使生活质量有很大的提高。

卢森堡是欧洲的小国，但国小民富，人们家道殷实，颇有独特之处。我们来此往往属三国之游的尾声，通常只是穿越而没能久留。卢森堡市地处高山，可以俯瞰将城市一分为二的佩特罗斯大峡谷。其名胜包括跨越峡谷的亚当夫吊桥、阿道夫大桥、峡谷边的宪法广场、市区大公宫殿和卢森堡古堡等。在城里沿着其步行长廊徜徉，领略这一"欧洲最美露台"的沿途风光，乃颇为惬意之旅。我们还喜欢在老城区步行街游逛，并在此看到欧洲鲜有的水果石榴，故而忍不住买了两个来解馋。卢森堡社会安宁、政治稳定，夹在欧洲诸大国之间而不折腾，故也自得其乐。

北欧一瞥

北欧主要指位于斯堪的纳维亚半岛的国家，通常为丹麦、瑞典、芬兰、挪威和冰岛五国。"斯堪的纳维亚"原意为"黑暗之地"，意喻其地处高纬而冬季常为黑夜，罕见阳光。丹麦、瑞典和芬兰三国我曾经常去。有一次因公出国到欧洲访问，给我们的普通因公护照只有七天签证，而公务护照则得到十天签证，结果我们几位学者没能去成挪威，留下一大遗憾。

在丹麦，我们主要是访问哥本哈根，曾与哥本哈根大学合作开过国际研讨会。哥本哈根本意为"商人的港口"，现在成了世界"最适合居住的城市"之一。游客常去留影的一是海边的美人鱼雕像，二是城中市政厅旁边《海的女儿》作者、童话大王安徒生的铜像雕塑。我们第一次到哥本哈根时曾碰上一个风俗节，因而在其市中心的蒂沃利公园尽情地玩了半天。成立于1479年的哥本哈根大学有着其辉煌的历史，我们在此知道了大学由天主教大学转为新教大学的变迁、科学巨匠玻尔与爱因斯坦的学术争论，以及物理学中哥本哈根学派崛起等趣闻。此外，我们在丹麦还去过欧登塞的安徒生故居，以及儿童喜爱的乐高积木故乡即位于日德兰半岛中部的比隆乐高公园，用回返童趣来一饱眼福。

瑞典学者与我们很早就有交往，我1981年研究生毕业后在院外事局挂职时，接待的第一个学者就是斯德哥尔摩大学的教授。该大学的汉学研究亦非常出色，有一位汉学系博士曾想请我参加其博士答辩，可惜时间不凑巧而未能成行。斯德哥尔摩的原意为"木头之岛"，可以追溯到其13世纪建城时为了防御海盗入侵而在入海口的岛上用巨木修建城堡、设置木桩。这是一个由多个岛屿构成的城市，故有"北方威尼斯"之称。我们第一次到斯德哥尔摩时正赶上刮风下雨，因我们所带的小雨伞抵挡不住强劲的海风而不得不放弃游玩，此时才发现瑞典人所用之伞又大又粗，我们的小伞与之对比乃有小枪与大炮之别。于是，又冷又饿的我们找到一家中国饭馆饱餐一顿后马上回火车站开始返程。其让人好笑的一大收获是，在该餐馆我们学会了油炸香蕉这道菜，回德国后经常以此作为饭后甜食来招待客人而颇受欢迎。后来再访此地则多为学术交流，公干之余我们会去斯德哥尔摩市政厅之外拍照留念，这里是每年诺贝尔奖最终揭晓之地。我们偶尔也会去瑞典皇宫及帝国议会大厦，这附近还有"中国宫"和"北海草堂"，让人颇感意外。其实这些中国式园林是康有为戊戌变法失败后流亡瑞典而留下的印记。康有为深受欧洲国家以基督教为国教的影响及启发，回国后故而会主张中国应以孔教为国教，一时兴起复古思潮。不过他的思想受到包括其学生梁启超等人的坚决反对，并导致了儒教是否为宗教、中国本土有无宗教出现等学术讨论。而这种讨论之后的政治背景则是不言而喻的。瑞典的乌普萨拉和隆德都是著名的大学城，可惜我没有机会拜访，未能窥其真容。而对著名的海港城市哥德堡，我也仅仅是匆匆经过而已，缺少细细品味。"哥德堡"之名原指"哥特人的城市"，南欧曾将来自北方的"哥特人"视为没有文化的野蛮人，没想到"哥特"式样后来却成为著名的艺术风格之指称。哥德堡还是历史悠久的海上丝绸之路城市，从瑞典开往中国的第一艘商船就是于此起航。"哥德堡"号古帆船曾三次远航广州，1993年开始复制的"哥德堡"号新船于2005年远航中国，2006年抵达广州，被赞为"追逐太阳的航程"。

芬兰是我在北欧去得最多的国家。赫尔辛基大学的罗明嘉教授很年轻时就与我们有学术交往，那时大家一起在社科院边上的小饭馆喝酒聊天，我们都亲切地叫他"米卡"。他的夫人是上海人，这使他的中国情结更浓。我去过他家，可以感受到这位中国女婿对中华文化的特殊情感。他曾邀请我参加他的中国博士黄先生的博士答辩会，黄博士娶了一位芬兰姑娘，组建起在北欧寒冷地区的暖巢，一家幸福美满。有一次他带路逛街时，还特别骄傲地告诉我们那个他们最初相遇相爱的地方，脸部表情也是幸福满满。后来也有一些中国留学生在罗明嘉教授那儿读博士学位，故而在赫尔辛基形成了一个小小的中国学术圈。我在赫尔辛基去得最多的地方是位于议会广场高坡的路德宗赫尔辛基大教堂，其体现新古典主义风格的乳白色建筑给人留下深刻印象。广场上常有群鸽飞舞，鸽子还不时大胆地停留在游人身边，看能否得到赏识和喂食。这个广场就在大学附近，离我们所住酒店也不远，故而我们会单独或集体来此散步。此外，其红砖教堂乌斯彭斯基大教堂也让人怀念，这座东正教堂外观洋葱圆顶，内饰金碧辉煌。我们在赫尔辛基还听过俄罗斯无伴奏男声合唱专场音乐会，那天籁之音一直萦绕脑际，很难散去。而岩石教堂（坦佩利奥基奥教堂）更是赫尔辛基的著名艺术文化景点，据说这是世界上唯一一座建在岩石中的教堂，为现代教堂标新立异的杰作。

我们曾在教堂顶的岩石上穿行，也在教堂内听过其乐队的排练演出，教堂内的音响效果极佳。我最后一次去岩石教堂时正碰上乐队排练西贝柳斯的交响乐作品，当时面对极大压力的我反复听着好似"心里糊涂就这样"的旋律，精神上一下子就有了释然的感觉。我们还多次去市郊的西贝柳斯公园，其600多根钢管组成的类似管风琴的抽象造型，给人一种穿越时空、横扫古今之感。站在这位芬兰音乐大师头像雕塑面前，我也深深感谢他的音乐给自己带来的精神慰藉和情绪释放。在芬兰我还去过一次位于北极圈的拉普兰，这里的圣诞老人村给人带来了圣诞节的浓郁气氛，其圣诞老人形象也应该是世界各地圣诞老人装束的原型，人们会在此购买各种关于圣诞的纪念品，也会在这里的邮局盖上北极村的邮戳。我们在拉普兰还经历过一次真正的桑拿浴，体会到其为什么叫作"芬兰浴"的缘由，当人们被蒸得全身是汗的时候，突然跑出去跳进附近冰冷的湖中，那种感觉真是奇妙。人们往往会反复好几次，因这种强烈刺激而异常兴奋。但害怕感冒的我只试了一次就打住了，心中还自我安慰道，已曾体验就不再后悔了。

希腊寻古

希腊是欧洲文明的重要源头之一，也是我们研究西方思想史的学者希望到访之地。我对希腊印象最为深刻的当然是雅典，因为参加世界藏学会议而首访雅典，并与雅典大学有过交往。对其古迹寻访的首选之地当然是雅典卫城，最著名的是在其山坡上于公元前447—前432年建成的帕提农神庙。山坡北部有伊瑞克提翁神庙，以其六尊女像柱而闻名；山坡南部则留有狄奥尼索斯剧院遗址，让人联想古希腊艺术的盛况。参观博物馆也属我们的最爱，大家曾在卫城博物馆、希腊国家考古博物馆流连忘返，浮想联翩。此外，我们还参观过建于公元前6世纪的奥林匹亚宙斯神庙和建于公元前4世纪的泛雅典娜体育场。奥林匹亚宙斯神庙是希腊最大的神庙，有着重要的历史文化价值；以宙斯为大神的奥林匹亚众神体系，使古希腊罗马神话谱系得到一以贯之。为了祭祀宙斯出现了古代奥林匹克运动会，据说也与纪念"大力神"赫拉克勒斯有关。古代首届奥林匹克运动会于公元前776年举行，并以裸体竞技而体现出人体的健美；但基督教成为古罗马帝国国教后，古罗马皇帝认为这种竞技有伤风化、不符合宗教道德而于公元394年禁止了这一大型体育竞赛。泛雅典娜体育场则让我们想起古希腊的奥林匹克运动会，此地曾是古代泛雅典娜女神比赛的场所。古代奥运会共举办了293届，历时1170年。法国人顾拜旦于19世纪末提出举办现代奥林匹克运动会的建议，由此导致1894年奥委会的成立，并于1896年在泛雅典娜体育场这里举办了首届现代奥运会。古希腊哲学家毕达哥拉斯在发明"哲学"（爱智慧）一词后，曾根据参加奥林匹克运动会的三类人来解释什么是哲学家，即来参加竞赛而争名的运动员，来赛场做买卖而夺利的商人，以及来此观看比赛并观察人生的哲学家。"哲学"即体现在观察与思考之中。在雅典卫城对面菲洛帕波斯山盘山道上有曾经监禁过苏格拉底的监狱，现在呈现为一面有三个铁窗的石墙，铁窗之后为大小不一的石洞。公元前399年，苏格拉底拒绝友人救其越狱而在此接过当局所赐的一碗毒酒淡定、从容地饮尽而亡，以强调遵守社会秩序的重要性和必要性。作为哲学工作者，我们也曾来此地缅怀前辈，希望为其，也为自我带来"哲学的慰藉"。

2013年10月，我受宋庆龄基金会的委托而作为中国代表团团长与一众中国学者到希腊罗得岛参加题为"文明对话"的第11届罗得岛论坛年会。罗得岛属于希腊沿海十二群岛中最大的岛屿，位于其岛北端的罗得镇为其行政中心。据传罗得之名源自太阳神赫利奥斯挑选罗得为其妻子，让她具有光、热和植被等独特性质，于是罗得岛便成为希腊诸岛中晴天最多、阳光最充足、鲜花也最艳丽的岛屿。我们在这里曾乘船游玩，并参观了这些岛屿上一些中世纪圣约翰骑士团留下的著名城堡。这次论坛是中国代表团正式组团而来的第一次参会，我应邀做了关于文明对话的主题发言，组织主持了中国圆桌会议，并与会议主办方俄罗斯代表团进行了专门座谈。虽然我是客串团长，却也尽职尽责圆满完成了这一使命。

东欧之行

属于东欧的国家较多，我也曾多次去学术访问或私人旅游，去过的国家包括苏联及苏联解体后的俄罗斯，未统一时的东德，以及波兰、捷克、匈牙利等国。我们于1987年乘"东方快车"去过苏联时期的莫斯科，虽然沿途在蒙古、东欧诸国都有停留，却没有出站。在列车上我们远远眺望了贝加尔湖，为其壮观所震撼。贝加

167

尔湖本为古代中国的"北海","贝加尔湖"这一表述则源自蒙古语,意为"富饶的湖泊"。这是亚欧大陆最大的淡水湖,也是世界第一深湖,可惜在中国国运不济时落入他国之手,丢失了这一"西伯利亚明珠"。我们沿途还看见了在俄罗斯境内的亚欧大陆分界线处之醒目标志,感受到这一跨越亚洲、欧洲巨大地域之国的骄傲和纠结。

我们在莫斯科中国驻苏联大使馆的招待所住了几天,当时使馆工作人员曾感慨中国要想赶上苏联可能需要50年,得21世纪再看了。没想到不久后苏联解体,俄罗斯随之逐渐成为一个经济弱国。由此可见,执政者的政策如何,可以根本影响到一个国家的发展。苏联人很爱读书,科技、艺术也很发达,加上得天独厚的自然资源,本应该发展得很好,没想到如今竟内忧外患、战火连绵,的确令人深思。莫斯科吸引我们的核心地带是红场及其四周景区,我们在这里参观了克里姆林宫,进入了红场边的圣母升天大教堂,其5个金色盔状穹顶造型新颖、气势独特,令人难忘。对于中国人而言必去之地则是列宁墓,我们于此瞻仰了列宁遗体,并在附近的克里姆林宫墙下的苏联领导人墓地及烈士墓碑进行了吊唁。

我第二次访问莫斯科则是苏联解体后,因为是专门研究俄罗斯正教而以学术走访为主,先后访问了莫斯科国立大学、俄罗斯科学院等学术机构,也与现任大牧首基里尔有约两个小时的座谈,当时他刚结束参与处理科索沃危机的旅行而回到莫斯科,对中国话题有着浓厚兴趣。此外,我们还参观了莫斯科市区的救世主大教堂和郊外的谢尔盖圣三一大修道院。救世主大教堂见证了现代俄罗斯正教的衰落与复兴，始建于 1817 年，于苏联时期的 1931 年被拆毁，但在苏联解体后的 1995 年重建，是目前俄罗斯最大的教堂，由此而有"俄罗斯的心脏在救世主大教堂里"之说。这次出访也让我有机会参观了圣彼得堡，见到了其颇有西欧风情的市容及著名的冬宫。而此行更为重要的是对苏维埃社会主义革命的"临界"了解。"十月革命"始于圣彼得堡，1917 年随着"阿芙乐尔"号巡洋舰一声炮响，布尔什维克占领冬宫而宣布推翻旧政权，建立苏维埃社会主义国家，故而该城在列宁逝世后于 1924 年更名为列宁格勒，苏联解体后于 1991 年恢复圣彼得堡之名。因此，为了纪念社会主义革命这段辉煌的历史，登上"阿芙乐尔"号巡洋舰、参观冬宫就成为我们中国旅游者在圣彼得堡的首选。此外，我们也还去了有"俄罗斯的凡尔赛宫"之誉的夏宫，该宫全称为彼得大帝夏宫。正是这位大帝推动了俄罗斯的欧化，俄罗斯文化与西方文化的深度互渗。出于对科学和艺术的兴趣，我们也去过圣彼得堡的季赫温墓地和拉扎列夫墓地。在这儿长眠的科学家有欧拉、罗蒙诺索夫，艺术家柴可夫斯基和文学家陀思妥耶夫斯基等。或许人们在此会触碰到他们的灵魂，获得他们的灵感。而其栩栩如生的雕塑作品也使其有着"城市雕刻博物馆"之称。

波兰是我随社科院代表团出访之国，虽行程匆匆，印象不深，却也有不凡收获。我们在华沙以学术活动为主，几乎没有独自参观的时间，因而只对老城的城堡广场、华沙历史博物馆和肖邦博物馆留有模糊印象。在波兰，人们会特别感受到第二次世界大战期间犹太人的悲惨命运，我们在奥斯威辛集中营旧址近距离地看到了当时法西斯的残忍，灭绝人性的大屠杀使 110 万人在此惨死，而且大部分是犹太人。这一殉难者纪念馆让我们记住对战争罪犯的审判，以及"要和平，不要战争"的警示。而人类的正义和拯救，于此则在《辛德勒的名单》小提琴曲的悲戚旋律中得到独特的倾吐。波兰是天主教国家，以此信仰来保护自己的文化，对东防范信仰东正教的俄罗斯，对西则抗衡信仰基督教的普鲁士。为了深度了解波兰文化，我们还访问了柴斯托赫瓦"光明山"的黑圣母朝圣地，以及建立于 14 世纪的波兰第一大学克拉科夫（雅盖隆）大学。这所大学的校友有著名天文学家哥白尼和罗马教皇若望·保禄二世，而华沙大学也是于 19 世纪从该校分离出来才得以建立的。此外，我们还参观了维利奇卡古盐矿博物馆，其地下盐雕巧夺天工，令人震撼。

捷克首都布拉格城堡区及老城的古色古香让人特别怀念，漫步其中乃充满诗情画意。伏尔塔瓦河西岸的城堡区以布拉格城堡为代表，这里有圣乔治大教堂、旧皇宫、施特恩伯格宫等景点；而伏尔塔瓦河东岸的老城则以老市政厅和附近的天文钟为标志，该钟建于 1410 年，其神秘和动感很容易吸引游客驻足观赏。此外，行走在查理大桥上也会引发人的思古幽情，使人回到中世纪的悠悠岁月。布拉格城市充满巴洛克艺术之风，使人对之有着东欧巴洛克之都的感觉。此外，布拉格大学是 1348 年由神圣罗马帝国皇帝查理四世创建的大学，亦称查理大学。这是欧洲历史上讲德语的第一所大学，比维也纳大学（1365 年创建）、海德堡大学（1386）更为古老。在布拉格大学就读过的名人包括开普勒、马赫、卡夫卡、昆德拉等。值得一提的是，我们社科院有一位前任院长也是该校的杰出校友。

匈牙利首都布达佩斯是我唯一访问过的匈牙利城市，宽阔的多瑙河从城市中部穿过，增加了这一都城的雄伟气派。其城市建设的历史可以追溯到9世纪，但它形成如今的规模则在于1873年河西城市布达与河东城市佩斯合并而成为布达佩斯。目前已有9座大桥横跨多瑙河而使之联为一城，其中最老的链子桥亦最为出名。布达佩斯的地铁亦建得很深，因为有一条地铁线穿越了多瑙河河底。这一气度不凡的都城有着"欧洲之心""温泉之都""多瑙河明珠"和"东欧巴黎"等称呼，而布达城堡则为其最主要标志。其城市中间有宽阔的安德拉什大街，它是布达佩斯标志性的林荫大道，其英雄广场中心的千年纪念碑四周则立有14位匈牙利国王的塑像。有一种传说认为匈牙利人是东方匈奴人的后代，布达佩斯城中就有许多"上帝之鞭"阿提拉的雕像。据说阿提拉在公元5世纪时就率领匈奴人从东方打到西方，建立起地域广阔的大帝国；当其死后余下的匈奴人就定居在多瑙河流域，历经时代演变、人种衍化而逐渐形成今天的匈牙利民族。但这种说法虽然有过不少历史记载，却仍缺乏直接的历史证据，故而迄今没有明确的定论。而看到骑在马上的阿提拉雕像，不禁觉得这种说法似乎有其真实性。

西班牙的热情

西班牙有着典型的西南欧风貌和阿拉伯人所带来的东方情调，体现出一种跨文化交际与共构。自8世纪初，阿拉伯人占领伊比利亚半岛，在当地引入伊斯兰教。西班牙人在经历了约8个世纪才于 1492 年"光复"失地，即西班牙历史上著名的"雷康吉斯达运动"（Reconquista，又称"收复失地运动"），意为"重新征服"。但 700 多年的文化交融，已使西班牙无法根本清除阿拉伯文化的痕迹，其东方色彩极为浓厚，并与南欧文化相映成趣。我只去过一次西班牙首都马德里，并顺道访问了附近的一些小镇，虽为浅尝却也体悟到其交织文化的独特意蕴。马德里之名据说源自西班牙在古代多有"草莓树"的"熊群之地"，亦有"丰水之地"等说；后在 9 世纪因穆斯林的影响又增加了"水的来源"之意；而因其地理位置处于欧洲与非洲交界之地，故也有"欧洲之门"的称呼。我们在马德里参观了东方宫及其珍藏，慕名而到了西班牙广场的塞万提斯纪念碑和哥伦布广场的哥伦布纪念碑。塞万提斯创造了复古而幻想的浪漫主义形象堂吉诃德，以及求实而躺平的现实主义人物桑丘·潘萨，成为文学史中人们津津乐道的趣谈。而哥伦布究竟是"大发现"的功臣，还是殖民扩张的祸首，从不同立场则有着截然不同的评价。马德里是见证热情、奔放、活泼、开朗的城市，其歌舞、音乐、斗牛、足球等文体活动是西班牙浪漫风情的典型体现，我们在这里得以欣赏到西班牙女郎节奏轻快而曼妙的舞蹈，观看了其年轻帅哥在拉斯班塔斯斗牛场上让人惊悚且刺激的表演，只可惜没能亲身体验其足球比赛现场的那种喧嚣及疯狂。不过，马德里同样充满着理性和智慧，我们在马德里（康普斯顿）大学与其学者有过愉快且深层次的学术交谈。给我印象深刻的是当时年轻的西班牙学者对中国道家与基督教思想对话现状的关注及询问，这促使我回国之后还为之专门有过寻踪之探。在马德里期间，我们还访问了其以南约 70 千米处的西班牙古城托莱多。这座建在山顶上的古城经历过古罗马的辉煌和中世纪的变迁，因其历史上天主教徒、穆斯林和犹太教徒的并存共在，反映出西班牙民族的多元文化融合而有"三种文化之都"的美誉。但西班牙也让我留下了深深的遗憾，没能到访巴塞罗那，错过了亲睹神圣家族教堂的机会。

土耳其的欧亚缠绵

土耳其是横跨欧亚两洲的国度，被西方的北约所接受，却迟迟未能跨入欧盟。虽然土耳其首都是位于亚洲的安卡拉，而更为著名的却是跨越欧亚大陆的土耳其第一大城市伊斯坦布尔。我几次出访土耳其，目的地都是伊斯坦布尔。土耳其的大部分国土面积都位于亚洲，仅伊斯坦布尔部分地区及其周边区域属于欧洲。但在政治及经济上，土耳其脱亚入欧的愿望极为强烈。而欧盟对土耳其的长期排拒和刁难，也使土耳其愤愤不平，颇有怨言。伊斯坦布尔之地曾是东罗马帝国的首都，古称拜占庭，公元330年之后改称君士坦丁堡，与欧洲本土自然有着千丝万缕的关联，而其信仰与文化同样与之密不可分。该城15世纪以来则有伊斯坦布尔之名，并于1453年以此名而成为奥斯曼帝国首都。由于其老城是在君士坦丁时期建于七座山之上，故有"七座山丘的城市"之别称；而其在中世纪的优越地位则曾使之有着"众城市的女王"之殊荣。我们在伊斯坦布尔参观的首选之地当然是圣索菲亚大教堂，这一有着四大拱门的拜占庭建筑曾是东罗马帝国最大的基督教堂，1453年奥斯曼土耳其人将之改为清真寺，并在其外四周修建了四座宣礼塔；1935 年以来则成为土耳其的历史博物馆。我们几次来此访问，它都是以博物馆的身份向公众开放，但自 2020 年 7 月它重新成为供穆斯林礼拜之用的清真寺。在其不远之处就是建于 1616 年的苏丹艾哈迈德清真寺，这是世界现存的唯一六塔清真寺，并因其四周墙壁以蓝色花瓷砖镶嵌而成，故以"蓝色清真寺"之名享誉全球。我们还参观了托普卡珀宫、古代东方博物馆及博斯普鲁斯大桥等，据说托普卡珀宫收藏的中国古代瓷器居世界博物馆收藏量的第三位，仅排于北京故宫和德国德累斯顿艺术博物馆之后。此外，我们也曾去市中心有着近 600 年历史的大巴扎购物，有一次同行的北大吴教授于此购得一本珍稀图书而激动不已。

我们的土耳其之旅和我们的专业研究有着直接关联，有一次在伊斯坦布尔的会议本来应有一位院领导来参加，但因当时国际环境的敏感而使他临时决定放弃此行，只得由我来全盘负责。有一次我们则是在土耳其南部小亚细亚半岛考察古代罗马早期基督教的传播活动，沿途经过了以乘热气球空中漫游闻名的卡帕多基亚，但我没有这种雅兴和胆量；而在帕穆克卡莱（棉花堡），我们则利用短暂的休息时间到其石灰华池赤脚淌水，过一把小瘾。此外，我们也参观了希腊神话中曾描述过的著名古城特洛伊，想能近距离体悟其木马之计。那次是乘旅游大巴沿爱琴海东岸北行，一路上沐浴着夕阳余晖，注视着蓝海白浪，欣赏着染红的云彩，捕捉着沿途的景观，真感风光旖旎，美不胜收。就连一贯懒于拍照的我，也禁不住拍下了不少能让自我陶醉的风景佳照。大巴在拥挤的道路上缓缓而行时，我们丝毫没有着急之意，而是靠在车窗边，耐心地观察那忙碌了一天已满脸通红并感到羞涩的太阳在慢慢西沉，被看似静寂温柔的大海所渐渐吞食，仅留下天海之际久久舍不得散去的云霞。我们已被这一幅落日红晕、晚霞西映的美景所陶醉，好长时间都回不过神来。记得在途中一个旅馆留宿时，餐厅大堂人山人海，突然一群年轻的服务员盯着我们一位同事惊讶大叫"Jackie Chan，Jackie Chan"，把他当成香港著名功夫影星成龙而纷纷与之拍照合影，一时成为趣谈。我在来土耳其的飞机上还巧遇香港某著名大学的校长，他颇有人文情怀，并主编过在香港非常流行的《中国文化》教材。为了扩大这一领域研究，他当时从美国引进了一位著名华人学者，并与之一道来过我所访问，我非常热情地接待了这些一见如故的学界同行，探讨彼此合作的可能。他们提出的一个国际会议构想恰好与我们的计划撞车，在英雄所见略同的兴奋之余他们进而提出能否就此会议共同合作，但我们事先已经与美国一家高校达成了合办意向，故我建议他们与美国的这一研究所商量看看能否加入。可惜他们后来商量未果，失去了那次合作的机遇。这一会议非常成功，也引起了国际社会的高度关注。当然也出现了颇有戏剧性的一幕，因为几乎同时在北京、香港都召开了相同主题的国际会议，各国学界应邀代表故不得不在两个会议中做出选择，无法两边兼顾。但会后两边代表终于在北京行政学院的利玛窦墓地不期而遇，同行专家能在北京相遇，也皆大欢喜，虽为偶遇却在意料之中。那次见面之后，我与校长很久没有联系了，只是听同事说他后来与我所学者仍有交往，可能也还到过所里，并曾邀请我所其他研究领域的学者赴香港参会。因此这次飞机上的偶遇乃一奇迹，我们两人仅隔着过道而坐，于是大家握手问候，有着相逢一笑而忘掉过往的畅快。在旅行社的安排下，我们在伊斯坦布尔还参观了其皮制品展览，以及地毯挂毯博物馆。皮制品展览的负责人是一位来自北京的女士，她向我们展示了各种产品，并有模特队的表演，主要目的还是推销产品，当时来自北大的同事显示出超强的购买力，作为研究机构代表的我碍于面子也只好买了一件皮夹克，回家后想送给儿子，不料他嫌老气而不要，结果此夹克购回之后一次也没有穿过。地毯挂毯博物馆描绘伊斯坦布尔景色的小挂毯真的非常吸引人，但因手工制作而价格昂贵且不能砍价，故此虽爱不释手却也只好作罢。多次土耳其之旅，使我们对欧亚的历史及现代关联有了直接体悟，也增加了更多思索。

十六、在伯明翰大学度过的学年

初访英国

早在德国留学期间，我们就曾尝试去英国一游。自己最初大学所学专业就是英语，而去美国学习在那时已经不再可能，因此去看看英国就有了比较迫切之感。为了确保及时获得去英国的签证，我在申请的同时亦给英国在德国杜塞尔多夫的领事馆写了一封自我介绍信，说明自己学的是英语专业，尤其对英国文学情有独钟，对乔叟的《坎特伯雷故事集》、莎士比亚的戏剧和诗歌、弥尔顿的"三部曲"（《失乐园》《复乐园》《力士参孙》），以及英国近代启蒙主义和浪漫主义的文学经典等都有特别喜好和系统阅读，故此特别想亲临其境，到此一游，以加深对英国文学及文化的体悟和理解。大概是这封信起到了作用，不久我就接到了英国领事馆的电话，告之已经收到我的签证申请并会尽快办理。在我几十年办理出境签证的过程中，这是我写过的唯一一封信，也是获得非常积极回应的唯一一次。再过了一段时间，我又接到了英国领事馆打来的电话，通知我签证已经办妥并且已经寄出，让我注意及时查收。这样，我们夫妇俩顺利拿到了赴英签证，随之利用快一周的时间访问英国，并以跑马观花的速度去了伦敦、牛津、剑桥和莎士比亚的故乡。

英国已经失去了昔日的辉煌，但其城乡建筑、名胜古迹还在回忆着过去，一景一色都似乎难以超脱过往，面对当下。这也彰显了英国历史的悠久及其文化的厚重，让人感叹、唏嘘。当然，这次是以伦敦参观为重点，因为伦敦是英国的首都，集中了其文化传承的精华。这一古都有着约两千年的历史，其记载可以追溯到公元1世纪古罗马帝国时期对伦敦之凯尔特语"伦底纽姆"（Londinium）的称谓。我们到伦敦后就住在中国驻英大使馆在其郊区的一个招待所，第二天遂开始了狂奔式的参观旅游，在三天左右时间内一口气去了大英博物馆、白金汉宫、议会大厦及其大本钟、国家美术馆、伦敦塔及伦敦塔桥、威斯敏斯特教堂、圣保罗大教堂、海德公园、格林尼治皇家天文台及本初子午线标志之所在，以及泰晤士河上的多座著名桥梁等。出于学者的好奇，我们还专门去了伦敦大学学院、伦敦城市大学，以及伦敦大学亚非学院等。其余时间，我们则以每天一地的快速节奏分别访问了牛津、剑桥和莎士比亚故乡埃文河畔斯特拉特福镇。牛津是英语世界最古老的大学所在地，对我们而言乃有着学术朝圣之感。剑桥大学的历史地位仅次于牛津大学，于此则可体悟徐志摩《再别康桥》的诗韵。而在斯特拉特福镇我们则直奔在亨利街北侧的莎翁故居，随后在意犹未尽之际又访问了当地为纪念其不朽剧作而创建的皇家莎士比亚剧团。当然，这种参观只能是蜻蜓点水，点到即止而已。由于这次旅英只是我们回国探亲途中的路过和顺访，因而也只能满足于对之浮光掠影的感官初识。

与伯明翰结缘

伯明翰是英国第二大城市，为英国工业及商业重镇，其产品出口占到了整个英国出口的四分之一以上。伯明翰大学也是英国名校，属于其"红砖大学"（指英国维多利亚时代创立于六大重要工业城市的六所名校，其余五所即曼彻斯特大学、利兹大学、布里斯托尔大学、谢菲尔德大学和利物浦大学）之首。校园中有一标志性建筑即约瑟夫·张伯伦钟塔，以纪念这位大学的创始人。这一钟塔据说也是世界上最高的独立式钟塔，远近可见，极为醒目。伯明翰大学出过许多杰出学者，不少教授获得过诺贝尔奖；而在人文研究领域，其宗教哲学家约翰·希克教授也是世界闻名。此外，中国著名科学家李四光曾于1913—1919年留学伯明翰大学，攻读采矿、地质等专业，获得硕士学位后归国。这样，中国改革开放以来，伯明翰大学成了中国留学生来英国学习的重要选择目标之一。在我们的研究领域，该校邓守成教授与中国学界保持着密切的学术来往。他在伯明翰大学组织了一场国际会议，我们一批中国学者与会，我也在应邀之列，故而得以首访伯明翰，并从此与之结缘。伯明翰城市布局不像伦敦那样集中，形成其独特的辐射性发展，我所在的大学校区就如在市郊一般，感觉能够享受到田野风光。这里学术气氛

较浓，学习条件也很好，似乎一切都较方便。初次访问给我留下了
很好的印象，却没想到这不过是我来伯明翰大学较长访学的前奏曲
而已。

在伯明翰大学访学

按照我院的规定，担任研究所负责人的科研人员每年可以享
受一个月的学术休假，以保障其学术研究的连续性，使其学术可
以持续发展。自 1993—2003 年，我因从未休过假而攒得了十个
月的休假期，于是在 2003 年给院里打报告申请休假，一则可以出
国访学，二来可以借此辞掉所长职位。我们有一条规定，出国超
过三个月就要办理辞掉所行政职务的手续。不料院领导找我谈话，
允许我出国访学，但不同意我辞掉所长职务，其给出的解决方案
就是要我每三个月之内回国一趟，在国内工作两周左右再出去，
这样就不违反规定，否则就不同意我出国访学。显然已没有选择，
我只好答应下来。于是我就获得了一个学年到伯明翰大学访学的
机会，虽然期间我必须回国两次，毕竟也获得了大量自己从事研
究的时间，由此可以保证我当时正从事的重大研究课题能够及时
完成。

这次到伯明翰乃是全家同行，从而也彻底解决了我的生活负担
等后顾之忧。而且，此次来英国访学，是我除了德国之外在国外待
得最长的一段时光。伯明翰大学给了我一个威廉·佩顿研究员（访
问学者）的身份，但没有具体研究及教课任务，仅需要给院里做一

次公开的学术讲座报告就行，这样就使我这一学年有着格外的轻松和洒脱。刚到伯明翰，来自香港的邝保罗先生帮助我办理好在大学一切必要的手续，并给了我许多重要指点。他获得博士学位后回到香港，后来成为香港圣公会的大主教，我们也一直保持着联系。我在大学偶尔去听听自己感兴趣的讲座，参加一些学术座谈，也定期参加晚上由约翰·希克发起的同仁读书会 Open End（开放式结局）沙龙，以便及时掌握本领域学术发展的最新动向。在异国他乡不免会思念家乡和亲友，为此我们还时不时与在伯明翰的中国学者小聚。我们所居住的学院学习条件极好，其 24 小时开放的图书馆可以上网，也可以复印，因此我查资料、与外界联系都基本上是待在这儿解决的。有时想起某些急需办理的事情，还经常半夜起来跑进该图书馆去干活，而且在夜深人静之时，办事的效率还非常之高。这里每周有一顿全院聚餐，来自世界各国的学者、学生轮流做饭。当然，中国人做出的饭菜是最受欢迎的。有一次狂欢节全院聚会，大家穿着奇装异服、戴着面具来参加。我没有想到有此活动故全无准备，急中生智突然想起我带了一身中山装备用，结果在这一关键时刻排上了用场。这是我几十年来唯一一次穿此服装，而回国以后迄今也未再穿过。我们这里的院长是一个印度人，因此他会定期带同组人员外出用餐，我们家属于他这组，故也随他吃过好几次咖喱饭。既然我们这次是全家出国，因此外出旅游的安排也不少。而我出外开会，也经常是带着全家出行，大家由此都很有收获，颇长见识。

伦敦见闻

除了伯明翰之外，我们在英国去得最多的当然是伦敦。我有一位好朋友奥布莱恩是北爱尔兰人，他们单位在伦敦郊区有一个招待所，据说是很久以前花了5万多英镑购得，而现在的价值则在千万英镑以上。这栋被我们戏称为"白宫"的白色小楼大约有五层，一层为接待室和餐厅，二层以上为办公室和住房，整栋楼都摆满了书籍，故而可称为开放性图书馆。我们每次来伦敦基本上就是住在这里，其交通方便，地铁公交四通八达，我们买上三天的通票就可四处乱窜，随心而行。

在伦敦我们去得较多的仍然是大英博物馆，真可谓百看不厌。这是世界上历史最久、规模最大的博物馆，藏品多达800多万件。漫步其中可以说是一次人类文明史的亮眼旅行，从远古文化及古埃及文明起步，一直可以走到当代。这里是世界文明瑰宝的聚集处，也是"好学求知者"的乐园。其中来自中国的珍品就数不胜数，特别是东晋画家顾恺之创作的《女史箴图》、敦煌壁画及敦煌文献，以及辽三彩罗汉等都是其镇馆之宝。《女史箴图》可能是存世最早的中国绢画，价值连城。我有一位研究生同学方先生是专门研究敦煌文献的，他经常被大英博物馆请来做其馆藏敦煌文献的整理、鉴别、研究工作。此外，这里珍藏的古埃及罗塞塔石碑、古希腊帕提农神庙的埃尔金大理石雕塑等，都是极为珍贵的文物。作为中国人，我们在大英博物馆有着颇为复杂的心态和极为纠结的情感，中国过去因为过于孱弱而失去太多，但愿将来中国会更强大，千万不要再回到被人欺凌的过去。

在称为威斯敏斯特宫的英国议会大厦，我们会领略这一世界现存最大哥特式建筑的壮观，其大本钟钟楼的 39 级台阶成为著名的电影题材。离此不远的西敏寺（即威斯敏斯特教堂）早在我初学英语时就已经知晓，这座在英国地位最高的教堂是英国王室成员及英国杰出人士的安葬之地，故有英国"荣誉的宝塔尖"之称。除了历代英国国王之外，我们于此还会看到乔叟、哈代、狄更斯、亨德尔、弥尔顿、彭斯、牛顿、达尔文、丘吉尔、张伯伦等人的墓碑。这里记载着英国的历史，亦折射出其民族文化的辉煌。沿着泰晤士河，我们会乘船畅游，饱览两岸风光；有时也会漫步在威斯敏斯特桥上，跟着这座古桥去追溯伦敦的历史；有时则会在滑铁卢桥上驻足沉思，品味同名电影的蕴意，破解汉译《魂断蓝桥》的得失。"蓝桥"在中国古代文献中有"失约、殉情"的喻指，如《尾生抱柱》就记载了极为悲惨的爱情故事，因此译者以此译名似乎可以表达欧洲第一次世界大战时这一凄美爱情故事的"山盟海誓玉人憔悴，月缺花残终天长恨"之意吧。离开这些凄美的故事，其实滑铁卢桥属于伦敦最美的观景之处，会给人"风景这边独好"之极佳感觉。

在伦敦市中心特拉法尔加广场正北边的英国国家美术馆（国家艺廊）也是我们非常喜欢去参观之地。这里有从达·芬奇、拉斐尔到塞尚、凡高等各个时代著名画家的杰作。该美术馆按东、南、西、北四个侧翼来布展，其中塞恩斯伯里展厅（Sainsbury Wing）为其1991 年增建的新馆，收藏有 1260—1510 年的作品，包括达·芬奇画在木板上的油画《岩间圣母》，这是他同一题材的第二幅作品，非常吸引眼球。西翼为1510—1600年的作品，我比较喜欢的有拉斐尔的作品《安西帝圣母》和《亚历山大的圣凯瑟琳》。北翼为1600—1700年的作品，所藏法国画家克洛德·洛兰的风景画作品是我之所爱，如《以撒和利百加的婚礼》和《示巴女王登船》等。东翼则为1700—1900年的作品，其中有英国风景画家盖恩斯伯勒的作品《森林》，德国画家弗里德里希的作品《冬日景色》等都颇让人感动，而凡·高那著名的《向日葵》亦收藏于此。每次到伦敦，我都会在这儿久久停留。记得我们有一次陪我的硕士生导师在参观英国国家美术馆后，到特拉法尔加广场另一边的教堂小憩，发现堂内有一个乐队正在排练，一问原来在准备晚上的演出。这种音乐欣赏的机会难得，于是我请大家在附近的一家中国饭店晚餐，然后回到该教堂来听音乐会。晚上演出的是意大利作曲家维瓦尔第的名作小提琴协奏曲《四季》，代表四个季节的四个乐章被乐队一气呵成。演出几乎是天衣无缝，其小提琴独奏家的发挥可以说是尽善尽美，而我们听得也是如痴如醉。音乐演绎的春、夏、秋、冬这自然四季，让我们联想到人生命运变幻的季节。我的硕士生导师尤其感触至深，对其人生的冬日虽然无奈，却仍不甘。我们同样也只能静等四季的更迭，听从命运的呼唤，在其轮回之际尽量做点自己喜欢的事情，而不想给天堂生涯留下后悔。

论及英国的音乐，我记忆犹新的还有我们全家在伦敦观看的安德鲁·韦伯创作的音乐剧《约瑟与神奇五彩衣》，其歌曲《无路可走》和《梦想成真》让人伤感、动容。这是他于1967年与人合作推出的第一部作品，当时他还不到20岁，此后他杰作不断，影响巨大。我后来观看过他创作的《猫》和《歌剧魅影》，而且特别喜欢《猫》的主题曲《追忆》。此外，我应英国坎特伯雷大主教威廉姆斯之邀，在参会之际曾专门去过坎特伯雷大教堂，当时由年轻男孩演唱的无伴奏歌曲真乃天籁之音，委婉动听、余音缭绕，让人久久不能释怀。那次我们也与坎特伯雷大主教在其伦敦的住所兰伯特宫进行了学术座谈和研讨。

我在伦敦也去过几次海德公园，其作为英国最大的皇家公园也是伦敦最知名的公园，这里特别吸引我们的是"演讲者之角"，当时还看见有人在演说。此外，我们也参观过白金汉宫，这是英国封建君王时代的留存，也反映出时代变迁之后仍可让人看见的历史传承，尤其是在宫外空地其禁卫军交接典礼颇有仪式感，也富有面对游客的表演性。

牛津时光

牛津小镇乃是英国最有名的大学城，已经成为英国皇族、达官贵人及学者的摇篮。我因学术交流而多次来此造访。此地原为泰晤士河与柴威尔河交汇的一个渡口，当时因为水浅可用牛拉车过渡而得有"牛津"之名。这里的卡法斯塔是登高望远、眺望整个牛津的好地方，但需登上99阶螺旋式楼梯，而其每刻钟都会敲响的塔钟则会是对你登塔的鼓励和赞赏。此外，其有上万册存书的布莱克威尔书店则是世界上最好的学术性书店。而对面的博德利图书馆也是著名的百年老店，钱锺书曾给它一个中文雅号，称其为"饱蠹楼"。

到了晚上，学者们比较喜欢去的则是藏在新学院巷附近一条狭窄小巷中的草坪酒馆（Turf Tavern），这里曾是牛津大学师生聚会之处，会让人回到其 12 世纪的场景；后来此地也有各个领域的许多名人光顾，使其影响不断扩大。我们在牛津时则喜欢去"老鹰与小孩"（The Eagle and Child）酒馆喝酒，当地人称此店为"小鸟和婴儿"（The Bird and Baby），明显是要将其原有表达降格。这里是大作家 C.S. 路易斯担任牛津大学教授时常来的酒吧，他们成立的迹象文学社曾定期在其"兔子房"聚会，朗诵各自的新作。酒吧小黑板上至今仍留有路易斯的戏言 "My happiest hours are spent with three or four old friends in old clothes, tramping together and putting up in small pubs"（我最快乐的时光就是和邋邋遢遢的三四个好友相聚一堂）。而酒吧摆设的一大特点，就是将客人们喝完的空酒瓶陈列在旁边，故也成为其酒吧一景。

牛津大学的创建可以追溯到 1096 年的授课记录，但其比较可靠的说法是创建于 12 世纪，最初有"师生大学"之称，随着其各个学院的建立，大学的规模日益扩大。在牛津大学的各学院中，大学学院创建于 1249 年，随之有 1263 年的巴利奥尔学院、1264 年的默顿学院、1278 年的圣爱德蒙学院、1282 年的赫特福德学院、1314 年的埃克塞特学院、1326 年的奥里尔学院、1341 年的王后学院、1379 年的新学院、1427 年的林肯学院、1438 年的万灵学院、1458 年的莫德林学院、1509 年的布雷齐诺斯学院、1517 年的基督圣体学院、1525（1546）年的基督教会学院、1555 年的圣约翰学院和三一学院、1571 年的耶稣学院、1610 年的瓦德汉学院、1624 年的彭布罗克学院、1714 年的伍斯特学院、1786 年的哈里斯·曼彻斯特学院、1868 年的圣凯瑟琳学院、1870 年的基布尔学院、1878 年的玛格丽特夫人学堂、1879 年的萨默维尔学院和圣安学院、1886 年的曼斯菲尔德学院和圣休学院、1893 年的圣希尔达学院、1929 年的圣彼得学院、1937 年的纳菲尔德学院、1950 年的圣安东尼学院、1962 年的李纳克尔学院（2021 年改名"草学院"）、1965 年的圣十字学院、1966 年的沃尔夫森学院、1990 年的凯洛格学院、2008 年的格林·坦普尔顿学院、2019 年的鲁本学院这 39 个学院之规模，以及另外 6个永久私人学堂即 1221 年的黑衣修士学堂、1810 年的摄政公园学院、1876 年的圣·斯蒂芬学堂、1877 年的威克利夫学堂、1896 年的坎皮恩学堂和 1897 年的圣贝奈特学堂等。这些学院的建筑充满古典气息，呈现出其历史的厚重与文化的荣耀。由著名魔幻文学作品《哈利·波特》改拍的电影就多用其建筑特色来拍摄外景，其取景包括基督教会学院的霍格沃茨大礼堂和博德利图书馆等。我与牛津大学有着多次来往，相关学者包括其著名专家、玛格丽特夫人学堂教授麦奎利，默顿学院原院长杰西卡·罗森教授，以及威克利夫学堂教授、牛津中华基督教研究院院长韩柯博士等。我曾邀请麦奎利教授来华访问，其在我所和北京大学都做过专题讲演。

剑桥经历

剑桥也是英国著名的大学城，诗人徐志摩将之译为"康桥"，形成音译与意译之共构。其原意是指"剑河上的桥"，这里河流弯曲，桥梁众多，因此乘小艇游剑桥是极佳的旅游方式。人们也常在剑河上组织划艇比赛，可以与我国的龙舟赛媲美。据传最早就是剑桥在1829 年 3 月 12 日向牛津发出划艇比赛的挑战，从此形成这一每年一次的赛事传统。剑桥乃是罗马帝国时期就已经存在的古镇，但其作为大学城要稍晚于牛津，故而称剑桥大学为"城市中有大学"。剑桥大学成立于1209 年，起因即当时为躲避斗殴而从牛津大学逃到剑桥的一些师生，他们于此新建了这所大学，后来遂发展为与牛津齐名的名校，常有"牛桥"（Oxbridge）之合称。剑桥大学的第一所学院彼得豪斯学院于1284 年创立，随后建立的有 1347 年的彭布罗克学院、1350 年的三一学院、1428 年的马格达伦学院、1448 年的王后学院、1496 年的耶稣学院、1511 年的圣约翰学院、1584 年的伊曼纽尔学院、1768 年的哈默顿学院、1869 年的格顿学院、1871年的纽纳姆学院、1885 年的休斯学堂、1954 年的默里·爱德华兹学院、1958 年的丘吉尔学院、1964 年的达尔文学院、1965 年的露西·卡文迪什学院、1979 年的罗宾逊学院等，目前已有约 31 所学院。剑桥大学为综合性大学，而其自然科学研究则更为突出，于此就获得了"自然科学的摇篮"之美誉。不过，在人文社会科学领域，剑桥大学同样人才辈出，名列前茅。

我与剑桥大学的联系主要是与其三一学院资深成员戴维·福特教授所进行的学术研讨。他是当代"经文辩读"运动的发起者和推动者，参加过我们与坎特伯雷大主教在兰伯特宫的座谈会议，也与中国人民大学和中央民族大学有着密切的学术交往。在担任学院院长期间，他获得了大量资助，从而使该院办学条件大为改善，其同事都说有了"鸟枪换炮"的巨变之感。我在伯明翰大学做访问学者期间，曾应邀专门到剑桥大学做过一次学术讲座。我对该校印象较深的还有其密集的图书馆，给师生提供了非常便捷的阅读机会，故此剑桥的学生们甚至会说，他们学知识不只是在课堂上，而更主要的是在图书馆内。

苏格兰见闻

苏格兰位于英国北部，与北欧诸国隔海相望。苏格兰在古代曾是独立王国，1707 年才与英格兰合并成为大不列颠王国，因此其自我民族意识很强，多次要求独立公投，在 2014 年独立公投失败后还想在 2023 年重投，但未获英国政府批准。"苏格兰"英文名 Scotland 源自拉丁文 Scoti，最初曾用来指爱尔兰的居民。中世纪著名哲学家埃里金纳（Johannes Scotus Erigena）就名为"苏格兰人约翰"（Johannes Scotus），据说查理大帝之孙秃头查理曾想羞辱埃里金纳，他隔着桌子向对面的埃里金纳提了一个词韵双关且十分刁难的问题："苏格兰人（SCOT）与酒鬼（SOT）之间有什么区别？"埃里金纳不露声色地平静而答"就这张桌子"，一下子让秃头查理极为尴尬却无碴可找，只好不了了之。一到苏格兰，我们会发现其民族特点格外突出，如音乐上的风笛、图案上的格子花纹、着装上的苏格兰方格裙等，其迥异之处清晰可辨。

我到过属于苏格兰的格拉斯哥、圣安德鲁斯和爱丁堡，本专业最有名的吉福德讲座就基本上是在格拉斯哥大学、圣安德鲁斯大学和爱丁堡大学这三所大学中进行，有着其学术的最高荣誉。格拉斯哥大学创建于 1451 年，而格拉斯哥则是苏格兰的最大城市，这里的圣蒙戈大教堂建于 12 世纪，保存着其中世纪的遗风。此外，大学的亨特里恩博物馆，以及凯尔文格罗夫公园的美术馆和博物馆，都值得一看，尤其是亨特里恩博物馆的硬币收藏让人大开眼界。圣安德鲁斯是中世纪苏格兰王国的宗教首都，城市运动以高尔夫球出名而有"高尔夫故乡"之称。圣安德鲁斯大学是苏格兰最古老的公立大学，始建于 1410—1413 年，其在英国大学排名领先，威廉王子也曾在此上学，因而更是提高了该大学的声誉。

我最喜欢的苏格兰城市则是爱丁堡，我在那儿住过几次，每次都流连忘返。爱丁堡为苏格兰的首府，也是一个古色古香的城市，并在 2004 年被选为世界第一座文学之城，早就有"北方的雅典"之称。这里的爱丁堡城堡、圣吉尔斯大教堂和荷里路德宫都是世界级名胜；其国际艺术节更是有着极高的全球声誉，是世界艺术的盛宴。此外，到其海边看看，也会给人带来格外的惊喜。在我的研究领域，爱丁堡亦有着重要意义。1910 年在这里召开的世界宣教会议曾为基督信仰合一运动奠定了重要基础。此外，拜访爱丁堡大学也是我来此的主要目的。爱丁堡大学成立于 1583 年，虽相对而言要晚于圣安德鲁斯大学和格拉斯哥大学，却后来者居上，产生了众多影响或改变历史的人物。爱丁堡大学设立有世界基督教研究中心，并办有著名的专业杂志《世界基督教研究·爱丁堡神学与宗教评论》，其主编及相关研究人员曾与我们有过学术交往，我亦曾获得他们赠送的杂志。我们在爱丁堡参加过多次研讨会，既增强了学术理解，也让我们身临其境地体会到独特的苏格兰精神文化。

湖畔诗人寻踪

英国湖畔诗人是其近代浪漫主义文学的典型代表，在其信仰思想史上也占有重要地位。他们的主要人物是华兹华斯、柯勒律治和骚塞，这些诗人曾隐居在英国西北部的昆布兰湖区，先后在格拉斯米尔和文德美尔等湖畔居住，写过许多赞美湖光山色、回归自然怀抱的诗歌，故被称为"湖畔诗人"或"湖畔学派"。在中外文人的理解中，"湖"都是充满梦幻、给人美好期盼之处。人们欣赏湖光秋月，喜爱波光潋滟；隐居瓦尔登湖的梭罗甚至宣称"湖是神的一滴泪"。这种描述虽然有点煽情，却也没太偏离真实。昆布兰湖区过去曾是湖畔诗人的隐居之地，而如今也仍然是英国富人休闲、栖居之处。

我在伯明翰大学访学期间，正好遇到来此进行学术休假的香港中文大学龚教授，他与我们商量好一起租车来次自驾游，目的地除了苏格兰之外则以昆布兰湖区为主，故而有了我们这一意义独特的湖畔诗人寻踪之游。位于昆布兰的湖区国家公园已被列为英格兰湖区文化遗产，这儿有英格兰最大的湖温德米尔湖（Windermere），其最高山峰斯科菲尔峰（Scafell Pike），而其城镇凯斯维克（Keswick）更已成为旅游胜地。作为英国人最喜欢的休假地，该湖区已被其称为"自己的后花园"。远离城市的喧嚣和忙碌，也丢掉学习的压力和科研任务的逼催，我们也终于在英国的游学中找到了一方净土，获得一段清净。这一乡村地带依山靠水，风景秀丽，宁静优雅，乃世外桃源般的仙境。我们在此自然会乘船游湖，放松自我心境，放下一切念想，尽情在自然中徜徉，任时光飞逝，由此也体悟到了老子"上善若水"的真谛。这里，湖水清澈见底，我们感觉到其纯洁；湖中游鱼如梭，我们见证了其自由；而湖静水深，我们则更领会到了其深邃。因此，敬畏博大的自然，也使人的神圣感得以迅速提升。

爱尔兰之旅

到了英国，爱尔兰就近在咫尺，故有非去不可的念头。我在伦敦认识的奥布莱恩先生决定亲自驾车带我们出游，而邓先生则积极帮助我们办好了签证。我们乘车北行，自然会经过北爱尔兰，因此也就安排了在其首府贝尔法斯特的停留及访问。"贝尔法斯特"在爱尔兰语中指"法斯特河的河口"，这里不仅曾是河口，更重要的还是著名的港口。其造船业发达，令世界叹息的"泰坦尼克"号游船就是在这里造成的。过去因为北爱尔兰人闹独立，爱尔兰共和军在贝尔法斯特极为活跃，故游人不敢来此旅行。但现在已时过境迁，这里乃歌舞升平，极为安全。就参观而言，值得去的景观有俯瞰全城的贝尔法斯特城堡、水滨码头的艺术大厅，以及海边著名的巨人通道。自然，我们也不会放弃学术之游的目的，故而专门拜访了贝尔法斯特女王大学，与相关学者亦有简短交谈。这所大学创建于1810年，最初称贝尔法斯特学会。引起我关注的是，其拉丁文校训"Pro tanto quid retribuamus"有着绝妙的中文翻译"得求寸草心，以报三春晖"。北爱尔兰人罗伯特·赫德在1854年来中国之后，曾担任晚清海关总税务司达半个世纪，故有"掌管中国海关半个世纪的洋人"之称。为此，贝尔法斯特女王大学设立了赫德纪念馆，我们也专门参观了这一纪念馆，听相关人员讲解了晚清时期中英两国的交往情况。

爱尔兰是一个天主教国家，在爱尔兰我们主要是在其首都都柏林逗留。都柏林的词源有多种解释，好像与"很深的池塘"或"黑色池塘"有关。都柏林成为居民点可以追溯到公元前 1 世纪，而在托勒密公元 140 年的记载中曾称其为 Eblana Civitas。都柏林的街牌上标有英文和爱尔兰文，对后者我是一字不识，完全陌生。我也根据安排到都柏林著名大学圣三一学院做了一场学术报告，同时简单参观了一下校园。圣三一学院于 1592 年创建，在爱尔兰大学中排在首位，其图书馆乃全球闻名，共有 20 多万册古书收藏，其中多为古籍珍本，包括罕见的爱尔兰经典《凯尔经》《杜若经》等。其长厅阅览室长达 65 米，极有气派，给我们读书人一种扬眉吐气之感。此外，作为爱尔兰国家象征的最古老竖琴凯尔特竖琴（Celtic Harp）亦藏于其中，竖琴演奏是爱尔兰最著名的音乐项目。在爱尔兰期间，我们也到奥布莱恩所属的修道院古堡做过短暂访问及休息。这里的修士会到世界各地传教，在此修院我们也看到了他们从各国带回的硬币，感受到他们对跨文化研究的热衷。

十七、亚、非、拉丁美、大洋洲掠影

亚洲是世界文明的重要摇篮，人类目前所流行的文化及信仰传承基本上都诞生于亚洲。中国是亚洲的人口及国土面积第一大国（但据说印度人口已经超过中国），有着世界上唯一没有中断并延绵至今的文明传统。因此，一个中国人对其所属之亚洲的了解，既是对周边文化多样性的体认，也是对自我文化传统之赓续的体悟。

亚洲体验

在亚洲，我去的国家较多，包括日本、韩国、新加坡、马来西亚、泰国、菲律宾、斯里兰卡、印度、伊朗、缅甸、以色列、乌兹别克斯坦等国。不过，有些国家只是匆匆而过，在有些国家的经历则已成为难忘的记忆。

日本　日本是与中国一衣带水的近邻，两国关系既有古代的文化关联，也有近现代的战争创伤。中国古代文化曾深深影响到日本，但日本近代以来的对华侵略却深深伤害了中国。我第一次去日本正遇东京樱花盛开，有着在花雨中的流连。我们住在上野公园附近，这里也是东京最佳的赏樱之地。东京古代称为江户，是德川幕府所在之地，因为明治维新而于1868年改称东京，并在1869年成为日本首都，结束了以京都为历史古都的时代，故而见证了日本近现代的历史变迁。在此，我们登上了东京铁塔以俯瞰全城，专门去了皇居、浅草寺，以及郊区的富士山下和日光山轮王寺等地，该寺庙乃日本天台宗三处发源地之一。在这附近好像还应该有郭沫若先生的题字，但我已经记不清了。此外，我们亦参观了东京国立博物馆和江户东京博物馆，拜访了东京大学等。我因专业兴趣还专门抽时间去了一趟国际基督教大学，与我专题研究过的古屋安雄等教授有过相关座谈，也获得了他的专门赠书。当然，我们也抽空去了银座、秋叶原等商贸之地购物。记得同行的北京大学教授想给他女儿购买一只日本制造的玩具猴，商场里由中国出口的玩具猴又大又便宜，而日本自产的却又小又昂贵，但为满足女儿的需求，他只好出高价买了一只日本小玩具猴带给女儿。

第二次我去日本是与池田大作建立的创价学会展开学术合作。这次我们不仅参观了创价大学和东洋哲学研究所，而且还去了京都、名古屋等地访问。京都是日本文化底蕴深厚的城市，有"千年古都"之称，与中国古代交往甚密，其城市设计也是模仿隋唐时代的长安与洛阳，因此迄今其城仍古色古香，遍留与隋唐以来中国文化交流的痕迹，甚至可以看到在中国已经消失掉的民俗风情。我们于此到访了京都大学和佛教大学，展开了相应的佛教研讨。知道他们的喜好，我们的同事还向日本学者赠送了书法作品。此外，京都的名胜当然会吸引我们前往，如清水寺、金阁寺、二条城也都留下了我们的足迹。名古屋位于东京和京都之间，故有"中京"之称。我们到访了名古屋大学、同朋大学等，还应我的要求专程访问了南山大学。南山大学为德国天主教圣言会所创立，他们的校长专门接待了我们。我与该校的熟悉，除了比较了解该校的天主教背景之外，还在于我曾多次接待该校研究中国萨满教的学者，他们几乎每年都会到中国东北和内蒙古做田野调查，我在北京接待过他们。记得有一次请他们两位学者吃饭时，我的过敏性鼻炎患了，止不住的眼泪和鼻涕让我极为狼狈。当时来访的一位女教授后来任职北海道大学，她在休完产假后不久，曾安排我去北海道大学访问讲学事宜。北海道极为美丽，我只在电影中一瞥其秀美之貌，自然非常向往去此一游。但当她把我访问的事情全部安排好，包括协助办好签证，订好报告会场、会议代表住宿，安排好两场讲座的回应教授和听众等，并已寄给我往返机票，离我出访日期已不到一周时间时，我却突然接到单位通知说有领导要找我们谈话，此间不许出国。我毫无办法，只好通知日本方面，那位日本女教授知道后非常着急，马上打来国际长途电话专门询问，当她知道此事已无法改变后也非常生气，放下电话后从此就不再与我联系。一晃已约十年，一直都没有她的音讯。我十分抱歉，很愧疚她白忙了一场，还花掉了不少时间和经费，却也感到自己非常无奈和无助，随后自然亦无缘去北海道了。我对名古屋的名胜印象不深，去过的地方好像有名古屋城、大须商业繁华区和觉王山日泰寺院等。在这里，我们还完成了对准备引进佛学研究人才的相关考查工作。

　　第三次去日本东京是参加本专业的国际会议，在过去的五十多年，本专业的国际学会在亚洲共召开过两次会议，而且都是在日本东京举行。这次会议有 1700 多人报名，实来 1300 多人，也是世界上本专业规模最大的学术会议，日本天皇亦出席会议与代表见面。我们中国代表团应日本学界邀请，并由日方承担了一切费用，对方还给我安排了会议最高级别的住宿。但对我个人而言，此次来日本参会则乃极为艰难之行。我作为中国学术代表团的团长来参加国际会议，会议中除了我们的主题讨论发言之外，还专门安排了我做两场公开讲座。而我所遇困难则是要处理与台湾相关学术团体及学者的关系。就个人关系而言，我与来自台湾学术团队的负责人蔡教授是很好的朋友，他在美国哈佛大学攻读博士学位时曾来慕尼黑专程拜访过我，而在北京召开的学术研讨会上我则专门点评过他的会议论文发言，我们还在台湾学术活动中多次相遇。所以，在会议开始期间我曾与他见了一面，彼此友好握手问候，但不料却是与他的最后一次见面和谈话。蔡教授回台后不久则不再担任该学会会长一职。听说前两年他因癌症去世，我内心极为悲痛和忧伤。

　　第四次去日本仍然是到东京参会，其间我们也顺访了京都。这次会议的参加者包括英国前首相布莱尔和坎特伯雷前任大主教凯里等著名人士，时任日本首相也一度露面。会议期间大家吃自助餐，排队取餐之际我与凯里有过简短交谈。在认识他之前，我已与他的后两任坎特伯雷大主教有过交往，威廉姆斯大主教曾来我所座谈。当时因为只安排他来访半小时，他觉得时间太短而提前了半个多小时来我所，而且感到一个小时的谈话仍然意犹未尽，于是决定在伦敦组织会议邀请我参加。我们几位中国学者后来应邀与会，其间在伦敦兰伯特宫与威廉姆斯大主教有过更深入的沟通。威廉姆斯辞职后由韦尔比接任，韦尔比大主教就职后不久就访问中国，并在北京大学做学术讲演，由我回应及评议他的演讲。我们俩在此报告会开始之前曾漫步北大未名湖边，亦有过轻松对谈。由于东京会议给我们的发言安排比较靠后，而我们因有事需要提前离会回国，故而没有等到会上发言就回北京了，于是也让这次参会比较轻松。在京都传统文化地区，街上有不少穿和服的日本人以显示其民族特色，其实这种和服在日本古代曾被称为吴服或着物，源自中国面料的使用和中国汉魏六朝服饰的影响，之后才逐渐揉入日本本土服饰，形成其服装传统特色。在京都市场上，我们还看到不少具有中国风格的文物或工艺品，如扇子、砚台，以及各种艳丽的宣纸包和礼品袋等，由此亦反映出日本古代与中国文化曾有深入交往及交流这一事实。这也启迪我们，文化及文明交流或许是化解政治冲突的一种有利途径。

韩国　韩国与中国文化同样有着极为密切的关系。韩国人文领域的学者极为重视中国文化，不少学者在我访问韩国期间展示了他们的书法作品，以及他们撰写的中国古诗、古词格律的诗歌。我在20世纪90年代初开始接触韩国学者，记得有一次院领导宴请韩国一所大学的访华团，因专业相同而让我作陪。席间领导向该校校长夸我"著作等身"，校长留下深刻印象，并在宴会后专门与我合影留念。此后不久，我邀请该校两位教授来北京参加我组织的国际学术会议，其中一位教授后来将这次会议论文集译成韩语出版，并专门向韩国学界介绍了我的研究。我第一次访韩就是受该校邀请，那时韩国首都的汉语名称还是"汉城"，2005年才改称"首尔"。从北京飞了两个多小时就到了汉城机场，但因汉城交通拥堵，我们乘车又花了两个多小时才到达其校园。校园很美，大学的教授多从欧美留学归来，因此英语交流不成问题。我在此做了相关学术报告，参加了学术会议，当然也不会放过旅游参观的机会。其间一位留学韩国的中国东北朝鲜族女学生担任了交流翻译和沟通联络工作，给我们提供了极大帮助。我们登上南山并在其高塔俯瞰汉江两岸的城区，之后参观了景福宫等古迹，也曾到汝矣岛一游。我们还曾到明洞等商业区过了一把购物之瘾。我在大家的参谋下不仅给家人购买了衣物，也给自己购买了一双比较昂贵的皮鞋。但此鞋我后来在出访加拿大温哥华时仅在海边沙滩卵石上走了一回就破了。当我百思不得其解时，一位朋友调侃地告诉我，奢侈品皮鞋是用来坐轿车、走地毯的，不是用来踩石头、走沙滩的，像我这样子的穿法不坏才怪呢！此后我又多次去过韩国，访问过首尔大学、延世大学、梨花女子大学、崇实大学、长老会神学大学，以及大田市的培才大学等。这些交往也促成了一些韩国青年学者来北京在我门下攻读博士学位，先后有两位获得了博士学位，其中有一位在韩国高校工作；而且还曾有一位比较喜欢中国文化、在华比较活跃的韩国驻华大使，他的夫人也考上了在我名下的博士研究生，但因她的外交护照必须改为普通护照才能入校学习，这对驻华大使夫人而言会有诸多不便，于是她只好放弃。有一段时间，不少韩国人在华经商、求学，中韩交往比较密切，文化认同亦相对容易。但现在已时过境迁，比之过往，在北京如今已罕见韩国人的身影。

新马泰 大约二十多年前，去新马泰（新加坡、马来西亚、泰国）旅游是中国人的热门路线。有一次我在首都机场排队出关时遇到一行六个人的旅游团，其中还包括一名导游。我被告知他们是去香港、澳门和新马泰一周游，基本费用是人均五千元人民币。我听后当即就傻了，因为我当时所购往返新加坡的机票就已远远超过这一价格，故而感到匪夷所思。当然，后来才听说这类旅游团乃以购物为主，导游的主要任务就是带他们到各地指定商店完成购物指标，故才恍然大悟。我第一次去新加坡是参加学术研讨会，在其学院也是用中文交流，非常方便。新加坡别称为狮城，乃是一个城市国家，其城市面积占其国土的绝大部分；在其几个民族中华人（华族）则为主要民族，约占其总人口的75%，其先辈大多来自福建、广东、海南等地。这些华人中亦多卓姓，据说我们卓姓只有几十万人，其中大部分在福建、广东，其中海外华人居多。有一次我们所代表团来新加坡访问，接待的华人中有一卓姓朋友，听说我也姓卓后一定要我们整个代表团到他新买的别墅居住，说会带来福气。很多年后他来北京访亲，特地把我也请到钓鱼台国宾馆吃饭，席上他告诉我，在我们走了以后他事业顺利，不久又买了一套别墅。我多次到新加坡访问，参加新加坡国立大学、南洋理工大学或三一神学院所组织的学术会议。有一次在南洋理工大学组织的国际学术会议上，我见到了二十多年未碰面的老朋友、美国天普大学（又译坦普尔大学）斯威德勒教授，他年过九旬但仍很健康，大家相见甚欢，多次交谈。

我们为数不多的几位代表性学者还应新加坡总理李显龙之邀到其府邸座谈、就餐。我们亦论及中新关系及友好交往的话题。

在新加坡期间，我参观过国家博物馆、圣陶沙岛、植物园、克拉码头、鱼尾狮公园、裕廊飞禽公园、佛牙寺等地，也曾远眺金沙娱乐城及其空中花园，但从不曾问津。访问期间最高兴之事，则是拜访老朋友柯先生及其学术机构，而且还有几次得以与周贤正大主教会面、就餐。原三一神学院院长钟博士也是我们的老朋友，他频频往返于新加坡与中国之间，曾担任坎特伯雷大主教访华期间的翻译，也是香港中文大学、北京大学、复旦大学等高校的客座教授。有一次我们俩在复旦大学的电梯里不期而遇，甚是惊讶。2021年他去世之后，柯先生还专门给我寄来了其文字及影视作品以示纪念。

新加坡于1965年脱离马来西亚而独立，在地理上与马来西亚比邻，来往很方便。我曾乘车经过新加坡而到马来西亚访问，当然也曾直接从北京乘飞机到马来西亚首都吉隆坡。我初次到马来西亚是参加马来亚大学组织的学术会议，而旅游参观印象最深的则是其国油双峰塔（即"石油双塔"，由马来西亚国家石油公司出资而建），曾是全球最高的两座相连建筑物，高约452米，我记得曾上去过两次。其他参观过的地方则有中央艺术坊、唐人街（茨厂街）、关帝庙、苏丹阿都沙末大厦，以及郊外的云顶高原等。第二次来马来西亚则是对海外华人民间信仰的调研活动，我们的旅程始于新加坡，穿越马来西亚，最后到泰国结束。在新加坡访问之后，我们一行人来到了马六甲。这是明代郑和下西洋多次所到之地，立有郑和雕像，四处可以看到镶龙嵌凤的中国式建筑，布满浓郁的中华文化气息，因而使人并无陌生之感。"马六甲"之名一说来自树名"Amalaka"；另一说则与阿拉伯人有关，其将市集、商业集会称为"Malaka"；还有"马来人之国"等说，即泛指马来半岛，属于西马之地。西马南靠新加坡，北与泰国接壤。与之同名的马六甲海峡因其重要的海上运输作用而有着"海上生命线"的独特地位。我们在马六甲参观了三宝山（中国山）、三宝庙（宝山亭）和三宝井，去过青云亭、圣地亚哥古城门和圣保罗教堂等。在路过吉隆坡后，我们还到过槟城。它其实乃指槟城州，州首府则为乔治市。这里曾是孙中山、康有为、黄兴等人活动之地，也是马来华人最多的城市。槟城必游之处包括升旗山、卧佛寺、观音庙等，其街头壁画亦令人驻足，而水上清真寺也让人向往。一路上，我们与同行的海外华人说说笑笑，非常快乐。大家就餐期间即兴所唱的歌曲都是中国当代流行的歌曲。一开始他们还有"你们中国人""我们新加坡人"或"马来西亚人"的生分，但几杯小酒下肚，大家都是"我们中国人"地嚷嚷开来，极为融洽、非常和谐。

我上次去马来西亚则是到东马开会，这里的沙捞越州首府古晋被称为"水上之都"，也有"猫城"之别称，因为古晋的意思就是猫，而其城市标志也是一只白猫。其博物馆、河滨公园、清真寺、大伯公寺等，都颇值一看。这次出行也是阴差阳错、偶然一碰的结果。本来是想陪夫人参加国际儒联的会议，但为出访方便也提交了一篇论文，没想到被组委会看中而安排我做会议主题发言，由此也结识了国际儒联负责人滕文生先生。他是我们湖南老乡，才气和书法都颇有名。他后来还邀请我出席了在北京举办的国际儒联学术会议，并作为重点发言代表参会。本来没有想到会有机会专门到东马，一不留神却竟然会真的到此一游。

去泰国则是从马来西亚与泰国接壤之处入境，还是与当地华侨同行。泰国在中国明朝时期曾被称为暹罗，与古代中国亦有密切联系。我们从宋卡一路北行，沿途也是华侨接待。当时汶川大地震不久，泰国华侨纷纷捐款捐物表示支援。而接待我们的华侨团体属于民间信仰组织，我国使领馆工作人员因不了解其背景情况、不知深浅而不敢接收，为此我在当地捐赠大会上作为中介者而接过当地华侨捐款，并当场转交给我国使领馆工作人员，这样他们也就放心大胆地接收了。在新马泰此行，我成了半个新闻发言人，到各处一方面看到华侨打着横幅欢迎我们；另一方面则是我在各种会上解释我国的相关政策，做海外华侨的思想工作，使他们能够继续保持海外赤子之心，劝其耐心等待而使之不会冷却其向往故乡的热情。到曼谷机场后，我们得知曼谷市内因政治对立的两派冲突而出现动乱，故而没敢进城一游，因此在机场休息两天后直接回国，结束了那次令人难忘的新马泰之行。

菲律宾与斯里兰卡　到菲律宾和斯里兰卡是随中国宗教界和平委员会一行出访，由傅先伟长老担任代表团团长，因此对我而言乃轻松之旅。菲律宾是一个以天主教信仰为主的国家，深受西班牙和美国的影响。其首都马尼拉是菲律宾最大港口城市，历史上有着印度文明、中国文明和中亚古文明之交合，在当代发展中亦有东西合璧的文化特色。马尼拉的岷伦洛是世界上最大的唐人街之一，其街口牌楼上刻有"中菲友谊门"的汉字。我们在马尼拉以各种座谈为主，顺便访问了各教社会服务及慈善工作的机构。在这些访问中，我们看到了人性的纯真一面，见证了人类善良的存在。因此，我也深深感到，人与人之间的真实理解需要沟通，应该交谈，有必要进行换位思考。纯洁与真诚不是超然彼岸的东西，而乃人生中的真正存在。这当然也需要发掘、唤起与呵护，让人们珍视和珍惜。现在想当然的看法实在太多了，缺乏彼此敞开心扉，更少有了解对方的兴趣或冲动。对我们研究的领域，这种情况尤为明显，难免让人惆怅和失望。不过，出门在外也不能让忧思占了主流，影响情绪，还是要放开、放下。因此，我在马尼拉一是思考了与自己研究的一些关联，因为这是东方唯一的基督教国家，基督徒占人口总数的90%以上，其中有85%是天主教教徒，这的确值得我好好琢磨和研究；二是好奇地逛了海滨大道（日落大道），看了以圣奥古斯丁教堂、马尼拉大教堂等为代表的旧教堂或古建筑。但由思古而又忧今，故难彻底解脱或根本放下，或许自己还需要进一步修炼吧。

斯里兰卡则是一个以信仰佛教为主的国家，却也有着印度教、伊斯兰教等信仰的交织。斯里兰卡被视为"印度洋上的明珠"，而其首都科伦坡则意为"东方十字路口"，不知是否与其丰富的信仰文化有关。科伦坡的僧伽罗语意为"海的天堂"，后来阿拉伯人称其为科兰巴，指"杜果树及港口"；而葡萄牙人却将之用 Colombo 来表述，显然有喻指"哥伦布"之意图。斯里兰卡过去曾被称为"锡兰"，中国古代则曾称其为"狮子国"，玄奘在其《大唐西域记》中曾将梵文"狮子"（Sinhala）汉文音译为"僧伽罗"，这与"锡兰"之音颇为接近，后来阿拉伯人的译名则被广为人知；而在印度文化的传说中其也曾被喻为"狮子的后裔"。但在现代发展中,其民族意识的觉醒及提高,则使人们更乐意接受"斯里兰卡"这一称谓,因为其在僧伽罗语中指"光明灿烂之地"。于是,就有了1972年"斯里兰卡"之改名,而政府自2011年以来更是强化了此名之推行。我们于此沿海岸大道迎海风、观海景,两旁高大的椰子树也给我们留下了深刻的印象。此外,这里各教景点众多,东方色彩明显,而东西方的对比及交融也有其深深印痕。我们在这里的精力乃集中在与各界的座谈,故而对其名胜古迹鲜有光顾,算不上其合格的游客。在回国途中,我们曾在著名的迪拜中转,但也只能在其机场购物区闲逛,没有机会一睹其夸张、奢华的市容。

印度 在德国留学期间,我们在回国途中曾在孟买转机,在其机场有过短暂停留,那次虽为首次到印度,却未留下任何印象。后来我因为应邀去印度东南部的金奈开会,有机会比较多地了解了印度。金奈在1996年之前旧称马德拉斯,位于科罗曼德海岸,毗邻孟加拉湾,被称为"南印度之门"。这里的民众以信仰印度教和基督教为主,印度教为其传统宗教,历史悠久,影响巨大,卡帕里斯瓦拉神庙为其信仰的典型代表,其以供奉湿婆大神为主,体现出古老的达罗毗荼文化特色。而基督教则以圣多马大教堂为标志,圣多马是耶稣的十二使徒之一,据传曾来印度传教并死于印度,故而也可追溯到约两千年前的历史。圣多马大教堂位于玛丽娜海滩,白色教堂和塔尖配上橘红色的顶瓦而格外醒目,据说现存教堂是19世纪改建完成的哥特式建筑,这一教堂最初就是在圣多马的墓地上建立起来的,故而收藏有不少古老文物。参观这一充满传奇色彩的教堂,思绪和想象都会回到关于两千年前圣多马的传说，甚至会联想到那时圣多马也可能到过中国的推测，苦于无史料证明而未确立此说。这些印度基督徒有着跨文化的典型特色，故被称为"文化上的印度人，宗教上的基督徒，崇拜上的东方人"。接待我访问的韦尔弗雷德教授是印度著名学者，也颇有国际影响，我们此后亦保持过长期联系，我也展开过对这一领域专门且较深入的研究。

会议结束后，我专门在新德里停留了几天，并借此机会到印度的一些重要景点看看，以深化对印度及其思想文化的认识。从新德里机场出来我就被一辆嘟嘟车所截住，年轻而热情的司机把我接到预定的宾馆，坐车价格也便宜合理。在新德里，我受到曾来我院访问进修的一位年轻汉学家的盛情款待。他还专门带我参观了尼赫鲁大学，重点介绍了其国际研究院、语言学院和社会科学院。新德里其实已与老德里融为一体，通常以印度门为界，其南为新德里，其北即老德里。"德里"之名的来源有多种说法，远古传说指其因城市中不牢的铁柱而称"梯里"（印地语即"不牢"），一说由孔雀王朝中"德鲁"国王的名字变音而来；但波斯语的"德里"则意指"门槛""山岗""高地""流沙""尽头"等。我一个人在新德里参观了莫卧儿王朝皇宫红堡、阿育王柱、古特伯高塔、吉祥天女－纳拉亚那庙、胡马雍陵、印度莲花庙（巴哈伊灵曦堂）、贾玛清真寺，以及各种博物馆和印度教神庙。每到一处都有人抢上前拉着你主动为你讲解、导游，但事后则必须付给其不菲的小费。因为慕名，我还特地租了出租车花一天时间去位于阿格拉的泰姬陵一游。一路上颠颠簸簸，不仅道路不平坦，而且还得给横在道路上慢慢行走的牛让步，因为印度人敬牛为神牛，不敢得罪。泰姬陵是一座用白色大理石所建的巨大陵墓清真寺，于1631—1653年由莫卧儿皇帝沙杰汗为纪念其爱妃蒙泰吉·玛哈尔所建。这座建筑充分体现出伊斯兰文化的魅力，尤其是陵前水池倒映出其以蓝天白云为背景的倩影，如仙境一般，恰如印度诗人泰戈尔所写的那样，"……只有这一颗泪珠——泰姬陵，在岁月长河的流淌里，光彩夺目，永远，永远"。因其特色突出、巧夺天工而被誉为"完美建筑"，既被称为"印度明珠"，又被评为"世界新七大奇迹"之一，所以大家慕名而来，游人如织。为了保护这一名胜古迹，印度政府于2018年规定泰姬陵每天接待游客的人数限制在四万人以内。此外，我还目睹了印度人在圣河恒河沐浴的壮观之景，以及不少印度教节日游行热闹而庞大的阵容。印度古代曾有公元前3000年的印度河文明（哈拉帕文化）和公元前1500年的吠陀文明，产生过印度教、佛教、耆那教等古老宗教，留下了吠陀、《奥义书》《摩诃婆罗多》《薄伽梵歌》《罗摩衍那》《往世书》等印度经典，在其近现代发展中则出现了"圣诗"泰戈尔、"圣哲"高斯和"圣雄"甘地这闻名世界的文化"三圣"。故而在与印度学者的交流中，他们会颇为自信及自豪地比较中印，认为印度的硬实力虽然可能不如中国，但其文化软实力则会更强，并表示中国文化对印度影响不大，而印度文化却对中国有着深远影响。听到这些评论，有时也让我哑然。

伊朗　伊朗古称波斯，曾以波斯帝国的存在而在古代文明中占有重要地位，而中国古书上称其为"安息"，有着相应记载。古代波斯在人类精神思想史上亦贡献了"二元"并存的观念，产生出二元神教的信仰。在现代世界，伊朗则以其重要的地理位置而被视为"欧亚陆桥"和"东西方空中走廊"。此外，伊朗更是世界上目前最大的伊斯兰教什叶派国家。我是应中国驻伊朗使馆及当地中资公司之邀而与一批人文学者和国际问题专家一起访问了伊朗，走访了德黑兰大学及一些研究机构，并参加了相关学术研讨。当时我是在去首都机场的路上才拿到签证，而出境口岸则在新疆乌鲁木齐地窝堡国际机场。我看伊朗驻华使馆给我的签证上把我的姓名拼音写反了，因为担心由此而在新疆不能出境，我让送我去机场的单位司机把他手中的钱全部借给我，做好了若不能出境则买机票返回北京的准备。好在有惊无险，出境入境都一路顺利。记得我们在德黑兰参加正式活动之前被告知，可以穿西服，但不要打领带，这一细节让我印象深刻。此外，在德黑兰的伊朗妇女出门穿戴严实、紧蒙面纱，市面上却有非常时髦和比较暴露的女装店，据说这可以是其妇女在家的穿戴。这种反差也使我的思想认知一下子转不过弯来。伊朗是石油产出国，但市场上竟然也会出现汽油销售紧张的情况，我们在德黑兰就曾遇到民众因为买不到汽油或汽油涨价而抗议的事情，一问原来是其炼油方面跟不上，所产原油还需输送到国外炼油厂加工。这次出访伊朗虽然时间较短，却也到过德黑兰、伊斯法罕、设拉子和其南部港市阿巴斯港等地。

德黑兰是伊朗首都，古称"拉伊"（Ray），源自《波斯古经》的古波斯语"剌伽"（Rhaga），其古代琐罗亚斯德教信仰传统认为此地乃光明之神即善本原阿胡拉·马兹达所造圣地之一。我们在此去过其清真寺、亚美尼亚基督教堂、犹太会堂和琐罗亚斯德教火庙等宗教场所，还参观了古列斯坦王宫、国家博物馆、地毯博物馆、自由纪念塔等，并专门去了位于德黑兰市伊朗中央银行地下室的珍宝博物馆，这里收藏有伊朗历代国王的王座、王冠、珠宝、首饰、宝剑等，让人大开眼界。离开德黑兰去外地，我们坐的是飞支线航路的小型旧飞机，在露天中通过机场上不高的扶梯而登上飞机，起飞后我们在机身的摇摇晃晃中和旅客的担惊受怕中飞上了高空，让人颇是捏了一把汗。记得在欧洲我也曾坐过不用扶梯，一步登舱的特小型飞机，但感到其起飞还算平稳，故而不曾有过那种对起伏不定的升空之旅的担忧。

　　伊斯法罕是伊朗古城之一，曾为其古代王朝的首都，尤其是作为中世纪塞尔柱帝国首都而一度达其鼎盛发展。这里也是古代丝绸之路的重镇，因东西方交流和商贾汇聚而使之留下"伊斯法罕半天下"的声誉。伊斯法罕给我留下最深刻印象的当然是其各种伊斯兰教风格的建筑，其最大的双层拱顶伊玛目清真寺尤其壮观，有东方"蓝色清真寺"之名，为波斯伊斯兰教建筑艺术的经典代表，那宏伟的建筑、高耸的拱顶、奇特的回音效果都让人叹为观止。此外，伊斯法罕的伊玛目广场、四十柱宫和阿里加普宫同样给人带来惊艳之感。

　　设拉子更是让人发思古之忧情的绝佳之处，这里是古代波斯帝国的中心，有波斯波利斯（意即"波斯之都"）遗迹和赞德陵墓，让人想起居鲁士大帝时期的辉煌，以及亚历山大大帝对大流士王宫的毁灭。这里的残垣断壁折射出古人的思想智慧和精神追求，其琐罗亚斯德教信仰的痕迹处处皆是，这种古代信仰作为文化传统并没有彻底消失，其文明积淀在伊朗民间及新兴的巴哈伊教之诺鲁兹节等纪念中表现出其顽强而持久的存在。文明与战乱的交织，于此有身临其境的深刻感受，而忆古观今，也只能留下感叹和遗憾。此外，设拉子在历史上出现过许多诗人，包括哈菲兹、萨迪、哈鸠等，故有"玫瑰、夜莺和诗人之城"的美誉。据说伊朗人爱读的两部著作，一为《古兰经》，另一部就是《哈菲兹诗集》。

阿巴斯港则有伊朗东南部靠海地区的开放与开明，在这里会明显感受到一些异域情调，其居民也不像在德黑兰所见到的人们那样拘谨、保守，尤其是年轻的姑娘也落落大方，会热情地与游客打招呼，她们通常并没有戴那捂得严实的面纱，也颇为自然地会应邀与游客拍照留影。南北的差异于此就显而易见，而国家能否开放亦非想象的那样可以绝对断言。在阿巴斯港的国际机场，我们告别了古老而神秘的伊朗，结束了这一难忘之旅。

以色列　以色列也是一个迷人的国度，因拥有的三教圣地耶路撒冷，尤其会吸引我们这些专业研究的人士向往。这里，有三个关键词值得记住，一为"以色列"，此乃其国家名称；二为"犹太"，此为其民族和宗教之名，即犹太人和犹太教；三为"希伯来"，此即其语言名，指希伯来语，而古代犹太人属于闪族支脉，因从两河流域迁出而称为"希伯来人"，意为"从大河那边而来"。我有多次访问以色列的经历，所去最多之地乃耶路撒冷和海法。第一次去以色列是由以色列驻华使馆安排，我与莫义澜公使因都讲德语而交流较多，他曾在德国担任外交官，来华后积极支持中以交流。他曾告诉我，他真想有一天能够作为以色列驻华大使而重返中国。但后来我与以色列驻华使馆不再有联系，故也不清楚莫义澜先生是否实现了其愿望。我们第一次去以色列以特拉维夫和耶路撒冷为主，在我的建议下增加了海法，理由是想考察那儿的巴哈伊信仰的最高行政机构世界正义院。乘坐以色列航空公司的航班去以色列有着极为严格的安检，在机场要等约四个小时，排队等候相关人员与乘客一对一的单独谈话，以确保其航班安全。对此我当然充分理解，也早有体会。在中以建交之前，我曾参与以色列与中国第一次学术研讨会的筹备，并与当时来自澳大利亚的世界犹太人大会负责人莱布勒交谈、沟通。会议原本计划安排在王府井的宾馆，后来就是考虑安全问题而改到在对外封闭的钓鱼台国宾馆举行，以色列代表团由特拉维夫大学原校长丁斯坦负责。会议召开之后不久就迎来了中以建交。丁斯坦校长后来又率团专门来我院访问，组织了各种座谈会，并专程去了哈尔滨和上海。因为中国古代善待犹太人和第二次世界大战期间在上海大量收留犹太难民，故使以色列对中国相当友好，抱有感激之情。

我们在以色列的第一站就是访问特拉维夫大学，以国际关系和外交问题为主。而到了耶路撒冷希伯来大学之后，我的研究则排上了用场。我早就认识曾任国际宗教史协会副主席的韦布洛夫斯基教授和研究《圣经》及汉学的伊布尔（Irene Eber，中文名"伊爱莲"）教授，这次访问得以再次交流。当然，我们势必会去参观耶路撒冷老城，并专程到被视为"三教圣地"核心之处的犹太教哭墙和圣殿山等地参观，近距离观赏伊斯兰教的圆顶清真寺和阿克萨清真寺，并参观了由基督教各派分享的圣墓教堂和据传耶稣背着十字架游走的苦路。我们也去了其郊区的锡安山和橄榄山。耶路撒冷的原意为"和平之城"，但其通往真正和平之路却极为漫长和艰巨。

我在以色列的多次访问中还去过雅法古城、拉马特甘的巴伊兰大学、发现死海古卷的基伯昆兰旷野山洞，并泡过死海的不沉之水，到访过各地的基布兹集体社区，沿加利利湖去其周边地区，上过戈兰高地。记得那时还是安南担任联合国秘书长，高地附近亦有联合国维和部队。以色列人全民皆兵，同行陪同我们的人作为预备役人员也全副武装。他们让我们参观了其部署的主战坦克，高地上还有一个咖啡店，被以色列人调皮地命名为"安南咖啡"。我们还两次到属于巴勒斯坦境内的耶稣诞生地伯利恒主诞堂拜访，在边境过往途中巴勒斯坦人对我们也非常友好。古代神圣生活、现代崇高生活似乎于此交织共构。各教朝觐人数挤满圣地，络绎不绝，祈祷声和圣歌声此起彼伏，响满人间。这种场景在此已司空见惯。而集体生活的自豪感、共产共存的理想情怀则在基布兹社员的笑容中自然流露。有一位基布兹社区的导游曾快乐地解释说："我们并不富有，但我们又非常富裕。在这儿可以享受最好的医疗和养老，住上舒适的房子，开上最时髦的豪车，只要你登记和等待，一切都会有可能。"这种底气与豪迈，在其他地方是颇为罕见的。

有一次我们因课题合作而与国内某企业的朋友们一起来以色列，他们带来了一部以"犹太人在上海"为题的轻歌剧。我在北京保利剧院已看过这部歌剧的演出，但在以色列的这次演出则更为成功，并在当地引起轰动。因为一同出访，我有机会与演员和剧组人员共同进餐，在结识的外籍演员中据说还有基辛格的晚辈亲戚，大家还相互打了招呼。碰巧此次出访遇上我的生日，而在大家为我举办的欢庆聚会上竟然发现还有另外一位剧组人员也在过生日。结果，同行企业的负责人非常热情地介绍我认识了那位与我同一天生日的小姑娘，并在耶路撒冷圣地圣殿山前一起合影纪念。本来耶路撒冷天旱少雨，不料当时竟然下了一场小雨，而且雨后天空中还出现了双彩虹奇观，给我们的生日合影增添了神奇且神秘的色彩。这是我在以色列所经历的唯一一次下雨，也是在那儿唯一一次巧遇彩虹。这种奇遇的确很难说清楚，也只能猜想是天意吧。

　　我的生日在 3 月 31 日，为此我院领导曾通知我过了后备干部培养年限，其理由就是出生在 3 月 31 日在计算年龄上就为大一岁，而晚一天出生即生日为 4 月 1 日就算年轻一岁，恰好就可符合培养标准；他还说按规定差一天都不行。但对我而言却并没有什么值得遗憾之处，4 月 1 日是西方的愚人节，因此我开玩笑说宁愿长一岁也不愿晚一天而碰上过愚人节的生日。其实，我对"官场"根本就没有兴趣，也丝毫没有"当官"的感觉。而对当时所任职务我也是多次推辞却未果。实际上，中国自古代的官场上本来就没有把所谓年龄作为绝对因素，其封建官场的传承通常乃与"四爷"有关："少爷"乃子承父业，理所当然；"姑爷"会仰仗"泰山"之力，好似无可厚非；"师爷"乃智囊团成员，从幕后出谋划策走向前台直接亮相，这种圈子抱团也是时势使然；而"款爷"买官鬻爵在古代就有此风，故而毫不奇怪。虽然这种传统在当代似乎已销声匿迹，但没有彻底灭绝，其隐形影响却多少仍留有潜在之痕，故使反腐败难以一战而胜，需要持续不断。当然，古今官场也多有正义之士，为官清廉、秉公办事和舍身求义者大有人在，不能简单否定。只不过自己并非这类"纯爷们"或善为官者，因此作为平民之子自幼从没有奢望所谓官场之福，且很不习惯其场景及规矩。所以我一直就自觉与"官场"保持着距离，本来也不想往内挤靠，甚至连这样的梦境都根本不曾有过。可以说，我3月底的生日过得心安理得、潇洒自如，何况与我同天生日的还有哲学家笛卡尔等名人。这样而言，我在耶路撒冷的生日当然也过得特别有味道。

在以色列去得较多的还有海法，这是因为海法是世界著名的巴哈伊花园及世界正义院的所在地。巴哈伊花园由19个露天花园和一个中心陵殿所组成，坐落在《圣经》中记载的著名卡梅尔山上，依山而上有19级大型阳台，园中长有静心呵护的上万种植物及花卉，而水廊、喷泉则充满动感。这一空中花园美轮美奂，极为壮观，是海法的最典型标志，吸引着全世界的游客。实际上，它也是全世界600多万巴哈伊信徒所向往的中心，其工作人员、服务人员都是来自各地的义工，只有付出而不索取回报。这里不仅有庄严肃穆的巴哈伊先知巴孛的安息之地，而且还有世界正义院的办公楼、图书馆和会议厅等设施。离海法不远则有阿卡附近的巴哈教派创始人巴哈乌拉的陵寝，也会给人一种肃然起敬之感。我们曾多次在这一空中花园之内的世界正义院开会和参观。有一次外白内黄的鸡蛋花在室外怒放，而会议室则是热爱中国的一些白种人在激烈讨论，对比之下我遂脱口而出"室外盛开鸡蛋花，室内多有鸡蛋人"，以表达对这些中国之友的敬重。有一位中国摄影师曾拿给我看他拍摄的这一花园的系列彩色照片，刊登在一本摄影杂志上，真是色彩斑斓，赏心悦目。

乌兹别克斯坦 乌兹别克斯坦被称为"白金之国"，是我唯一去过的中亚内陆国家，深受伊斯兰教信仰影响。那次是随我院领导出访，到过其首都塔什干，以及历史名城撒马尔罕。我们在塔什干访问了其科学院、塔什干大学、塔什干国立东方学院和世界经济与政治大学等，旅游活动则包括对一些著名陵墓的参观。撒马尔罕在乌兹别克语中有"肥沃的土地"之意，曾为古代帖木儿帝国的首都，也是陆上丝绸之路的重要枢纽，被誉为"古代丝绸之路上的明珠"。撒马尔罕现在留存的建筑以伊斯兰教风格的建筑为主，尤其是清真寺和经学院既非常之多，又颇为出名。如撒马尔罕中心城区的列吉斯坦广场就有巨大的伊斯兰教建筑组群，称为列吉斯坦经学院，但实际上包括兀鲁伯经学院、吉利亚－科里神学院和舍尔－多尔神学院等，这里是当地伊斯兰教思想精神的重要摇篮，但也折射出古代中国文化的印痕。其城市郊区有兀鲁伯天文台和一些陵墓群，有著名人士包括库萨姆伊本·阿巴斯等人之墓。此外，其历史博物馆也会让人收获多多。撒马尔罕在历史上与中国的渊源太深，中亚五国亦与之有着类似的联系。于此访问，感慨颇多，却往往会欲语突止，很难痛快一抒，有种无形的历史沉重感及现实压抑感。就轻松一面而言，其以丝绸之路延伸所反映的多文化交汇，亦在其食品上得以反映，我在这里第一次吃到美味的清真食品馕。据说撒马尔罕馕非常受人欢迎，在乌兹别克斯坦的数十种馕中首屈一指，最负盛名。从此，我也喜欢上馕这种风味独特的食品，并曾为保护正宗纯真的清真食品而积极呼吁。

非洲经历

贝宁　我很少去非洲，相关机会不是很多，只是到过西非的贝宁，以及非洲西北部的摩洛哥。去贝宁是我当选国际哲学与人文学科理事会副主席之后去境外参加的唯一一次会议，后来的一次会议则是在北京召开，然后则遇该理事会改选，我不再连任，故而也再无机会以此身份外出参会。按照贝宁的规定是落地后免费签证，但在机场出关时不给小费就不让出来，幸亏中国使馆派了两位同志来机场接我们，否则还不知道会遇到多少麻烦。我们参会所住之地为波多诺伏郊区一个动物园旁的宾馆，波多诺伏是其国民议会所在地，而其政府所在地则是更大的城市科托努。贝宁给我的印象是比较贫穷，人们用各种瓶罐在街上倒卖石油，大小摩托车随意穿行，给人脏乱之感。来非洲之前，我因过敏性鼻炎而在国内开了中药，老中医特别叮嘱我既然服药就不要吃羊肉和海鲜，否则他就不会继续给我治疗了。来贝宁住在动物园旁边之后，我看见关在笼子里的猛兽不敢招惹，动物看到我却无法出笼，彼此之间只能相互瞪眼而互不侵犯。所住宾馆只有一个餐厅，我们等着服务员一个一个地点菜，然后慢慢地一个一个上菜，我大概晚上 7 点点了一份晚餐，但等到吃上它时已经约半夜 12 点，而且并不怎么可口。第二天中国驻贝宁大使邀请我们到使馆用午餐，看到满桌海鲜我纠结了片刻，最终饥饿的需求战胜了如何治病的要求，我放开肚子享受了一顿海鲜大餐；随后两天又随接待我们的中国使馆一秘到科托努中国文化中心吃了两顿中餐，终于大大缓解了我们在贝宁的就餐危机。而回国后我也不再去那位老中医那里看病，重以顺其自然的心态来对待鼻炎。

这次国际哲学与人文学科理事会大会在城里的大学校园举行，大会主题演讲者是美国著名哲学家理查德·罗蒂（Richard Rorty）教授。他在演讲过程中遇到突然停电，所有与会人员忙忙叨叨转到一个可以自行发电的会场，但还没坐稳就被告知电又通了，让大家返回原会场继续。这一折腾就把时间花得差不多了。我在回国途中于机场露天等待办理手续时巧遇罗蒂教授，我们彼此认识后有过简短交谈。在动物园宾馆召开理事会期间，一位来自土耳其，担任哲学学会主席的女教授突然晕倒，又只好中断会议对她进行抢救，好在有惊无险，一切平安。我在贝宁期间一直防范蚊子叮咬，不料临回国前仍被蚊子在脸上咬了一个大包，幸亏没得疟疾，虚惊一场。会议期间我们曾去一个申遗成功的村庄访问，热情的酋长让我们大家抱碗轮流喝他泡有癞蛤蟆的白酒，吓得同来的女同志急忙躲开。我们还随会议组团去西非古都阿波美访问，到那儿后靠着舟船穿梭于各个小岛，所谓王宫也相对简陋。此外，本想购一非洲黑木雕塑留作纪念，卖家看我嫌木头不太黑而当面打上黑色鞋油将之刷黑，反而使我不再愿意购买，故空手而归。

摩洛哥　去摩洛哥却有一点儿浪漫之旅的意思。这是一个阿拉伯国家，充满东方风情，其第一大城市卡萨布兰卡亦颇具传奇色彩。我们的摩洛哥之行主要是在卡萨布兰卡访问，这座城市有着"北非花园"之称，而其建于大西洋海滨的哈桑二世清真寺则是世界第三大清真寺，仅次于麦加清真寺和先知清真寺。但因其 1993 年才落成，故又为这些清真寺中最新且设备最好的清真寺，形成了古代文明与现代科技的有机交汇。其高达 200 米的宣礼塔和通体白色大理石构设的建筑风格亦独树一帜，格外醒目。我曾两次入哈桑二世清真寺参观，并在其四周长时间散步，慢慢品味，惊叹其独有韵味。这个城市又因 1942 年在美国上映的同名电影《卡萨布兰卡》而风靡世界，此片不仅斩获 1944 年第 16 届奥斯卡奖的最佳影片、最佳导演和最佳剧本这三项大奖，而且在 2007 年美国好莱坞编剧协会所选电影史上 "101 部最伟大电影剧本" 中排在第一位。本来这是一个虚构的电影故事，但因其太有名气而充满商机，据说一位美国驻摩洛哥大使的夫人在其先生卸任后就留在了卡萨布兰卡，模仿电影情节而开了一家 "里克美式咖啡吧"，结果立刻火爆，成为当地的一大景观。不过此说我没有考证，故也不知真假。我们亦曾在马拉喀什小住，这一古老城市的柏柏尔语意思即 "神域"，而马拉喀什的阿拉伯语则喻为 "红颜色的"，因其老城的城墙以红色为底色，多采用赭红色岩石为建筑材料，故也被视为 "红色的城市"。马拉喀什因独特的文化价值而被视为 "南方的珍珠"。其市区贾马夫纳广场热闹非凡，且多有舞蹈者和音乐家的表演，包括摩洛哥格纳瓦舞等。

摩洛哥北边的非斯古城有着据传最古老的大学，其老城区的卡拉韦因大学建于公元 859 年，比创立于 1088 年、被公认为世界最早大学的意大利博洛尼亚大学竟然还早了二百多年，故而也被喻为世界上第一所大学。而位于伊夫兰的阿哈瓦因大学则是与欧洲风格相似的大学，与欧美大学教育体制比较接近，主要以英语教学，学费亦相对昂贵，因此被视为摩洛哥的贵族大学。伊芙兰有不少欧洲人在此居住，故此亦有着 "摩洛哥的瑞士小镇" 之称。我们曾于 2011

年秋季与该校有过相关学术交流，在此期间亦住在校园里面，得以饱览校园秋色，那橘红色的屋顶、淡黄色的墙壁、乳白色的花絮，对比鲜明，相映成趣，显出自然与文明的和谐。我们还与该校的老师举行了座谈，交换了礼品，会场气氛融洽，大家非常高兴。离开伊芙兰我们则结束了北非之旅，随之踏上了前往土耳其的行程。

拉丁美洲之旅

我本来有几次机会去拉丁美洲，却一一错过。第一次是苏联解体后戈尔巴乔夫失去了原来的领导职位，开始寻求国际范围的合作。他曾与墨西哥一位州长合作，计划在墨西哥组织一次世界文明的对话会议，大概是我国驻墨西哥使馆推荐，他与该州长联合给我发了邀请函。后来因为赴会国际航线协调复杂而未能参加，随之也未再获得这一会议的任何信息。第二次是院领导推荐我去阿根廷参会竞聘国际哲学与人文学科理事会副主席一职，但我担心万一竞聘不上很没面子，故而推辞未去，结果是在我缺席的情况下竟然被选上了。知道这一消息后，我确实有些后悔，暗暗自责。第三次则是全国人民代表大会民族委员会安排我随团去美国、智利等国访问，但因时间正好与我自己组织的一场大型会议冲突，为了顾全本研究领域学会的大局，我作为会长只好又忍痛放弃出访，再次失去了访问的机会。

不过，幸亏我终于把握住了第四次机会，以出访巴西而实现了自己拉美之旅的愿望。巴西是南美洲最大的国家，有许多海外华人在此生活、工作，我们这次出访就是为了考察巴西华侨的民间信仰及其与中华文明的历史关联和现实关系。按照原定计划，我们准备去圣保罗和里约热内卢这两大城市，但因当时巴西治安恶化，我们只得放弃了里约热内卢之行，仅在圣保罗逗留。圣保罗市是巴西最大的城市，其规模、人口及繁荣程度也位于整个南美之首。因为是研究华人信仰，我们在巴西的唐人街活动较多，与当地的巴西人接触则相对较少。在此期间，我们去过圣保罗独立公园和伊比拉布埃拉公园，参观过其天主教大教堂等景点。巴西是以天主教信仰为主的国家，因此教堂较多，而圣保罗主教座堂则是圣保罗全市最大的教堂，堂内可以容纳八千多人。这一座堂为哥特式和文艺复兴式风格之共汇，被视为新哥特式的典范。整个教堂多用大理石为建材，更显其庄严宏伟。教堂还安装了有上万声管的管风琴和内含数十个小钟的大套钟，起着独特的音响效果。

我们在巴西接触的华人，大多从文、武这两个方面来弘扬中华优秀传统文化。在文的方面，不少华人把中华文化经典翻译成西班牙文、葡萄牙文在当地出版，包括四书五经和《道德经》等；而在武的方面，则是办武术学校、辅导当地人学习中华功夫、组织武术表演和比赛。当然，这种习武乃以健身为主，并不要指望以此来保护自己。这里的华人大多被抢劫过，甚至也包括一些武术老师。我问他们为什么不反抗，其回答是劫匪用枪指着自己的脑袋，任何反抗都只能是找死而已，所以只能破财保命，两害相权取其轻而已。的确，现在有人指责中华传统武功不过是"花拳绣腿"，关键时刻不真管用。但不要忘了其中至少有两个原因限制了武功的使用及发展，一是武功难防枪弹，这是军工科技发展使然，无法抵挡；二是武功的真正厉害在于一招致命，而并不强调其"花样"耀眼之表演。现在法治社会实行杀人偿命之法，致人死亡者自己的命也同样就丢了，因此以武制胜却不会违法，很难把握，更不能用那致命的绝招。于是，真正可以发展的武术也只能倾向于表演、比赛，强调其具有可供观赏性，这样也主要只剩下"花拳绣腿"意义上的表演或锻炼身体意义上的习武了。所以，由于社会发展、时代变迁，武术的功能也发生了根本性变化，应重新评价其搏击性和竞技性，故而不要妄自菲薄，随意轻视。

在巴西的一个重要经历，就是游览伊瓜苏大瀑布。这一被称为"南美第一奇观"的伊瓜苏大瀑布位于巴西与阿根廷边界，是世界最宽的瀑布，呈马蹄形，宽约4000米，水之落差有60米到82米。"伊瓜苏"在印第安人瓜拉尼语中就意指"大水"。我们在乘飞机前往伊瓜苏国家公园的途中可以远眺亚马孙河及周边的亚马孙热带雨林，其面积极大，颇为壮观，见证了大自然的鬼斧神工，让人惊叹不已。因为要出席学会成员国理事会议，我曾错失体验加拿大与美国交界处尼亚加拉大瀑布的机会，故此次来感受南美大瀑布乃为一大弥补。我不仅冒着被淋湿的可能在观瀑桥上漫步远望，而且还近距离在瀑布下体验其给人的惊心动魄之感。人在大自然面前，一下子显得格外渺小，微不足道。老子论上善若水，其实水有多种呈现，人对其感受也极为复杂。反差颇大的人生会在落差巨大的瀑布面前产生共鸣，也会获得来自大自然的安慰。这种差异既是现实，也是动力，瀑布的飞落会给人带来精神的飞跃。在瀑布面前几个小时的感悟，让我对人生几十年有了新的体悟。

大洋洲掠影

　　大洋洲其实主要就包括澳大利亚和新西兰这两个发达国家，其余则基本上是以农业为主的小国，分布在美拉尼西亚、密克罗尼西亚和波利尼西亚等岛群。据说其大小岛屿有上万个，形成了其作为世界岛屿之最的声誉。我虽然仅仅去过一次澳大利亚，但这样也算有了在大洋洲的经历。

　　澳大利亚意为"南方大陆"，是大洋洲最主要的陆地，也拥有其最多的城市。这里华人众多，我们也主要是与当地华人交往。对于不少新移民来说，他们充满对其自然景观的新奇，却也流露出在异国他乡的孤寂之感。一些来自北京的华人告诉我们在其朋友圈流行的一种对比：他们感受到澳大利亚的"好山好水好寂寞"，深刻体悟到故土的"好乱好脏好热闹"。其实，我们的"脏乱"在减少，但"热闹"依旧。所以，不少华人穿梭于澳大利亚与中国之间，既可享尽两边的好处，也带动了中澳之间的交流。

　　我们于此访问了悉尼、墨尔本、布里斯班、阿德莱德、黄金海岸、堪培拉等城市。悉尼是澳大利亚面积最大的城市，也是全球最宜居的城市之一，而其繁华则使它获得南半球的"纽约"之誉。悉尼歌剧院是其标志，也是游客来此的必去之处。其外观为三组乳白色的壳片，巨大而醒目，歌剧院三面临水，好像波涛中的扬帆。这是世界著名的音乐殿堂之一，有着全球影响力。我虽然很遗憾没有机会欣赏到在此的表演，却也两次进入其内、游于其外，体悟到其外在的壮观和内蕴的秀丽。此外，我们也曾散步穿行于悉尼海港大桥，此桥也因桥顶攀爬体验而著名。而于此观景也是最佳视角，给人赏心悦目之感。在悉尼歌剧院附近则是皇家植物园，以热带和亚热带植物为主，园内还有宫廷花园、原住民和第一农场、香草园、珍稀植物园、假山园等景观。而悉尼海德公园则是了解澳大利亚早期流放犯生活的博物馆，有其最初移民历史的回光折射。此处的阿奇伯德喷泉和圣玛丽大教堂等，也是我们了解西方艺术及建筑的重要场景。而我们此行特别关注的则还有悉尼的巴哈伊灵曦堂，为此我们专门抽时间组织了相关参观及访问。悉尼是世人瞩目的移民乐园，这里见证着多文化共聚和跨文化交流，沟通与碰撞已成为日常现象。

墨尔本从其人口来看被视为澳大利亚的第一大城市，其名源自对英国首相威廉·兰姆即第二代墨尔本子爵的纪念。该城三面环海，环境优雅，也属于全球最宜居的"奇迹之城"。在中国人的记载中，对应美国"旧金山"，墨尔本则被称为更有淘金潜力的"新金山"。这里曾是澳大利亚的首都，也是多人种、多文化的交汇之地，其移民来自世界上约233个国家和地区，人们使用的语言超过180多种，信奉的宗教及其教派有116种之多。我们为了登高望远，俯瞰全城而上了位于柯林斯大街的丽奥图大厦南塔，高约251米，设有观景台。夜晚远眺，全城灯光尽收眼底，不禁让人也联想光怪陆离、不可思议的曲折人生。这座外观由玻璃窗所包装的大楼是墨尔本的重要标志。我们还曾在其皇家拱廊漫步，这个商业中心及购物天堂当然不是我们这类人可以消费的，因此也只能隔着橱窗回想马克思在《资本论》中关于"拜物教"的描说。在联邦广场上还有一组疯狂狗仔队偷拍的雕像，这种让名人害怕的场景，也让人叹息戴安娜王妃的悲剧下场。出于专业兴趣，我当然也去参观了属于圣公会体制的圣保罗大教堂。其外观庄严雄伟，堂内气氛肃穆，这座以青石建材所造哥特式复古建筑，也是墨尔本的地标之一。

布里斯班沿河伸展，两岸绿树成荫，白日阳光明媚，不愧有"河流之城"及"阳光之城"的美名。其市政厅大厦钟楼为其标志，而其植物园、森林公园则给人返璞归真、回返自然之感。而在华人较为集中的街区，则有醒目的"中国城"牌楼，其中还有着中英文对照的路牌，给人回到故乡之感。阿德莱德则有"教堂之城"的称呼，以英国圣公会教堂和罗马天主教堂为多，著名教堂包括圣方济沙勿略主教座堂、圣母教堂、圣保罗教堂、圣皮特教堂、圣公会大教堂、丹尼斯教堂等，它们成为阿德莱德城的一张张重要名片。这里的葡萄酒是澳大利亚最著名的，每逢单数年份这里还会举行巴罗沙谷葡萄酒节，热闹非凡。据说阿德莱德每建一座教堂，俗世社会也会增加一间酒吧，各自发展，相映成趣。黄金海岸是海边假日游乐胜地，被称为"冲浪者的天堂"。我们只是慕名而来，既不会出海，更不敢冲浪，只是光着脚在海滩边走走，沾点海水也就心满意足了。堪培拉作为澳大利亚首都乃新建之城，1927年建成，是其政治、文化中心。堪培拉位于悉尼和墨尔本之间，意即"汇合之地"。这里城市整洁，绿意盎然，湖光山色，风景秀丽清新，古典与自然交汇，被誉为"天然首都"。但我们于此只是匆匆而过，印象并不深刻。

　　大洋洲对于中国人来说，可谓理想的"远方与诗"，不仅是中国移民选择的重点，而且也是全球移民的"天堂"。大多数人在其好山好水之中已经"乐不思蜀"，甚至可能已忘了故土。不过，这里虽然是好山好水的"远方"，却不一定就是"诗"的摇篮或梦乡。那种孤独、寂寞，并非敏感的神经所能承受。来到一个不适合你的精神生存的乐土，在衣食之足后则可能无所适从，很难找到自己的灵魂所属。而且残酷的现实是，作为中国朦胧诗代表之一的著名诗人顾城，就是跑到称为远方的新西兰激流岛隐居后由偏激到疯狂，再没有创作出清新浪漫之诗，而是"写了就没了"，处于"无我""无诗"的状况，最终还留下了杀人自杀的可怕绝笔，完成了诗人"远方之死"的人生悲剧。这虽然只是偶然现象，却仍值得人们警醒。因此，远行于此，感悟颇多。从"远方与诗"的浪漫中清醒，还是应该回归祖国现实的大地，唱起"眼前与当下"之歌。这种纯朴的歌声才让人感到实在，真正耐听。

十八、美国经历

从欧洲回国之后，才有我出访美国的经历，可以说是"起个大早，赶个晚集"。早在硕士研究生毕业以后，我就在做留学美国的准备，先后参加了托福班的英文培训和考试，并曾在培训班的模拟考试中获得好名次，后又在本院当时参加教育部出国英文考试中得到并列第一的好成绩。那时美国德鲁大学也曾给我寄过邀请函，并愿意提供奖学金。但我的硕士生导师与美国芝加哥大学有很好的学术交往，他建议我去芝加哥大学攻读博士学位，还让我与该校著名教授伊利亚德的助手北川三夫教授取得联系。正在准备期间，因为德国朋友的来访及主动提出为我所提供留德奖学金，我的导师突然觉得德国是本专业研究的发源地而建议我留学德国，指出德国才是近代以来西方哲学的故乡。而我年轻，可再学一门外语，相信我在一定时间内掌握德文应该不成问题。于是，我与去美国留学失之交臂，却成就了后来的德国之行。1987 年我在德国拿到博士学位之后，也有美国大学为我提供了去从事博士后项目的机会，但因我遵循应及时学成归国的要求而主动放弃了这一机会。几经反复，直到我回国六年之后，才重新获得去美国的机会，但主要是去参加国际会议。这样，我随后虽然多次去美国参会或访问，却都是短期的，最长也没有超过一个月的时间。不过，这些短期访问使我对美国学界及其社会有了基本了解，增长了不少见识。

初访俄勒冈州

我第一次去美国是应邀到其西北地区的俄勒冈州出席一个国际会议。我首先在该州最大城市波特兰市停留了两天，访问了俄勒冈大学、波特兰州立大学等，与当地华人组织的美中文化交流机构进行了座谈。我在波特兰市还结识了当地著名哲学教授克里斯托夫，他邀请我去他山上之家做客，并告诉我因其家孤立而建，四周多有野兽出没，故他准备有猎枪等捕猎工具。因为他祖籍罗马尼亚，故在苏联解体和东欧剧变、罗马尼亚总统齐奥塞斯库夫妇于1989年年底被枪杀后，他在山上的小屋被众多记者团团围住，彻夜接受采访，曾轰动一时。我在他家里时，碰巧遇到其子尼古拉斯·克里斯托夫与其夫人回来，他们在学完日语后准备启程去东京，因为当时他刚被调任，要去东京担任《纽约时报》的首席记者。因他们行前回家与父亲告别而与我相遇，但我们只是出于礼貌而仅有简单的交谈。他是美国普利策新闻奖的多次得主，曾在中国台湾学过中文，夫人为中国人，故而他也有一个中文名字叫纪思道。他曾于1988—1989年担任《纽约时报》驻北京首席记者，后调任东京。他于2011年在该报发表专栏文章，指出钓鱼岛属于中国"有强有力的历史依据"。波特兰市内有许多玫瑰种植园，故也被称为"玫瑰之城"。我此行的目的地是去麦克明维尔学院参会，这座位于俄勒冈州一个小县城的学院古色古香，当地民风淳朴，我看到人们既不关门也不锁车，真是给人一种世外桃源之感。据说当年洛克菲勒财团曾经于19世纪末在麦克明维尔学院与芝加哥大学之间做出其投资选择，结果选了芝加哥大学而使之迅速发展为世界名校；麦克明维尔学院则基本上长期保持了其原貌，藏于深处而不为人知。这种结局和命运在今天已很难加以评说，由此亦可见历史发展充满了偶然性因素，所谓必然仅是相对而言。这次会议邀请了我和堪萨斯大学中国问题专家裴士丹教授做大会主题讲演和大会总结发言，有上千人参会。我在此结识了包括后来成为复旦大学名教授的徐博士等中国朋友，还遇到了从我们所来美国的高先生。高先生曾是我们室主任，并曾让我五年拿到博士学位后立刻回所工作。但我回国后他已移民美国，一晃已十多年未见。我们在会上相见格外高兴，他还评价我的英文已经有了硬邦邦的德文腔了。会后我因航班衔接问题而被安排到一个天主教修道院住了两天，当地中国留学生驾车陪我在附近兜风，后又送我去机场。这次初访美国我深深感到其乃一个汽车大国，没有汽车会寸步难行。难怪我的两位老师不顾高龄而在美国学会了开车，原来这是在美生存的最低要求。

旧金山之忆

在去过俄勒冈州之后，我有几次去旧金山开会的经历，并与当时旧金山大学利玛窦中西文化研究所的吴博士结识，成为长期保持着联系的朋友。初次邀请我去该研究所访问是其前任所长马爱德教授，我们在研究来华耶稣会上曾有过密切的学术合作。马爱德先生去世后，吴博士接任所长，我们亦继续相关学术合作，特别是组织了几次非常重要的国际学术会议。记得有一次我在其研究所做学术报告，一对比较关注中国发展的美国夫妇还感动得流下了眼泪，随之主动与我建立起联系，后来还在北京特地拜访过我们研究所。初到旧金山，吴博士驾车带我观光，我印象比较深的景点包括九曲花街、渔人码头、恶魔岛和金门大桥等。旧金山的英文名称源自天主教的圣徒圣方济各（圣弗朗西斯科），中国人音译为"三藩市"，因为当地出现淘金热而被华侨称为"金山"，后来又出现澳大利亚墨尔本的"新金山"，故它又被华人习称为"旧金山"。九曲花街位于伦巴底街的俄罗斯山上，为下坡方向的单向道，有8个急转弯而形成世界上最曲折的九曲街道，加之路边地上种满鲜花遂有此名，因在许多电影中呈现而被游客所关注。吴博士让我体验了乘车经过这段险道的刺激，并特别提醒我要记住这条街道，说明其乃旧金山的标志之一。渔人码头原本是渔民出海捕鱼的港口，现在则是吃海鲜的好地方，其在舵盘中画有旧金山蟹的立柱突出说明其存在。但这里更重要的是有海洋国家历史公园和机械博物馆，其哥拉德利广场亦引人注目。码头上的三桅帆船可供人们参观，成为浮动的博物馆。

恶魔岛乃位于旧金山湾内的小岛，原名鹈鹕岛，亦称大礁石，曾是关押重刑犯的监狱所在地，因一因犯所写《山姆大叔的恶魔岛》而有此名，并成为许多电影的热门主题，于1963年废止其监狱之用后逐渐成为观光景点，需乘船前往。而金门大桥则最为中国人所熟知，这座跨海大桥使整个海湾地区得以"完整"存在，其橘红色桥体成为该桥的专门颜色，在灯光下尤其醒目。由于金门大桥也是世界上自杀者所青睐之地，大桥两侧后来遂装有不锈钢防护网。同样作为电影拍摄的热门取景地，人们牢牢记住了这座世界著名的悬索桥。此外，我在旧金山还乘过著名的铛铛车，也在原来我所老师高先生家小住。老先生执意让我睡床，而他却睡沙发，并亲自为我做饭。而他当年在北京时做家务是很差的，记得有一次他因煤气灶的火开得太小而烧不开水，还专门跑到所里（他当时的住所离研究所租用的宾馆很近）问同事是什么原因，引得大家哈哈大笑。而在旧金山他却专门为我一个晚辈做饭，让我非常感动。

洛杉矶的感觉

20世纪与21世纪之交，我随中国代表团去纽约的联合国总部开会，在美国落地的第一站就是洛杉矶。我们在加州大学洛杉矶分校组织了第一场研讨会，外交部翻译小费此行的精彩表现于此初露头角。他后来成为外交部英语翻译部门的负责人，并在全国两会结束的总理记者招待会上做过现场口译工作。此后我也常去洛杉矶，对美国这一第二大城市感觉强烈。这里有著名的好莱坞，其环球

影城和星光大道吸引着无数游人。而世界首家迪士尼乐园也把人们
带回童年，进入一个童话世界。此外，到盖蒂中心的私人博物馆参
观、去圣莫妮卡海滩观景，都会给人们带来乐趣和幸福。不过，这
个世界并非全部都是富人的乐园，而是藏着各种悲惨事件。洛杉矶
的朋友既带我看过超级富翁居住的比弗利山庄（我称其为"比华丽
山庄"），也带我去过市中心摩天大楼背后的贫民窟。那种鲜明对比、
巨大反差，令人极为震撼。有一次我们被一位华人富商邀请到洛杉
矶郊区一个不对外的六星级（一般宾馆最高为五星级）宾馆就餐，
其奢华的装饰让人大开眼界，其周边赏心悦目的环境也令人惊叹。
不过，自中国改革开放、经济发展以来，这样的场景在中国国内也
时而可见了。我也曾住在帕萨迪纳的一个医生朋友家里，其家庭游
泳池、篮球场等都给我留有特别印象。记得我硕士刚刚毕业时，我
们所接待了一位来自加拿大多伦多大学的中世纪哲学教授。他是一
位天主教神父，好像有点儿不食人间烟火，不太了解世情。在他的
讲座之前，他问了我们担任口译工作的同学一个在中国颇为奇葩的
问题"你们家游泳池有多大"，那位同学当时几乎哭了出来，因为租
住农民家的他正被户主逼着要其全家立刻搬出去，眼看就要不知何
处是归宿的绝望者突然遇到家里有多大游泳池的问题，这种反差难
怪会让人有窒息之感。当然，我们在洛杉矶主要还是与学术界打交
道，不仅去过加州大学洛杉矶分校，我还在中国朋友的带领下专门
去过富勒神学院，对我当时研究北美福音派神学很有帮助。值得一
提的则还有洛杉矶南面橙县的水晶大教堂，这一1980年才竣工的新
型教堂被誉为洛杉矶最美的教堂，而其内的管风琴也因其287个鼓

风管和 16 000 多根风管在世界排名第五。该教堂的牧师曾在其生日
那天应邀来中国参加尼山世界文明论坛，并与许嘉璐先生等中国学
者进行过座谈。

伯克利、圣巴巴拉和圣地亚哥之旅

在加州，我先后去过伯克利、圣巴巴拉、圣地亚哥等城市。最
初到伯克利时我对当地接待我的华人朋友说起过加拿大温哥华之美，
一位从事中美文化交流的陈女士对此赞美暗中不服，于是驾车带我
跑遍了旧金山海湾地区的重要景点，包括穿越连接旧金山与奥克兰
和伯克利的海湾大桥，登上伯克利山顶远眺整个湾区，达到看海、
看山、看湖的最佳之效。然后她再问我的印象如何，是否会有新的
评价。这当然加深了我对旧金山湾区的了解，也非常感谢当地华侨
的热情。我此后曾多次访问伯克利，去过加州大学伯克利分校，应
邀在加州联合神学研究院做过"苏吉特·辛格"学术讲座。我在伯
克利还慕名去过几次位于电报大街附近的"革命书店"，这里既有
马克思主义作家的各种著作，也有不少来自中国的"红色书籍"，甚
至还陈列有一些"革命文物"，确实让人大开眼界。伯克利的文化是
比较前卫和先锋的。加州大学圣巴巴拉分校在本专业研究领域亦有
其独到之处，尤其在全球化文明研究上特色突出。因到该校访问而
使我有机会去过一次这个"花园城市"，其树林、沙滩给人之感格外
清新。而让我印象尤为深刻的，则是与该校几位教授在海边餐厅晚
餐时目睹了海中一群海豚戏浪、追逐的欢快之景，从而深度体会到

"太平洋岸边乐园"的丰富蕴含。圣地亚哥也是我在加州去得较多之地，这座位于美国西南角的海滨城市阳光多而降水少，因与墨西哥接壤而跨文化特点鲜明。这里的海洋世界是全球最著名的海洋主题公园，其海洋动物秀包括虎鲸、海豚、企鹅、海狮等特别表演，是最吸引孩子们的去处。而巴尔博亚公园则是美国最大的都市文化公园之一，其拜占庭、巴洛克及西班牙建筑特色格外突出。此外，圣地亚哥军港也是游人聚集之处，其岸边有因欢庆第二次世界大战结束水兵与护士热烈拥抱接吻的巨型雕像；水中则停泊有许多军舰，特别是已经退役的"中途岛号"航空母舰在其中格外醒目。我们在加州大学圣地亚哥分校参加过几次会议，该校赵文词教授是著名汉学家和社会学家，我们有过多次座谈交流。我也应邀在该校做过专题学术讲座，听说还颇受欢迎。此外，我们在相关研讨会上关于基督教中国化问题的交谈及讨论也曾较大范围地说服了美国教界及学界人士。这里还有当代中国移民在美国奋斗成功的故事。据说一位上海姑娘学业成功后与其美国老公进军纽约华尔街，这对伉俪在金融领域的收获使之不仅在圣地亚哥购得房产和在其中可打高尔夫球的地产，而且在北京、上海也都有了别墅。也不知这是否为"中国梦"与"美国梦"的成功交织，但至少让不少当地华人羡慕、佩服。

纽约及纽黑文留下的怀念

我第一次去纽约可谓"冒险之旅"。由于信息衔接上出了问题，我从旧金山到纽约机场后既没有人来接，也不知应去何处。几经努力我才查到邀请方预定的宾馆，这才让第二天上午我的学术报告得以顺利进行。学术讲座后，我应纽约犹太教大拉比施奈尔先生之邀而访问了当地的犹太教大学及相关学术机构。施奈尔先生还请我晚上到他家做客，晚宴上有几位当地犹太社会名流作陪，包括当时可口可乐的副总裁等人。我们所曾与施奈尔先生负责的寻求良知基金会有较长期的合作，并有科研人员在其基金会资助下到美国进修，如高先生等人就是由此而来到了美国的。本来，我们曾商量合作创建一个研究中心，但院里出于对中美关系发展前景的深思熟虑而最终没有同意，这样遂导致两个机构的关系逐渐疏远，也不再有实质性的学术合作。我曾邀请施奈尔参加太湖世界文化论坛的首次年会，他不仅答应而且做了系列访问安排，不料论坛时间突然推迟。他因其他安排故仍然来到了北京，并专门抽出时间与我见面。这让我非常尴尬，因为施奈尔每次来华都会有我国重要领导人会见。这次他也与时任外交部部长杨洁篪会面座谈。从那以后，施奈尔不再接受我们论坛的邀请，但每年新年仍会寄给我一张贺卡以示问候。那次论坛我还邀请了英国著名女学者、英国宗教学会会长乌苏拉·金教授，她为此专门推掉其他会议而准备来中国，也因这一变故而给她带来不便，我们也因此失联。

因为与美国亚洲基督教高等教育联合董事会（简称"亚联董"）的合作关系，我有一段时间几乎每年都会去纽约一至两次，遂使纽约成为我在美国去得次数最多的城市。亚联董办公地点离哥伦比亚大学不远，因此我也常在该校区域活动、穿行。不过，我对纽约高校比较关注的是纽约协和神学院，因为我的硕士论文研究对象即该校的尼布尔教授。当然，我来纽约协和神学院拜访时已经时过境迁，其学术高峰已是昔日辉煌，我所面见的尼布尔讲席教授和蒂利希讲席教授等都不再是当代学界的顶级学者了。故此，来这儿访问明显多了一些怀旧之感。

　　纽约是美国第一大城市，尤其纽约的曼哈顿区域乃世界经济、商贸、金融、文化及传媒中心，纽约国内生产总值位于全球第一，而华尔街的股市信息则是观察世界经济走向的重要晴雨表。在新旧世纪之交，我随中国代表团来位于纽约的联合国总部参加过"宗教与精神领袖世界和平千年大会"，是中国代表团参会的唯一学术顾问。为此会议我还与时任国家宗教事务局局长的王作安先生联合主编了《宗教：关切世界和平》一书，准备分送给与会代表。我们在很短时间内就完成了编辑出版工作，将书及时寄往纽约。但因美国海关故意刁难，此批书籍到后被压了很久，直至大会结束才得以放行，但已无法让会议代表分享。在纽约我去得较多的是大都会博物馆、中央公园、时代广场，有时间也会用上几个小时漫步在曼哈顿街头，以闲暇心情随意而看、率性而观。我也多次乘船去纽约港兜风，到自由岛参观自由女神像。这一巨型雕像被指定为美国国家纪念碑，并被纳入世界文化遗产名录。但对到了美国却没有获得自由的人而言，这尊神像可能仅具有讽刺意义。中央公园因其植被茂盛而被视为纽约城市之肺，但其人烟稀少之地也是危险区域。时代广场极为热闹，尤其在晚上更显繁盛活跃，霓虹灯中的广告会时常有来自中国的信息，而在广场边卖画的人群中也多有中国美术学院来美留学生的身影。他们的画的确很美，价格也相当便宜，这不禁让我想到，艺术家在没有出名之前确实很难、很惨，但最后真正能够出名的却寥若晨星，大多数人的才华都会被埋没。其实，艺术家如此，各行各业亦然，故不必徒添怀才不遇的苦恼，而要多一些自我陶醉的释然。到华尔街漫步，观看其铜牛的奇特站姿，亦让人感叹和联想。其实华尔街很短，路面亦极窄，可谓弹丸之地，却竟然成为美国的金融中心，全球关注的金融风暴之眼。这就应了中国唐代诗人刘禹锡那句"山不在高，有仙则名。水不在深，有龙则灵"的老话。其实在家，我们也会有"斯是陋室，惟吾德馨"的自鸣得意。走到曼哈顿下城尽头哈得孙河与东河这两河交汇的河岸，则是犹太遗产博物馆。这座博物馆与位于第五大街的纽约犹太人博物馆，都是我喜欢参访之地。我在纽约也乐于登高望远，曾到过帝国大厦登顶观景，尤其是在 2000 年随中国代表团成员一道先后在世界贸易中心一号楼和二号楼的顶层参观。不料这是与世界贸易中心的诀别，这对让美国人骄傲、具有世界经济标志性意义的双子大楼竟于一年之后的 2001 年 9 月 11 日被恐怖分子用民航飞机撞毁。此后我来纽约只能在大楼遗址留下的大坑前缅怀、唏嘘、感叹。

初到纽约时我曾因机场大巴工作人员热情为我查找预定的旅馆而留下美好印象，但时间久了也就有了一些并不愉快的经历。我在纽约打车时常被拒载，被告知仅去机场才愿意接载。而在购地铁票时也遇到购票机吞掉 20 美金却不出票的事情，且无人帮助处理。一些人在华人面前流露出的傲慢、优越感，也让人很不舒服。有一次入关时我看到边界入境检查人员找不到我的签证，就好心地指了一下我的护照，没想到这一动作可能因为文化差别而激怒了这位检查人员，他好像觉得我对他不够尊重而开始刁难我，以找碴的心态仔细检查我的入境登记表，最终发现我在入境事由中在"因私"一项上打了勾而找到了突破口，在指责我之后还讽刺地问我："你来了那么多趟美国，难道还不知道拿因公护照入境就不是私事吗？"我为了避免进一步的麻烦而默不作声，任凭他斥责，总算在他息怒后盖章让我入境。在美国驻华使馆申请办理签证时，签证官就曾警告过我们，最终是否允许入境乃在于边境检察人员的态度。故惹其心情不好乃是大忌，必须尽量避免，息事宁人。但这无意中弄出的麻烦，也就没辙了。在我最长时间的一次美国访问中，作为我的陪同兼司机的那位黑人朋友还带我去过纽约的黑人居住区，并带我进了他弟弟的房屋。他们相互打起招呼，却似乎对我用了戒备的眼神。这则使我亲眼见证了美国底层人们的贫穷，说是一贫如洗、家徒四壁也毫不为过。这种富人与穷人的鲜明对比、强大反差在纽约乃极为典型，一目了然。

　　纽约是世界交通枢纽之一，海陆空交通四通八达。我在肯尼迪国际机场、纽瓦克自由国际机场和拉瓜迪亚机场这三大机场都有抵达、出发的经历，对其安检、海关及美国工作人员的态度都深有了解。此外，我也曾到每小时有一趟国内专线飞机的商务行政机场坐过商务飞机，便捷但昂贵。有一次夜晚乘商务飞机穿过曼哈顿市区，其灯火辉煌、星耀银河的夜景尽收眼底，颇为壮观，也的确很美。

　　此外，我也常坐纽约的郊区列车去纽黑文。从纽约中心火车站到纽黑文仅需 40 多分钟，非常方便。纽黑文是耶鲁大学所在的小镇，古色古香，充满文化气息。耶鲁大学图书馆在美国大学图书馆中排名第二，是我常去参观（没时间在此长期静心阅读）之处。耶鲁大学的贵族味也较浓。我曾应邀随大学教授到其特定的俱乐部用餐，这类俱乐部原则上是不对外开放的，而其会员则可免费就餐，登记即可。耶鲁大学的建筑充分体现出欧洲文化传统和美国早期历史遗痕，被誉为"美国最美丽的城市校园"。美国东海岸有布朗大学、哥伦比亚大学、康奈尔大学、哈佛大学、宾夕法尼亚大学、普林斯顿大学、耶鲁大学和达特茅斯学院这八所常春藤大学，都是美国最著名的私立大学。其中耶鲁大学也比较突出。

我去纽黑文还有一个目的，就是看望我在国内读硕士时的导师。他住在纽黑文乡下，远离城市的喧嚣，这里环境优美，空气清新，是非常宜居之地。他的夫人陈女士原在耶鲁大学图书馆中文部工作，喜欢绘画，很有才气。每次到纽黑文，他们俩都会开车来火车站接我。陈女士很会开车，并告诉我说我的导师开车直行没问题，但一遇转弯就不灵光。记得在旧金山的高先生曾告诉我，有一次我的导师在高速公路上开车，车尾冒火了都不知道，还是旁人超车才叫停他。导师两口子一起种花种菜，偶尔逛街会购进一些他很喜欢的二手书。听说他在去世前已把他搜集的藏书分别赠送给了上海复旦大学和香港浸会大学，可以说这些书都找到了很好的归宿。我最后一次去纽约开会因为时间太紧而没能去纽黑文看他，散会后就直接从会议宾馆到机场，匆忙回国，听说他后来知道了还耿耿于怀，念念不忘，让我很是惭愧和遗憾。导师曾在俄克拉何马大学教书，退休后先后去过加拿大温哥华英属哥伦比亚大学和比利时鲁汶大学工作，最后到美国与陈女士结婚并定居纽黑文。陈女士对他很好，照顾周到。听说有一次导师重病后昏迷不醒，医生说五天之后没有醒过来就可能无生还的希望了，但陈女士还是在医院守了七天七夜，直到导师奇迹般地醒过来。导师病后一度失忆，也是陈女士精心照顾而帮助他恢复。在导师弥留之际，陈女士卖掉了住房来做最后的努力抢救。导师去世后，陈女士给我打了一个越洋电话，告诉我导师葬礼的情况，说她也尽力帮助了导师在欧洲的女儿。这种人间情深，在现实生活中已经罕见，因此在大洋彼岸真实发生的这一幕也让我格外感动。

与芝加哥相遇

我的最初留学计划是来芝加哥大学，不料却错过芝加哥而去了慕尼黑。从萌发去芝加哥的念想到真正落地芝加哥，十多年的光阴已经飞逝而过。当我访问芝加哥大学并谈起这段经历时，大学中有比较熟悉的朋友遂开玩笑说："你看起来年轻，还像学生，不妨来芝加哥大学再读一个博士学位。"但这种不足和遗憾已经是永远都无法弥补的了。芝加哥是美国第三大城市，位于密歇根湖之南，沿湖建有许多摩天大楼，从楼下穿过会感到飓风让人很难站稳，从而使芝加哥有"摩天大楼之乡"和"风城"之称。既然有诸多摩天大楼的存在，那么游客势必会到西尔斯大厦登高，我们也不可能脱俗。我曾几次到这一西半球最高的建筑之顶，于其专门的观景台眺望全城。其阳台完全被玻璃围住，因通体透明而让恐高者望而却步。在芝加哥值得参观的还有芝加哥水塔、艺术学院和文化中心等景点，其自然历史博物馆也颇值一看。此外，在芝加哥北郊威尔梅特还有北美洲唯一的巴哈伊灵曦堂，其独特的建筑风格、肃穆的信仰气氛，对游人也具有巨大的吸引力。我们在芝加哥曾住在一位退役空军的老人家中，他和夫人带我们四处参观，与各种人士及相关社团座谈。他告诉我们，第二次世界大战期间他曾参加美国空军对德国的轰炸任务，而指挥对海德堡轰炸的军官因曾在海德堡留学，故而手下留情没有狂轰滥炸，基本保持了海德堡城市的原貌。

1890 年，美国石油大王洛克菲勒选择了芝加哥而创办了芝加哥大学，没想到后来该校成为诞生许多诺贝尔等大奖得主的摇篮，与哈佛大学和耶鲁大学齐名，其教师中还出过美国总统（奥巴马）。因此，这里建有专门的洛克菲勒礼堂，以对这位有远见卓识的大学创办者表示纪念和崇敬。我们这一学科在芝加哥大学的崛起始于 1945 年德国学者瓦赫来此任教，伊利亚德接任后使之发展到顶峰，形成了著名的"芝加哥学派"，与"哈佛学派"齐名，并长期保持了其学科优势。因此，漫步在芝加哥大学校园，与同行交谈，我有一种莫名的复杂心境，感到这里的一切似乎既熟悉又陌生。以前对之有很多理性和来自书本的认知，而现在一切就在眼前，感性而直观。我的同事后来有来芝加哥进修的，曾向我们更加详细地介绍过其研究情况。相比之下，我对芝加哥只有浮光掠影的模糊印象。对之，我也已释怀，既然已经失去了，也就保持住积极的心态，抓住已经拥有的吧。

夏威夷风情

我第一次去夏威夷是随美国国际访问学者计划的安排，这使我的美国陪同人员高兴极了，他告诉我美国各州他都曾去过，唯独没有机会去夏威夷，没想到这次陪同任务使他梦想成真。因此，他非常积极地为夏威夷之行做准备，并精心制订他的夏威夷购物计划，反倒是我似乎成了他夏威夷之行的陪同人员了。夏威夷是在北太平洋中的群岛，以火山岛为主，其中最大的岛屿称为夏威夷岛，习称大岛。大岛上可以同时选择滑雪、冲浪和看火山这些差异极大的活动，表明了该岛的生态多样性。大岛上的夏威夷大学希罗校区，有中国哲学、宗教学等人文学科专业。而位于瓦胡岛的檀香山则为其州府所在地，也是夏威夷大学主要校区之所在。这里还有杨百翰大学夏威夷分校等高校。我初次来夏威夷住在檀香山，因不太清楚其地理分布而给我所在夏威夷大学进修的同事打电话，希望他能够来宾馆看我。不料他随着一个华人教授研修而在夏威夷大岛校区，说到檀香山还需要坐两个小时的飞机才能到达。我问他在夏威夷大岛的感觉如何，他告诉我那儿是世界上最美丽的地方，不过因无法出外而乃世界上最美丽的"监狱"！我几次到夏威夷都是在檀香山，这里人员众多、城市繁华，故而丝毫没有"被囚禁"的感觉。檀香山本称"火奴鲁鲁"，意即"屏蔽之湾"，华人因其盛产檀香木并出口中国而习称其为檀香山。在这里一下飞机就看到"阿鲁哈"(欢迎，你好，爱)的招呼，人们好客、热情，充满夏日的激情与活力。我们在此参观了檀香山艺术博物馆、恐龙湾、火奴鲁鲁动物园、卡瓦

依阿好教堂、观顶湖，以及各种著名海滩等。而更重要的则是我们
于此参加了在夏威夷大学和杨百翰大学分校的学术访问及座谈活动，
有很多专业上的收获。

在夏威夷的朋友非常热情地接待了我们，他们开车带我们在
瓦胡岛沿着海岸转了一大圈，还在海边餐厅请我们吃了海鲜。我
记得有一种海鱼非常好吃，当地方言称此鱼为"玛赫玛赫"（Mahi
Mahi），以前不知道如何译为中文，现在可以找到的汉译名为"鲯
鳅""飞虎""海鱼廉""鬼头刀""三保公鱼"等，是一种很受欢迎
的鱼。之后，我只要去北美的餐厅点菜吃饭，总是会先问有没有
"玛赫玛赫"，形成习惯。当地朋友也带我去过其北部神殿谷的日本
寺庙平等院，这附近的纪念公园有张学良墓。张学良获得自由后的
最后六年是在夏威夷度过的，去世后就安葬在距檀香山市区约50千
米的这一"神殿之谷"，其墓亦是与其夫人赵一荻的双栖墓。民国
"少帅"最后安眠在异国他乡，也是一段让人无言的历史。我还有一
次来夏威夷是随中国代表团在纽约开会后到此休息，我们在此参加
了道教学院授予闵智亭道长名誉博士学位的仪式。我们代表团的成
员在华侨的安排下还曾在离美军太平洋司令部不远的海边游泳，一
位领导及其秘书水性很好，因兴致极高而一下子就游出了安全区，
岸边瞭望人员见他们游入鲨鱼出没的危险海域而大声疾呼，我见其
不懂中文而连忙帮助用中文竭尽全力喊回了这两位勇敢的游泳者。
他们也有点后怕，深感如果真的成为鲨鱼的快餐，那麻烦就大了。
当然，有惊无险也就只是一段笑话而已。

在美国其他各地的见闻

美国很大，我去过的地方也较多，因而也增长了各种见闻及知识。因学术层面的需求，我曾专门访问过哈佛大学，包括其神学院、世界宗教研究中心及燕京学社等。哈佛大学位于波士顿都市区剑桥市，其校名则是为了纪念曾大力支持其建校的基督教牧师兼伊曼纽尔学院院长约翰·哈佛而有此名，哈佛校园内还立有铜质的约翰·哈佛坐像。1636 年其作为美国历史上第一所高校而建立，初名为"新学院"（New College）或"新市民学院"（College at New Towne），1639 年改称"哈佛学院"（Harvard College），1780 年进而改称"哈佛大学"（Harvard University），遂延续如今。哈佛大学的宗教学因为史密斯的伊斯兰教研究和宗教学创新而形成了与芝加哥双雄对峙的"哈佛学派"，促进了美国宗教学的主流发展。其世界宗教研究中心虽然专职人员不多，却非常活跃。我与其当时的中心主任沙利文教授有过长期学术联系和交往，亦有人对我们两个机构进行过比较。而哈佛燕京学社在中国更是极为出名，曾有不少中国学者在那儿进修。其前后社长杜维明、裴宜理等人在中美学术合作中亦颇为活跃。我也曾拜访过离哈佛大学不远的波士顿大学，该校魏乐伯教授则是中国院校及研究机构的常客。我对波士顿的布兰迪斯大学亦有短暂访问，这是一所犹太人办的私立大学，因其口碑极佳而有"犹太哈佛"之誉。

位于费城的天普大学是公立大学，其研究意向特别明显。我们与其设在东京的校区有过合作，双方交换过访问学者。我与天普大学的斯维德勒教授亦有合作，并曾承担过其来华访问讲学时的学术口译工作。来到费城，有些参观则是必需的。费城是美国《独立宣言》通过之地，也是美国第一部联邦宪法诞生之地。我们曾到过其最大的城市公园费尔蒙特公园，访问过国家独立公园，参观过独立宫及其珍藏的自由钟，也到过其中国城。我在宾夕法尼亚州还去过阿曼门诺派的定居点，他们还保持着欧洲近代的生活习俗，衣着简朴，贴近自然，以其保守态度而拒绝现代化，禁用汽车、电话、电灯等，无特殊情况也不坐飞机、火车。

因为圣母大学校长马洛伊（Monk Malloy）一行到我院的来访，院领导让我参加座谈和招待宴会，使我对这一著名的天主教大学产生了浓厚兴趣。圣母大学位于密歇根湖畔的南本德城，以天主教为信仰背景，也为美国新常春藤名校之一。我在圣母大学只有半天时间的短暂停留，简单参观了其校园内的泉水湖、金圆顶主楼和圣心大教堂等，并再次见到了马洛伊并与之交谈，大家还共进午餐。大学的同事们习惯称其校长为Monk，据说他当时在为大学筹款上业绩极为突出，使这一私立大学发展有着坚实的经费保障。该校在我们专业领域的著名教授有普兰廷格等人，我们曾在北京大学的哲学研讨会上相遇。此外，著名汉学家和宗教学家夏含夷等也是该校杰出校友。

犹他州的杨百翰大学和犹他大学也是我们经常访问并多次组织会议的院校。因为盐湖城冬奥会的筹备工作，使我的美国陪同人员颇有到其运动场地购物的欲望，主要想打体育产品物美价廉的主意。我们前往购物后他满载而归，我也选了两件美国生产的文化T恤衫作为纪念。有一次在犹他大学的国际学术会议上，我与时任美国卫生部部长、原犹他州州长共为主讲嘉宾。他带着保镖，以荣归故里的骄傲心态来到会场，但我们对他不卑不亢，使他也不得不放下身段。盐湖城中心的圣殿广场极为有名，这里有摩门圣殿、会议中心、图书馆、摩门教堂办公大楼等著名景点。此外，这里的摩门大礼拜堂合唱团也世界闻名，曾多次为美国总统的就职典礼进行演唱。这个合唱团有 360 位成员，演出地点就是圣殿广场的大礼拜堂。其合唱舞台中心有一架由 11 623 根风管组成的管风琴，这也是世界最大管风琴之一。大礼拜堂可以同时容纳约 2 万人观看合唱表演，其演出还经常是现场直播，并且有每星期日上午 9 点半播放的固定时间。我在这个大礼拜堂里面听过两次合唱，气势磅礴，令人震撼。出于对我的尊重和欢迎，我第一次进去听大合唱时，会场播音员还专门报道了我的光临，向我表示友好。

　　我们去得更多的还是杨百翰大学本部，其主校区位于犹他州瓦萨奇山下的普罗沃，该校的外国语课程全球闻名，可以教授世界上最多的外国语语种。因此，每次参加国际会议，都会感到这里的多语种同传是最棒的。我们与该校合作举办了多次国际学术研讨会，也参加了当地的一些社交活动。例如，我在这里曾与美国的前宇航员唐·林德有过交谈，曾参加著名女作家嘉若婷·爱德华兹新出散文集《要是能早些知道多好》的朗诵报告会，还到过一些杨百翰大学教授的家中做客。爱德华兹朗诵报告的地点是在普罗沃郊区的一户人家客厅里，她还送给我一本签了名的该书中译本。而这套住房也让我印象极深，它依山而建，借景巧构，险峻的山峰气象万千，鲜花和绿荫则层次分明，这种仙境与花苑的共存成为此郊外别墅的自然背景。这是令我最为惊讶的一处自然与人融洽共构的场景，其自然景观与人文景观乃天衣无缝，相得益彰。背后远山是淡淡的写意，给人幽静空灵之感觉；眼前住宅有浓浓的重彩，却显高雅不俗的气质。当然，听人们说这里是本地的富人居住区，他们有不少人的公司在纽约等大城市，但每周只需乘私人飞机去一两次即可。而山清水秀、气候宜人则是他们生活的首选。甚至杨百翰大学校园本身就是一个大花园，无论坐车还是步行，都让人心旷神怡、极为舒畅。另外，杨百翰大学的学生能歌善舞，非常活跃，不过据传乃其使命使然。

我们的美国之旅自然不会错过美国首都华盛顿特区。我对该城也有多次访问经历，并能感受到其强大的政治气息。我们在此曾与美国国务院及所谓人权机构的人员有过对话和争论，记得有一位中国学者尖锐的言辞曾使美国相关机构的官员因为不高兴而不等散会就离座退出。有一次我们在华盛顿特区也目睹了美国人的"占领行动"，以及"占领行动"结束后给该城带来的脏乱差。我本人专业领域的研究合作则主要是乔治·华盛顿大学、乔治城大学、约翰·霍普金斯大学、美国大学和美国天主教大学等。因此，我们亦曾到过马里兰和巴尔的摩等地。在研究耶稣会在华历史方面，我与乔治城大学历史系汉学教授魏若望等也曾有长期交往及合作。在美国首都，我们自然会去参观白宫、国会大厦、林肯纪念堂、华盛顿纪念碑、杰弗逊纪念堂等景点。我没有进去过白宫，但曾几次进国会大厦参观。而我们对博物馆的参观则以国家航空和航天博物馆、国立美国历史博物馆和萨克勒美术馆为主，其中也发现不少来自中国的文物及艺术品。

在华盛顿特区附近，我们曾在马里兰大学小住，于此参加其关于妥善处理国际冲突的学术研讨会，并拜访了其阿拉伯教授布舒瑞等人。其校园内的建筑以橘红色为主，形成一种颇为喜庆的氛围，尤其是主图书馆大楼深红色和乳白色相交，格外醒目。此外，马里兰大学还以金刚背泥龟（Testudo）为其吉祥物，也有点别出心裁。马里兰大学在促成中美建交的"乒乓外交"中曾发挥过重要作用，而其与南开大学合作共建的孔子学院（2004 年签协议）也是北美第一所孔子学院，有着独特意义。

在美国租车南下的旅途中，我们曾到美国东南部的亚特兰大访问。这里是百年奥运会举办之城，是可口可乐总部所在地，也是CNN（美国有线电视新闻网）的总部所在地。亚特兰大还是美国民权运动中心，诞生了马丁·路德·金等民权领袖。我们的目的主要是与这里的埃默里大学本专业学者座谈，并顺访一些相关学术机构。不料刚到该城一天，意外就发生了。我们居住的旅馆有内部停车场，因此陪同人员放心大胆地将所租新车停在此地，以为万无一失。但第二天清早准备出发时，突然发现车不见了。他马上报警，并通知保险公司和租车行。在美国汽车被盗是常事，因此只要及时报警并通知相关部门就行，不会让租车者赔偿损失。不过这一突发事件却打乱了我们的计划，陪同人员不得不通知两家机构取消我们的访问。等重新租车之后，他带我回了一趟其在市郊的老家，我也见到了他的母亲，了解到美国黑人在南部农村的基本生活状况。此外，我们在亚特兰大还参观了百年奥林匹克公园、亚特兰大历史中心及马丁·路德·金国家历史遗址等。

我最近一趟去美国，是在疫情发生前于 2018 年与我所伊斯兰教研究室的同事们一起去其最东南边的佛罗里达州。这里位南靠海，被称为美国的"阳光之州"。而"佛罗里达"之名则源自西班牙语，意指"鲜花盛开的地方"。我们此行目的地是该州第二大城市迈阿密，"迈阿密"据说在美洲原住民的语言中意为"甜水"，或许是说明在大海的包围中淡水的重要性吧。我们主要在佛罗里达国际大学进行学术访问，于此我应邀做了一个开放性的学术报告，并回答了听众的提问；研究室人员也与该大学师生组织了专门座谈会，进行了相关学术交流及走访。我们参观了校内的艺术博物馆，还专门走访了美国最南端的清真寺。这里的中国朋友带我们参观了其湿地国家公园，到了一些具有历史意义的港口。迈阿密海滩是游人青睐的旅游胜地，而最值得我们记住的旅行则是一路南行，经过许多称为 Key 的海岛而到达最南端的海边。这里有一个基·必士京岛（Key Biscayne，必士京在印第安语中具有非常浪漫的意蕴，指"月亮初升之地"），是其典型代表。我们一直抵达美国最南端的小城基韦斯特（Key West，亦译"西锁岛"），这里是美国 1 号公路的端点，在此远眺加勒比海，颇有"面朝大海，春暖花开"之感。大家在最南端一个颇像大陀螺的彩色标志圆柱边合影，留作纪念。这一短粗而有着红、黑、黄多色的圆柱是美国最南点的标志，上面醒目标出了"90 英里到古巴"的黄字英文，说明此处已与古巴隔海相望了。基韦斯特的白头街有海明威故居，他在此完成了《乞力马扎罗

的雪》等名作，还养了 50 多只猫。我读硕士研究生时的一位赵同学
在外国文学系就是专门研究海明威的作品的，我们曾一同联系出国
留学事宜，后来他去了美国，我去了德国，从此失去联系。不料多
年后，一位负责新闻及外宣的领导在一直关心我的那位王老先生的
介绍下找到我，咨询他与美国政界及教界领袖对话的事情。这位领
导很有才气，大家亦有相识恨晚之感，与他熟悉后才获知那位赵同
学原来就是他的亲弟弟。这样，我通过他又重新与其弟取得了联系。
他已定居美国，在一所大学任教授，但一直在促进中美交流，并多
次带团回国，因此我与他也见过几次面，有着久别重逢的喜悦。基
韦斯特仍留有杜鲁门总统的度假别墅，因其战略意义及旅游价值，
据说有近 20 位美国总统先后来过此地。由于其位置偏远，当地人
曾于 1982 年 4 月 23 日闹过独立，宣布成立"海螺共和国"（Conch
Republic），但其闹剧瞬间破灭，此地重归美国。但当地人仍每年过
一次"独立日"，成为其具有讽刺意味的民间习俗。迈阿密与北美、
南美和中美文化关联密切，故会被比喻为"美洲的首都"。而其地理
环境及人们的期待，也使之有了"上帝的等待室"这一独特称谓。
来到这里，我的脑海中则完成了从美国最西南端到最东南端的交汇
体验。

　　在近二十年的学术交往中，我前后去美国多达十余趟，几乎到
过其东南西北，可以说对之也有了一些基本了解。有一次美国一所
大学邀请我去华盛顿特区参加国际会议，许诺如果我参会就可以负
责我方四个学者的全部国际旅费和参会期间的食宿费，但当我答应
参会并安排好会议时间及日程之后，却接到国内通知让我那个时段

参加重要座谈而不许请假出国，我再次感到极为尴尬且狼狈不堪，除了向邀请方表示道歉之外别无他法。不料对方十分善解人意，及时调整，重新安排了会议日程，并为此而改了所有参会者的航班及旅馆预定，以确保我能出席会议。这件事对我的震动很大，也由此意识到中美保持相互交往的重要意义。

十九、多伦多与温哥华

多伦多之梦

加拿大多伦多是勾起我留学之梦的地方。在进入硕士研究生第二年，所领导就有派我去多伦多大学留学的意向。当时我们两个单位有着相互交流的计划，我所有不少人曾去多伦多大学进修，多伦多大学也派了研究中世纪哲学的普林斯彼教授、研究伊斯兰教的奥克斯托比教授，以及研究中国古代哲学的秦家懿教授等人来我所讲学。我们读研期间就听了不少这样的讲座，收获颇多。多伦多大学是世界学术界研究中世纪哲学和新托马斯主义的重要机构之一，所领导当时希望我在这一领域集中精力、潜心研习。为此，我曾专门把法语作为第二外语来学，甚至在研究生院的法语班上考过全班第一的好成绩。不过，由于有人反对，认为研究生没有毕业就派出去不符合规定，我的梦想破灭，而此后学习方向的改变也使我苦心学会的法语基本上被彻底忘掉。其实后来我与留学生交往才知道，没有毕业就派出去留学的研究生太多了，根本就没有那条所谓规定，甚至我们本研究生院派出的未毕业研究生就大有人在。我想，这大概就是命运吧。

这样，我四年之后才真正获得留学机会，但已不再是加拿大或北美了，转而去了欧洲。大概三十年之后，我终于第一次来到多伦多。这已经是 2010 年，即为了参加本专业国际学会五年一次的大会。经过 2005 年那次东京大会的不愉快阴影之后，我们来参加 2010 年的多伦多大会可谓扬眉吐气了。这次仍然由我担任中国学术代表团负责人，而且第一次中国学者由中国自身承担了全部旅费及食宿费，并且交上了昂贵的参会费用。当然我们由此一下子也悟出了国际学术会议的奥秘。既然由参会者自费参加，而且还要交昂贵的会费，那么主办方自然只赚不赔，何乐不为。于是，我们也曾跃跃欲试，希望将以后的大会争取到中国来举办，而且这也是国际学术界的期待。但由于本专业的敏感性，这种想法也只是说说而已，很难真正去操作。在过去六十多年中，这一领域的国际会议在亚洲举办过两次，都是在日本东京举行，听说将来的相关会议还会在日本筹办，想想都很不心甘。但对比之下，我们也只能无言且回避。我们在多伦多的会议是在多伦多大学校园中举办的，这使我真正来到了这所曾在我梦中存在了很久的著名大学。但时过境迁，人老念淡，自己的感觉已经与过去完全不一样了。

多伦多是加拿大最大的城市，也是许多中国人留学或移民乐于选择之地。这里有 100 多个民族的移民，有 140 多种语言流通，其多元汇聚的规模之大遂可想而知，而"多伦多"在当地印第安语中原本就是"会聚之地"的意思。我们在多伦多除了出席国际会议、走访相关研究机构之外，也上过多伦多电视塔眺望全城，在皇家安大略博物馆参观，并去了其郊区的德国小镇。皇家安大略博物馆中收藏有中国犹太人的相关文献及文物，这是我们早就耳有所闻的，而这次终于得以一睹真容，也是意外收获。我的同事还专门去看了尼亚加拉大瀑布，可惜我因必须出席这次大会中的团体成员执委会议，错过了这一难逢的机会。在多伦多参会期间，我们与来自中国台湾的学者重新相聚，坦诚而谈，曾经达成某种共同合作的共识。可惜此时台湾的局势已经是波谲云诡、难以预料，故而终无下文。在多伦多的另一大收获，则是见到了久别的德国同学波亨格尔教授，他当时已经是德国宗教史学会的主席了。我在回国之前将自己的博士论文专著留了一部分在他手里，他也说没想到会在多伦多见面，要不然就带一些来给我了。当然，我衷心希望的，倒是今后能与他在中国再见。

温哥华的温情

其实早在来多伦多之前，我已多次访问过加拿大了，但基本上都是去温哥华。在与英属哥伦比亚大学维真学院许志伟先生的学术合作中，我们研究领域的许多学者都来过温哥华参会，后来更是增加了博士研究生联合培训计划，使不少青年学子在学术见识和知识储备上都获益匪浅。可以说，这一合作的开创及推动，也有我本人所起到的积极作用。我与许先生还一起策划了在国内组织的专业年会，并推出了相关学术刊物，形成与中国学子温哥华游学的积极呼应。

我第一次办去温哥华的签证费了很长时间，拿到签证一看原来是给我申请了三个月的工作签证，没想到加拿大驻华使馆竟然还批准了。我到温哥华入关时，办理入境手续的官员还和我开玩笑说："这不好啊，你用此签证可以工作，那是抢我们加拿大人的饭碗啊。"其实，这次来加拿大我也就待了一个月，而且也没有申请任何工作，那位官员大可不必担心。初次来加拿大这个"枫叶之国"，当然还是非常好奇的。"加拿大"之名在北美印第安语中本指"村庄""群落"，在英国殖民时期则有"加拿大省"之称。1931年加拿大成为英联邦成员国，1982年彻底获得完全独立的立宪、修宪权力。加拿大虽然人口稀少，但国土面积仅次于俄罗斯而居世界第二，因此也成为全球移民者的青睐之地。

温哥华是加拿大第三大城市，其名称来源于18世纪末英国海军上校乔治·温哥华率探险队最早来到此地，当地华人曾将之音译为"湾高花""温哥巴""云高华""云哥华"等，故而也使该城曾有"云埠"或"云城"等简称。这座城市的地理位置极佳，依山靠海，森林遍布，环境优美，气候温和湿润。其地理环境乃三面环山，一面临海，虽靠近太平洋却因外有维多利亚岛之隔而显得风平浪静，可以躲避风暴来袭；因此也使之成为一个天然的内海港湾，气候宜人。温哥华多次被评为全球最宜居城市，尤其是华人最愿意到此定居。其唐人街故乃仅次于旧金山的北美第二大唐人街，汉语甚至被官定为当地第二大语言。我在英属哥伦比亚大学维真学院做了两次公开讲座，一次是面向全院师生，一次则是专门面对该院教授；并与其院长及知名学者有着特别座谈。我在这里还遇到了德国慕尼黑大学的校友葛伦斯教授，他是德国著名学者潘能伯格教授的高徒，在其指导下获得慕尼黑大学博士学位，当时他乃维真学院教授中的青年才俊，著述甚丰，颇有名气，但后来他英年早逝，十分可惜。此外，我与该校的师生还有各种形式的座谈及交流。正因为这些报告及交流给学院留下了极好印象，才促使其学院领导及起决策作用的教授们此后积极支持与中国的学术交流，形成了此后二十多年的相互交往。在温哥华期间，许先生还专程带我坐跨海渡轮去了一趟维多利亚岛，到维多利亚市的维多利亚大学社会学研究所做了一场专题报告。此后，我们中国学者也聚集在维多利亚岛，开过一次颇为成功的学术研讨会。我在维多利亚岛还参观了岛上著名的植物园，其花卉品种之多属世界领先。此外，我还专程去了岛上颇为特别的李约瑟自然科学研究所微型模型博物馆。该馆负责人是陈慰中博士，老先生一人在此坚守，衣食生活则靠住在附近的华人学生帮助。我们在那儿的午饭就是学生们煮的一大锅面，大家吃得津津有味。我后来在中国又见到过陈老先生两次，国内媒体也曾专门报道过这位爱国华侨、海外赤子。但听说他的博物馆后来撤销了，对此我还真有失望、眷念之感。

温哥华的文化及电影产业也很发达，有"北方好莱坞"之称。这里也有不少中国作家、艺术家定居。我在此曾陪著名作家、文化部原部长王先生吃饭，当时就有旅居加拿大的一些中国作家参加，如我的湖南老乡、小说《芙蓉镇》的作者古华及其夫人等。很巧的是，我后来在北京王府井又曾与《芙蓉镇》电影的男主角姜先生一起吃过一次饭。不过我们不属于同一个行业的人，大家只是偶遇，彼此并不熟悉。但我与王先生还是有一些小缘分，曾在中国科学院的相关讲座上相遇，也因为他对老庄智慧的欣赏而曾一起商讨过道家思想文化研究如何发展的问题。而在温哥华的这次邂逅，使我对他也有了更进一步的认识。

在温哥华的第一个月，我当然也不会放弃旅游观光的机会。我在当地华人的陪同下去过斯坦利公园，对那儿由原住民所创立的图腾柱群有着浓厚的兴趣。我还经常去温哥华港湾，坐在海滩上看海、看巨轮，让思绪自由地飞荡。在大多数情况下都是当地华人陪我游玩，其中既有已经几代居住于此的老华侨，也有中国改革开放以后出来的新移民。他们在热情之际，一个主要的话题就是积极劝我移民温哥华，并表示我如果愿意，他们会为我提供必要的方便及物质帮助。有的新移民甚至邀请我去其家做客，展示他们移民安家时曾获得的当地华侨之帮助。有的人还告诉我，当地房价就是因为中国大陆来的神秘买主不问价格而狂买豪宅被炒了起来，一直在飙升之中，因此移民要赶早不赶晚，已经时不我待了。不过我不理解他们是因为我的学术地位或社会身份而极力劝我移民，还是对所有他们接待的中国来客都是如此热情。在当代中国，不少人对这一话题讳莫如深，却在陆陆续续地全家消失。很多人移居海外已是公开秘密，大家对此心照不宣，见怪不怪。当然，我对这种现象不会做任何评议，但我本人既然早已义无反顾地率家回国，自然就丝毫不会再有移居国外的任何想法了。我在温哥华印象最为深刻的两次出游，还是许先生带我的下海及上山之行。下海指他用自己的游艇带我在海中泛舟、岛间穿梭；上山则是他带我驱车100多千米到冬奥会主赛场之一的惠斯勒雪山参观。海景极美，雪山壮观。温哥华海湾水如平湖，温柔而深情，只因我们疾驰的游艇才打破了这种平静，在碧海中掀起白色的浪花，让人领略了海水的动静相融，自然的含蓄或躁动。而惠斯勒滑雪胜地则是"好一派北国风光"，登上山顶立马就有"高处不胜寒"的鲜明感觉。有时候，我也会一个人去散步、游荡，在海边发呆。特别令我惊喜的是，我曾在靠海边的一家院子里看见一个加拿大人穿着一身白色的练功服，打了一套极为到位的太极拳，中华文化的魅力在异国他乡给了我生动而直观的展示。

此外，梁燕城博士也曾邀请我到温哥华访问，我专门到其创办的文化更新研究中心与其同工座谈，了解其创立的《文化中国》季刊之编辑出版过程，深受感动与启发。大家一起品茶，甚至喝点小酒，真觉其乐融融。我与梁先生有很多合作，他也是来北京访问我们的常客。因此，我常常会想，我们不仅有弘扬中华文化的使命，树立起我们"中国化"的文化品牌，而且还应有推动中华文化走出去的责任，促进世界各种不同文化的友好交流、深入理解。只有这样，我们才可能既形成中华民族命运共同体及文化共同体的重要意识，又会真正实质性地带动人类命运共同体的积极构建。

余　论

在全国人大常委会工作期间，我曾遇到外交部李部长任我们小组的召集人。他和蔼可亲，阅历丰富。听说他因为外交工作需要而至少去过190多个国家和地区，常人无法与之相比。另据传著名歌唱家李光羲先生退休后也酷爱旅游，他们老两口携手周游世界，去过200多个国家和地区，到过250多个城市。这也是一般人所达不到的。与他们相比，我的世界游历微不足道。我常梦想退休后也能够没有工作研究负担，尽情旅行、专心游玩，但估计很难做到了。回顾一生，我的游历基本是与自己的学术、学习密切挂钩，从而乃一种"读万卷书"与"行万里路"的有机衔接。古代哲人亚里士多德在漫游中讲授学问、教育学生。我想，自己也因学而游，因游增学，故而成就了独特的游学人生。回顾一生，我的确是因学而走出故乡、走向世界，成为学界游子的。这样，或许与那种"上车睡觉，下车拍照"的简单旅游截然不同。我们的出行需要读书、做功课，基于学术的准备，于此既苦也乐，心甘情愿。这一辈子也就在这种研习游走中完成了大半，接近尾声。

对于中国人而言，读书应该是一种良好的个人习惯和社会传统，有着悠久的历史，折射出民族的骄傲。但在知识技能激烈竞争的今天，中国人的读书热情似乎在降低，人们在用各种娱乐手段来取代它，而不再痴心于阅读，这是一种潜在的文化危机和发展危险，不可掉以轻心。但是，强迫性读书却不会有好的结果，学子表面上的成就也掩盖不了其内心的排拒，故而很难行稳致远，更不说达到洒脱之境。因此，培养积极的读书习惯，不以功名为终极目的，在自然中阅读，在社会中体悟，这才是真正需要的。说实话，我自己就是在读书中找到了生命的乐趣，从而也就能自觉地把学习作为自己生命存在的有机构成。不为他人而读，不为功利而学，其过程与结果都能道法自然、顺应社会，这就是读书、学习的真正自由。

我们在人生中可以率性而为，但摆脱不了社会的驾驭。我们可以去创造历史，但无法脱离历史而真实生存。这样，读书、学习就是人之主动、被动的人生旅途中最好的伴侣，最佳的慰藉。必须清醒地认识到，人生不只是会阳光灿烂，也可能有凄风苦雨。而读书言志、学习明理，则可陪你享受阳光，遮挡风雨。人生有其内在自我，避免不了孤独，但当人们以书为伴就会进入一种独特的群在，从而不再觉得特别孤独；而当人们在求知中远行漫游，也会不再感到独处的寂寞。大千世界无奇不有，千万不要局限或陶醉于自己的方寸之间。读书会让人对世界好奇，学习则促使自己走出局限。静谧的阅读会让你进入一个热闹非凡的世界，那看似端坐的姿态其实深藏了你内心的激情和奔放的遐思。这样，你就会响应世界的呼召，走向你的千里之行、万里之旅，在游学中成长，由经历而成熟。

五花八门的书籍会助人观察万花筒般的世界，在此意义上可谓"开卷有益"。但书之海洋是人无法真正可以拥浪弄潮的，在漫无目标的泛读中自然会让人迷茫和迷失，故而需要自己的甄别和觉醒，从中摸索选择出一条适合自己阅读及励志的路径。于此意义上也可以说人生苦短，读书亦是一种冒险或狂赌，故需意识到游学同为一条不归之路，实际上从生命的开始就已经不再可能返回。人的一生乃世界中的匆匆过客，恰如庄子所言："人生天地之间，若白驹之过隙，忽然而已。"其在永恒时空中仅为流星一闪、昙花一现，微不足道。但我总希望能有自己的精彩人生，流光时存，所以会在意这瞬间的闪现。每个人都是生命中的孤勇者，对主体而言自我乃世界的一切，或是拥有世界，或被世界蹂躏，我们都不要怯场、不能退缩，而必须勇气十足、迎难而上、顶风逆浪、扬帆远行。想到人生本来就是潇洒走一回，也就会坦然对待了。我的人生态度于此则是游而不戏，学而不腻。这里，书乃人类智慧的浓缩和结晶，人生之旅的勇气乃读书而来，扬帆由知识所备。于是，我们则可无所顾忌、彻底放下，走上自己没有归宿、不知尽头的人生道路，始终朝向远方那不断移动的地平线。